典藏诵读版

千家诗全鉴

余长保◎解译

扫一扫
免费赠送3种国学音频！

国家一级出版社　中国纺织出版社　全国百佳图书出版单位

内　容　提　要

中国是一个诗歌历史十分悠久的国度，《千家诗》作为一本影响广泛、流传百年的优秀诗歌选集，其地位早已不言而喻。前人所谓"熟读唐诗三百首，不会作诗也会吟"的说法，同样适用于《千家诗》。为了让大家更加深入地领悟这些经典诗篇的不朽魅力，我们选编了这本《千家诗全鉴》。希望通过对诗歌思想内容的深刻解析，培养我们对诗歌意境美的感知能力，帮助我们理解中华传统文化的内涵，激发内心美好的情感和丰富的想象力。

图书在版编目（CIP）数据

千家诗全鉴：典藏诵读版／余长保解译．—北京：中国纺织出版社，2018.10

ISBN 978-7-5180-5196-0

Ⅰ．①千⋯　Ⅱ．①余⋯　Ⅲ．①古典诗歌—诗集—中国 ②《千家诗》—注释③《千家诗》—译文　Ⅳ．①I207.22

中国版本图书馆CIP数据核字（2018）第142095号

策划编辑：陈希尔　　　　责任印制：储志伟

中国纺织出版社出版发行
地址：北京市朝阳区百子湾东里A407号楼　邮政编码：100124
销售电话：010—67004422　传真：010—87155801
http://www.c-textilep.com
E-mail：faxing@c-textilep.com
中国纺织出版社天猫旗舰店
官方微博http://weibo.com/2119887771
北京佳诚信缘彩印有限公司印刷　　各地新华书店经销
2018年10月第1版第1次印刷
开本：710×1000　1/16　印张：20
字数：189千字　定价：49.80元

凡购本书，如有缺页、倒页、脱页，由本社图书营销中心调换

前言

《千家诗》是我国古代教育孩童的启蒙读物，它与《三字经》、《百家姓》、《千字文》并称为"三、百、千"，同是蒙学中流传最广的读本。《千家诗》自成书以来，就因为其通俗易懂、易于传诵等特点而受到人们的广泛欢迎，无论是私塾学子还是野叟村妇，都能随口吟出其中的几首诗来，受益者多如恒河沙数。

随着时代的不断变迁，如今，人们的语言习惯也不断发生着变化，《千家诗》已经不再是单纯的儿童启蒙读物，转而拥有了更广大的读者群体。人们可以通过阅读《千家诗》，由浅入深地步入璀璨的古典诗歌宝库，领略我国诗歌艺术的永恒魅力。

《千家诗》总共有二百余首诗，分为五绝、七绝、五律和七律，且绝大多数是唐宋两代著名诗人的名作。诗歌的内容涉及山水田园、赠友送别、思乡怀人、吊古伤今、咏物题画、侍宴应制等各个方面。其作者数量也非常之多，上自帝王将相，下至僧侣隐士，无不收揽在内。他们用自己凝练的笔触，营造出变化万千的幽深意境，深刻反映了当时人们的生活状态和社会现实，所以在民间流传非常广泛。在我国古典诗歌选读本中,《千家诗》和蘅塘退士编选的《唐诗三百首》齐名,并称为诗苑"双璧"。

对广大诗歌爱好者来说,一本《千家诗》在手,就可以初步领略到中国诗歌的丰富多彩。但诗歌毕竟是中国古典文化的产物,现代人要想无障碍地自由畅读还是有些难度的。为此,我们编写出这本《千家诗全鉴》,以方便大家深入理解《千家诗》中经典诗篇的内涵。

除诗歌原文外,本书还有注释、译文和赏析三个板块。注释部分对诗歌当中的重点字词做了详尽的解释;译文部分本着通俗易懂的原则,采用了直译的方法,虽然有悖于诗歌的唯美性,却也保证了忠实于原著,便于读者理解诗意和思维拓展;赏析部分则力求突出重点,从整体上概括诗歌的主题思想、语言风格和所要表达的情感内涵。

本书将纸质图书和配乐诵读音频完美结合,以二维码的方式在内文和封面等相应位置呈现,读者扫一扫即可欣赏、诵读经典片段。诵读音频由中国国际广播电台、中央人民广播电台专业播音员,以及中国传媒大学等知名高校播音系教师构成的实力精英团队录制完成,朗读中融进了对传统文化的理解,声音感染力极强。

对于现代人来说,闲暇时品读一些古代先贤的杰作,是一种美好的精神享受。阅读本书,不仅可以让我们对《千家诗》所处时代的政治、经济、文化和社会生活有更深入的了解,还可以陶冶道德情操,提升人生品位,为焦躁的心灵指引道路,为漂泊的情感提供码头,更能为失落的人生撑起一片纯净的精神家园。

解译者

2018 年 6 月

卷一　五绝

- 春晓 / 2
- 访袁拾遗不遇 / 3
- 送郭司仓 / 4
- 洛阳道 / 5
- 独坐敬亭山 / 6
- 登鹳雀楼 / 8
- 观永乐公主入蕃 / 9
- 春怨 / 11
- 左掖梨花 / 12
- 思君恩 / 13
- 题袁氏别业 / 14
- 夜送赵纵 / 15
- 竹里馆 / 17
- 送朱大入秦 / 18
- 长干行 / 19
- 咏史 / 20
- 罢相作 / 22
- 逢侠者 / 23
- 江行望匡庐 / 24
- 答李浣 / 25
- 秋风引 / 27
- 秋夜寄丘员外 / 28
- 秋日 / 29
- 秋日湖上 / 30
- 宫中题 / 31
- 寻隐者不遇 / 33
- 汾上惊秋 / 34
- 蜀道后期 / 35
- 静夜思 / 36
- 秋浦歌　其十五 / 38
- 赠乔侍郎 / 39
- 答武陵太守 / 41
- 行军九日思长安故园 / 42
- 婕妤怨 / 43
- 题竹林寺 / 44
- 三闾庙 / 45
- 易水送别 / 46
- 别卢秦卿 / 47
- 答人 / 49

卷二　五律

- 幸蜀回至剑门 / 52
- 和晋陵陆丞早春游望 / 54
- 蓬莱三殿侍宴奉敕咏终南山 / 56
- 春夜别友人 / 57
- 长宁公主东庄侍宴 / 58
- 恩赐丽正殿书院赐宴应制得林字 / 60
- 送友人 / 61
- 送友人入蜀 / 63
- 次北固山下 / 65
- 苏氏别业 / 67
- 春宿左省 / 69
- 题玄武禅师屋壁 / 70
- 终南山 / 72
- 寄左省杜拾遗 / 74
- 登总持阁 / 75
- 登兖州城楼 / 77
- 杜少府之任蜀州 / 79
- 送崔融 / 81
- 扈从登封途中作 / 82
- 题义公禅房 / 84
- 醉后赠张九旭 / 85
- 玉台观 / 86
- 观李固请司马弟山水图 / 88
- 旅夜书怀 / 89
- 登岳阳楼 / 91
- 江南旅情 / 93
- 宿龙兴寺 / 94
- 题破山寺后禅院 / 95
- 题松汀驿 / 97
- 圣果寺 / 98
- 野望 / 100
- 送别崔著作东征 / 102
- 携妓纳凉晚际遇雨　其一 / 103
- 携妓纳凉晚际遇雨　其二 / 104
- 宿云门寺阁 / 105
- 秋登宣城谢朓北楼 / 107
- 临洞庭 / 108
- 过香积寺 / 109
- 送郑侍御谪闽中 / 111
- 秦州杂诗 / 112
- 禹庙 / 113
- 望秦川 / 115
- 同王征君湘中有怀 / 116
- 渡扬子江 / 118
- 幽州夜吟 / 120

卷三 七绝

- 春日偶成／122
- 春日／123
- 春宵／125
- 城东早春／126
- 春夜／127
- 初春小雨／129
- 元日／130
- 上元侍宴／131
- 立春偶成／133
- 打球图／134
- 宫词／136
- 廷试／137
- 咏华清宫／139
- 清平调词／140
- 题邸间壁／141
- 绝句／143
- 海棠／144
- 清明／145
- 清明／147
- 社日／148
- 寒食／150
- 江南春／151

- 上高侍郎／153
- 绝句／154
- 游园不值／155
- 客中行／156
- 题屏／157
- 漫兴／159
- 庆全庵桃花／160
- 玄都观桃花／161
- 再游玄都观／162
- 滁州西涧／163
- 花影／165
- 北山／166
- 湖上／167
- 漫兴／168
- 春晴／169
- 春暮／170
- 落花／171
- 春暮游小园／173
- 莺梭／174
- 暮春即事／175
- 登山／176
- 蚕妇吟／177

- 晚春／178
- 伤春／179
- 送春／180
- 三月晦日送春／181
- 客中初夏／182
- 有约／183
- 闲居初夏午睡起／185
- 三衢道中／186
- 即景／187
- 初夏游张园／188
- 鄂州南楼书事／189
- 山居夏日／190
- 田家／191
- 村居即事／192
- 题榴花／193
- 村晚／194
- 书湖阴先生壁／195
- 乌衣巷／196
- 送元二使安西／197
- 题北榭碑／198
- 题淮南寺／199
- 秋月／200
- 七夕／201
- 立秋／202
- 秋夕／203
- 中秋月／204
- 江楼有感／204
- 题临安邸／206
- 晓出净慈寺送林子方／207
- 饮湖上初晴后雨／208
- 入直／210
- 夏日登车盖亭／211
- 直玉堂作／212
- 竹楼／213
- 直中书省／214
- 观书有感／215
- 泛舟／216
- 冷泉亭／217
- 冬景／218
- 枫桥夜泊／219
- 寒夜／220
- 霜月／221
- 梅／222
- 早春／223
- 雪梅 其一／225
- 雪梅 其二／226
- 答钟弱翁／227
- 泊秦淮／228
- 归雁／229
- 题壁／231

卷四　七言律诗

- 早朝大明宫 / 234
- 和贾舍人早朝 / 235
- 和贾舍人早朝 / 237
- 和贾舍人早朝 / 238
- 上元应制 / 240
- 上元应制 / 241
- 侍宴 / 243
- 答丁元珍 / 245
- 插花吟 / 246
- 寓意 / 248
- 寒食书事 / 250
- 清明 / 251
- 清明 / 253
- 郊行即事 / 254
- 秋千 / 256
- 曲江　其一 / 257
- 曲江　其二 / 259
- 黄鹤楼 / 260
- 旅怀 / 261
- 答李儋 / 263
- 江村 / 264
- 夏日 / 266
- 辋川积雨 / 267
- 新竹 / 269
- 表兄话旧 / 271
- 偶成 / 272
- 游月陂 / 273
- 秋兴　其一 / 275
- 秋兴　其三 / 276
- 秋兴　其五 / 277
- 秋兴　其七 / 280
- 月夜舟中 / 281
- 长安秋望 / 283
- 新秋 / 284
- 中秋 / 285
- 九日蓝耕会饮 / 287
- 秋思 / 289
- 与朱山人 / 291
- 闻笛 / 292
- 冬景 / 293
- 冬至 / 295
- 梅花 / 297
- 自咏 / 298
- 干戈 / 300
- 归隐 / 301
- 时世行 / 303
- 送天师 / 304
- 送毛伯温 / 306

参考文献 / 309

卷一　五绝

春晓①

孟浩然②

春眠不觉晓,处处闻啼鸟③。
夜来风雨声,花落知多少。

【注释】

①春晓:春天的早晨。②孟浩然(689~740),襄州襄阳(今属湖北)人。早年隐居鹿门山。年四十,游长安,应进士不第。后为荆州从事,患疽卒。曾游历东南各地,诗与王维齐名,称为"王孟"。其诗清淡,长于写景,是唐代第一个大量写作山水诗的人,以五言为主要形式,多反映隐逸生活。作品有《孟浩然集》。③闻:听到。

【译文】

在春天睡个好觉,不知不觉天已经亮了;醒来发现,到处都是鸟儿的啼叫声。夜里听到风吹雨打的声音,不知会有多少花朵被吹落在地。

【赏析】

这是一首惜春的诗。诗人抓住春晨生活的一刹那,描述了生活的真趣,抒发了对烂漫春光的喜爱。

诗的前两句写诗人在睡意蒙眬中听到百鸟的鸣叫声,才发现不知何时天已经放亮,"不觉"二字巧妙地写出了春眠的甜美和惬意;后两句写诗人醒后的回忆,想起昨夜的狂风骤雨,不知打落了多少花朵,充满了无限惋惜之情。

诗人用话语点缀入诗，不假雕琢，不尚工巧，语言精练自然，明白如话，音韵和谐有序，意境清丽优美。虽然全诗只有短短的20个字，但写得有情有景，诗意盎然。

访袁拾遗不遇

孟浩然

洛阳访才子①，江岭作流人②。
闻说梅花早③，何如北地春。

【注释】

①才子：古代有才华的人，这里指袁拾遗。②流人：被流放的人，这里指袁拾遗。③梅花早：梅花早开。

【译文】

我到洛阳拜访一位叫袁拾遗的才子，他却获罪流放到大庾岭。听说那里的梅花开得很早，但怎么比得上故乡洛阳的春色呢。

【赏析】

这是一首精练而含蓄的小诗。诗人前去拜访朋友，没想到朋友却被流放到了江岭。所以诗中包含了相当复杂的情绪，既有不平，也有伤感；感情深沉，却含而不露。

诗的前两句直接写自己寻访友人不遇，交代了朋友的去处；后两句写岭南与洛阳的气候不同，从侧面抒写了自己的心情。

全诗贯穿着两个对比：首先是诗人朋友流放前后的对比，由"才子"变成了"流人"；接着是岭南与洛阳气候的对比，写岭外的"梅花"不如洛阳的春色。通过这两个对比，诗人表达了对这位颇有才气的朋友所遭遇不幸的深切同情，伤感的情绪也更加浓厚。

送郭司仓①

王昌龄②

映门淮水绿③，留骑主人心④。

明月随良掾⑤，春潮夜夜深。

【注释】

①司仓：指管理粮食的官吏。②王昌龄（698～756），字少伯，京兆万年（今陕西西安）人。进士及第后，历任秘书省校书郎、汜水尉、江宁丞、龙标尉。安史乱时，避乱江淮，准备折返江宁时，被濠州刺史闾丘晓忌杀。他是开元、天宝时期的杰出诗人，时称"诗家夫子王江宁"。他的诗题材广泛，边塞军旅、宫怨闺怨、赠别离情都有佳作。诗风俊爽婉丽、雄厚自然。擅长七绝，后人赞为"神品"。有《王昌龄诗集》。③淮水：即淮河，发源于河南桐柏山，流经安徽、江苏，

最后注入长江。④留骑：挽留坐骑，这里是留客的意思。⑤良掾（yuàn）：好官，这里指郭司仓。掾是古代府、州、县属官的通称。

【译文】

门上映出了碧绿清澈的淮河水流，我再三挽留即将远去的友人郭司仓。愿你的官运如皎月一般步步高升，而我对你的挂念也会像春潮一样夜夜高涨。

【赏析】

这首诗是诗人在送别自己好友时所作，写出了诗人对朋友的深厚感情，感情表达得十分细致。王昌龄的绝句以俊逸含蓄著称，这首诗便集中反映了他的这一特色。

诗的前两句写了诗人为友人饯别时的环境和对友人的再三挽留；后两句写诗人对友人的美好祝愿和别后的深切思念。最后一句与第一句遥相呼应，把送别的不舍之情推向了高潮，淮水之绿和春潮之深既是写自然之景，同时也是诗人心情的写照。

洛阳道

储光羲①

大道直如发，春日佳气多②。

五陵贵公子③，双双鸣玉珂④。

【注释】

①储光羲（约707～约760），为盛唐著名田园山水诗人之一。其诗多为五古，擅长以质朴淡雅的笔调描写恬静淳朴的农村生活和田园风光。著有《储光羲集》5卷，《全唐诗》编为4卷，共计228首。②

佳气：指春天气温回升，万物生机蓬勃。③五陵：即长安附近的汉代高祖、惠帝、景帝、武帝、昭帝五个皇帝的陵墓。附近亦多贵臣葬地，祭礼郊游的多为贵公子。后世以五陵指豪门贵族所居之地。④玉珂：马勒上的玉石装饰，两勒相击而发声，故又叫"鸣珂"。

【译文】

洛阳城里的大道平直如伸展的头发，到了春天更是万物复苏，生机勃勃。很多住在富贵之地的贵介公子结伴出游，到处飘扬着马匹上的玉饰发出的叮当声。

【赏析】

这是一首描写洛阳城繁华热闹场景的小诗。诗人以洛阳道为题材，以洛阳贵公子结伴春游为媒介，将洛阳城的繁华描写得生动传神。

诗的前两句主要写景，形容洛阳的大道像头发一样笔直，又描写了洛阳春日的美好气象，为后面的人物出场做准备；后两句写人，写那些贵族公子骑着骏马结伴出游，玉珂碰撞发出阵阵鸣响，显得热闹非凡。

诗人没有把那些贵族公子描述成不务正业、游手好闲之人，而是把他们的形象美化了，把他们作为洛阳道的装饰，用以加深人们对洛阳城繁华面貌的印象。

独坐敬亭山①

李 白②

众鸟高飞尽③，孤云独去闲④。

相看两不厌⑤，只有敬亭山。

【注释】

①敬亭山：在今安徽宣城市西北方。②李白（701～762），字太白，号青莲居士。祖籍陇西成纪（今甘肃秦安），5岁时随父迁居绵州昌隆（今四川江油）青莲乡。25岁离蜀，长期漫游各地。天宝被供奉翰林。安史之乱中，曾入永王李幕府，因败牵累，流放夜郎。中途遇赦东还。晚年漂泊困苦，卒于当涂。其诗风雄奇豪放，想象丰富，语言流转自然，音律和谐多变。善于从民歌、神话中汲取营养和素材，构成其特有的瑰玮绚烂的色彩，达到了浪漫主义诗歌艺术的高峰。③尽：没有了。④闲：形容云彩飘来飘去，悠闲自在的样子。⑤厌：满足。

【译文】

鸟儿们飞得越来越高，终于消失了踪迹。天上浮云也不

愿意留下，静静飘向远方。而最后与我相互对望，仿佛永远也不能满足的，就只有这高大的敬亭山了。

【赏析】

这首诗反映了诗人因怀才不遇而产生的孤独与寂寞的心境。诗人在被拟人化了的敬亭山中寻到慰藉，似乎少了一点孤独感。而恰恰是这样，才将诗人内心深处的孤独之情表现得更加突出。

前两句中，诗人用"尽"、"闲"两个字把读者引入一个"静"的境界，这两个字对"独"有意境上的烘托作用，主要是为了写作者此刻独坐但情意悠然的心境；后两句采用了浪漫主义的手法，将敬亭山人格化，诗人孤身一人却不想回去，他久久地凝望着幽静秀丽的敬亭山，觉得敬亭山似乎也正看着自己，他们之间不必说什么话，已达到了感情上的共鸣。

全诗虽句句是景，却句句是情，另外诗中对山"有情"的描写，也从另一个侧面揭露出社会的"无情"。

登鹳雀楼[①]

王之涣[②]

白日依山尽[③]，黄河入海流。
欲穷千里目[④]，更上一层楼。

【注释】

①鹳雀楼：旧址在今山西省永济县，其楼三层，前可瞻望中条山，下可俯视黄河。因常有鹳雀栖其上，故有此名。后被河水冲没。②王之涣（688～742），字季凌，绛州（今山西新绛县）人，任衡水主簿，

后受人诬陷，辞官归里，曾漫游黄河南北，到过边塞。晚年出任文安县尉，廉洁清白，死于任所。他是盛唐重要诗人，当时已负诗名，《凉州词》被后人推为唐人绝句压卷之作。诗作多散佚，《全唐诗》录诗6首。③依：依傍。尽：消失。④穷：尽，极。

【译文】

太阳依傍着高山慢慢地沉没，黄河之水滔滔不绝东流入海。想要把千里的风光景物看个够，就要努力登上那更高的层楼。

【赏析】

这是一首登高望远诗。诗句朴实简练，言浅意深，反映了盛唐时期人们昂扬向上的进取精神。寥寥数语，把眼前之景写得浩瀚壮阔，气魄雄浑，并且蕴含了深刻的哲理。

诗的前两句写的是登楼望见的景色，用极其朴素的语言把进入视野的万里河山收入短短的两句诗中，令人感到身临其境，胸襟为之一开；后两句即景生情，表面看来只是平铺直叙地写出了这一登楼的过程，其实含意深远，表达出诗人向上进取的精神，也道出了要站得高才能看得远的哲理，把诗篇推向了更高的境界。

诗的两联都是对偶句，而且对得顺乎自然，浑然天成。"欲穷千里目，更上一层楼"，被作为追求理想境界的座右铭，流传千古。

观永乐公主入蕃①

孙 逖②

边地莺花少③，年来未觉新④。

美人天上落，龙塞始应春⑤。

【注释】

①永乐公主：公元717年，唐玄宗封东平王外孙女杨氏为永乐公主，嫁契丹王李失活。②孙逖（695～761），唐朝诗人、史学家，今河南洛阳人。自幼能文，才思敏捷。曾任刑部侍郎、太子左庶子等职。有作品《宿云门寺阁》、《赠尚书右仆射》、《晦日湖塘》等传世。③莺花：莺啼花，这里指春天的景色。④年来：指新年到来时。⑤龙塞：泛指边疆地区。

【译文】

边塞之地终年苦寒，很少有鲜花盛开，虽然过了新年，却没有丝毫春色。永乐公主这样的美人从天而落，应该使这苦寒之地开始有那美丽的春光了。

【赏析】

这首诗是诗人因见永乐公主远嫁契丹王，有感而作。诗里用夸张，用对比，用形容等修辞手法，将一位和亲公主的气质品德刻画了出来，是写人物的典范。

诗的前两句描写了边塞的荒凉景象，即使是新年来临也丝毫感觉不到春天的气息，为后面表达对永乐公主的同情埋下了伏笔；后两句写永乐公主嫁到边塞就像是天上的仙女降临到了人间，为边疆地区带来了春天，这样写既表现了唐王朝的尊贵，也颂扬了公主的美丽。

表面来看，整首诗是在赞颂公主和亲一事，但字里行间也隐含着对公主的深切同情，表达了诗人对这种为政治目的而牺牲个人幸福的行为的批判。

春怨

金昌绪①

打起黄莺儿②,莫教枝上啼。
啼时惊妾梦③,不得到辽西④。

【注释】

①金昌绪(生卒年不详),唐代诗人,约为今浙江人,现今仅存诗《春怨》一首。②打起:赶走。③妾:古代女子对自己的谦称。④辽西:东北辽宁省等地。

【译文】

我要赶走那树上的黄莺,不让它再在树枝上鸣叫。鸣叫声惊醒了我的好梦,害我梦不到那远征辽西的郎君。

【赏析】

这是一首春闺望夫诗。诗中选取了一位少妇日常生活中一个饶有趣味的细节,从正面看好像在写儿女情,实际上却是在写征妇之怨。

此诗描绘了一幅生动逼真的春闺怨妇图:春光正好,黄莺儿歌声又是那么悦耳动听,但这位少妇却无心欣赏,反而想要把黄莺儿赶走,原来是黄莺儿的歌声惊醒了她的美梦。她的丈夫远征辽西未归,留下她一人寂寞惆怅而又无可奈何,只能寄希望于在梦中与丈夫相见。然而,不知趣的黄莺儿偏偏惊扰了她的美梦,使她连这种虚幻的安慰也不能得到,由此含蓄而又深刻地表现了战争带给人们的精神痛苦与哀怨情绪。

全诗意蕴深刻，构思新巧，语言生动活泼，具有民歌色彩，读来余音满口，韵味无穷。

左掖梨花①

丘 为②

冷艳全欺雪③，余香乍入衣④。
春风且莫定⑤，吹向玉阶飞⑥。

【注释】

①左掖：宫禁的左侧，即门下省。唐代的门下省和中书省分别设在宫禁（帝后所居之处）的左右两侧。②丘为（生卒年不详），唐代诗人，苏州嘉兴（今浙江嘉兴市）人。唐玄宗天宝二年（743年）进士，官至太子右庶子，与刘长卿、王维交好。《全唐诗》收他的诗13首。③欺：胜过。④乍：突然。⑤定：停止。⑥玉阶：光洁似玉的石阶，这里指皇宫。

【译文】

梨花的冷艳白洁超过冬天的雪花，它散发的香气一下就侵入了衣服里。春风请不要停止吹动它的花瓣，让这美丽的花瓣飞到在皇宫大殿的玉石台阶上吧。

【赏析】

这是一首托物言志的诗。诗人以梨花自喻，表明自己的廉洁、明净；又以春风比喻皇恩浩荡，希望能够恩泽到自己身上。

诗的前两句描写了梨花的色泽和香气，认为它们比雪花还要冷艳洁白，发出的香气甚至能浸透人的衣服；后两句借飘忽不定的春风表达了自己的愿望，希望春风把诗人这朵梨花吹到皇宫大殿的台阶上，让自己得到君王的眷顾。

梨花的洁白人们素有所闻，梨花的清香对北方人也不陌生，诗人以梨花自喻，非常恰当地表现了自己的清廉和高洁。

思君恩

令狐楚①

小苑莺歌歇②，长门蝶舞多③。

眼看春又去，翠辇不曾过④。

【注释】

①令狐楚（766～837），唐代文学家、政治家、诗人。唐德宗贞元七年（791年）登进士第，官至中书侍郎同平章事，曾任节度使，晚年与刘禹锡、白居易等人交好。《全唐诗》收其诗50多首。②小苑：指皇宫的林苑。③长门：即长门宫，是西汉时陈皇后失宠贬居的冷宫，后指失宠妃子所居的内宫。④翠辇：指皇帝的车辇。

【译文】

皇宫林苑中的黄莺歌声停止了，长门宫前只有蝴蝶还在翩翩起舞。

眼瞅着大好的春光又要逝去，而皇帝的车辇却一直都不曾光顾。

【赏析】

这是一首宫怨诗。全诗以委婉曲折的笔法，如泣如诉地道出了宫妃们的幽怨心情。

前两句写春天将逝，莺歌停歇，宫门冷落，蝴蝶飞舞，展现出一幅荒凉的寂寞冷宫图；后两句写宫女们等了一年又一年，却始终等不到皇帝的恩宠，哀怨之情一览无余。

在本诗中，诗人对这种不近人情的宫廷生活提出了控诉，对宫妃们的凄苦处境表达了深切的同情，深刻揭露了封建统治者摧残无辜女性的罪恶行径。

令狐楚的诗以明丽宛畅、中节合律著称，常常能体现出中唐雅正诗派的审美追求和主导风格，这首诗就是其中的代表之作。

题袁氏别业①

贺知章②

主人不相识，偶坐为林泉。

莫谩愁沽酒③，囊中自有钱。

【注释】

①别业：本宅外另建的园林游息处所，即别墅、别馆。②贺知章（659～744），字季真，自号四明狂客，越州永兴（今浙江萧山）人。证圣进士，官至秘书监。后还乡为道士。善诗歌及草隶书，与张旭相善，为"吴中四士"之一，今存诗20首。贺知章的诗以绝句见长，除祭神乐章、应制诗外，其写景、抒怀之作风格独特，清新潇洒。③谩：

通"慢",轻视,怠慢。沽酒:买酒。

【译文】

我与这里的主人并不认识,偶尔来坐坐是为了欣赏这里的树林和山泉。主人不必因为担忧我没钱买酒而怠慢我,我的袋子里还是有一些钱的。

【赏析】

这首诗给人的感觉就像贺知章的性格一样豪爽豁达,不拘一格。诗人与这家园林的主人并不相识,却为这里的树林山泉所吸引而来访,并通过自言自语拂去主人对他的担心,道出了自己饮酒赏玩的雅兴。

整首诗构思新颖,语言质朴,不拘形迹又十分风趣。诗人没有正面描绘袁氏林园的幽美,只选取与主人偶遇的一个片断来写,写出了游园之乐,却看不到一个"乐"字,鲜明地表现了诗人坦荡豪放的性格。

夜送赵纵①

杨 炯②

赵氏连城璧③,由来天下传。
送君还旧府④,明月满前川。

【注释】

①赵纵(zòng):杨炯(jiǒng)的友人,赵州人。②杨炯(650~692),华阴(今陕西省华阴县)人。10岁时举神童,授校书郎。高宗永隆二年(681年)为崇文馆学士,迁詹事司直。后因祖弟杨神让参加徐敬业反武则天一事,被贬为梓州司法参军,不久选授盈川(在今四川省

筠连县境）县令，卒于官。杨炯诗文与王勃、卢照邻、骆宾王齐名，人称"初唐四杰"。时人习惯称王、杨、卢、骆。著有《盈川集》。③赵氏连城璧（bì）：战国时期，赵国曾得到一块叫和氏璧的美玉。秦王知道后，想要用15座城池交换，故称连城璧。这里用赵氏喻指赵纵，连城璧喻指其才华。④旧府（fǔ）：赵国的故地，指赵纵的家乡。

【译文】

赵国的和氏璧价值连城，自古以来都受到天下人的称赞。今晚上送你回赵州故乡，空中的明月如水一般洒满前川。

【赏析】

这是一首送别诗，是杨炯唯一的一首五言绝句。写杨炯夜间送赵纵回故乡去，饱含了他对友人赵纵的深情厚意。

诗的前两句运用比兴手法，明写和氏璧价值连城，天下赞扬，暗喻赵纵才华出众，声名远播四海之内；后两句写诗人送别朋友赵纵，愿友人平安到达故乡，并以月光普照大地的景象来抒发诗人的满腹别情。

全诗构思精巧，熔叙事、写景于一炉，典故运用得当，语言明白晓畅，形象鲜明可感，能使读者在细细的品味中获得美的感受。

竹里馆

王 维①

独坐幽篁里②，弹琴复长啸③。

深林人不知，明月来相照。

【注释】

①王维（701～761），字摩诘，祖籍太原祁（今山西祁县）人。他的诗题材广泛，各体都擅长，五律五绝成就最高。早期作品表现出对权贵的不满和自我进取精神，后期则写了大量山水田园诗佳作，极富诗情画意，被后人赞为"诗中有画"。诗风清丽淡雅，意境高远。他是盛唐山水田园诗派中最杰出的代表，在当时被誉为"诗名冠代"，诗一写出即"人皆讽诵"。②篁：音 huáng，竹林。③长啸：撮口发出长而清越的声音，是古人抒发感情的一种方式。

【译文】

独自静坐在幽静的竹林子里，时而弹琴，时而长啸。竹林里僻静幽深，无人知晓，却有明亮的月光照耀着。

【赏析】

这是一首写隐士生活情趣的小诗。诗的用字造语、写景，写人都极其平淡，然而却以这样自然平淡的笔调，描绘出清新诱人的月夜幽林的意境，蕴含着一种特殊的美的艺术魅力，成为王维笔下千古传唱的名篇。

前两句写诗人独自一人坐在幽深茂密的竹林之中，一边弹着琴弦，一边又发出长长的啸声，体现出诗人高雅闲淡、超凡脱俗的气质；后两句写诗人僻居深林之中，也并不为此感到孤独，因为那一轮皎洁的月亮还在时时照耀自己，显示出诗人新颖而独特的艺术想象力。

全诗语言平淡自然，格调幽静闲远，情景交融，蕴含着特殊的艺术魅力。

送朱大入秦①

孟浩然

游人五陵去②，宝剑值千金③。
分手脱相赠④，平生一片心。

【注释】

①朱大：孟浩然的好友。秦：这里指长安。②游人：游子、旅客，这里指朱大。③值千金：形容剑之名贵。④脱：解下。

【译文】

朱大你要远游到长安去，我这里有一把价值千金的宝剑。分别之际我把这宝剑解下来送给你，以表示我今生对你的友情。

【赏析】

这是一首送别诗。因诗人的构思精巧，取材典型而自有新意。

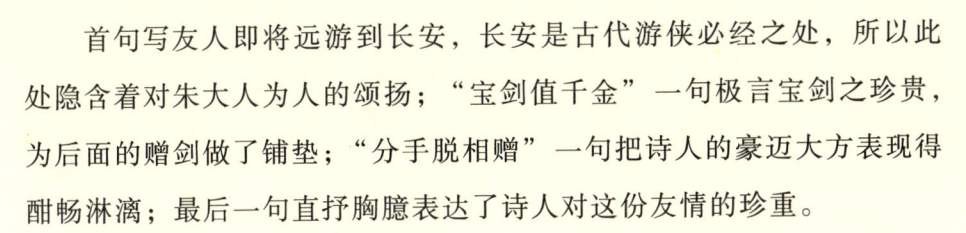

首句写友人即将远游到长安，长安是古代游侠必经之处，所以此处隐含着对朱大人为人的颂扬；"宝剑值千金"一句极言宝剑之珍贵，为后面的赠剑做了铺垫；"分手脱相赠"一句把诗人的豪迈大方表现得酣畅淋漓；最后一句直抒胸臆表达了诗人对这份友情的珍重。

一般情况下，送别友人时总有很多不舍的话语要说，但诗人却省去了这些，而是把重点放在了"赠送宝剑"这件事上。古人常以宝剑配身，而诗人却将自己身上价值千金的宝剑解下赠与友人，显示出诗人重情重义的精神境界，同时也寄托了对朋友此次远行的殷切希望。

长干行①

崔　颢②

君家在何处，妾住在横塘③。
停船暂借问，或恐是同乡④。

【注释】

①长干行：乐府曲名。②崔颢（704～754），汴州（今河南开封）人。唐玄宗开元十一年（723年）中进士，官司勋员外郎。《全唐诗》录存其诗一卷，共42首。③横塘：在今江苏苏州市西南。④或恐：或许，猜测之意。

【译文】

请问你的家乡在哪里？我家是住在横塘。停下船来暂且问一声，或许咱们是同乡呢。

【赏析】

这首诗抓住了人生片断中富有戏剧性的一刹那，用白描的手法，寥寥几笔就把一个娇憨可爱的少女形象刻画得栩栩如生。

诗歌一开头就是少女直率的自问自答,她问眼前的男子家乡是哪里,不等对方回答就先行自报家门,说自己住在横塘;然后少女似乎有些羞涩,就补充说只是想打听一下,说不定是同乡呢,短短几句,让少女娇憨活泼的形象跃然纸上。

诗中的主人公听到有乡音出现就急于"停船"相问,可见她离乡背井,孤零无伴,没有一个可与共语之人,因此听到故乡音就喜出望外。从这一点上诗人还写出了主人公境遇与内心的孤寂,深深开掘了她的个性和内心。

咏史

高　适①

尚有绨袍赠②,应怜范叔寒③。

不知天下士④,犹作布衣看⑤。

【注释】

①高适(700～765),字达夫,排行三十五,渤海(今河北景县)人。开元七年(719年)前后西游长安,求仕无成。天宝八载(749年)举有道科,授封丘尉,因不忍鞭剥黎庶,不久去职。天宝十二载年(753年)入河西节度使哥舒翰幕府,为左骁卫兵曹,掌书记。广德二年(764年)入朝为刑部侍郎,转左散骑常侍,进封渤海县侯。次年正月卒于长安,赠礼部尚书,谥曰"忠"。后世称"高常侍"。高适以边塞诗著称,与岑参齐名,并称"高岑"。②绨袍,质地粗糙的丝袍。③范叔,指战国时期秦国的宰相范雎。④天下士:天下闻名的豪杰之

士。⑤布衣：穿粗布衣服的人，即老百姓。

【译文】

须贾总算是送给范雎一套粗丝织成的衣服，应该是同情范雎的贫寒窘境吧。他不知范雎已经是天下闻名的治国之士，还把他当成普通老百姓一样看待。

【赏析】

这是一首咏史抒情诗。战国时，魏范雎随须贾出使齐国，受到齐相礼遇，须贾心生嫉妒，回来就向魏相进谗，说范雎私通齐国。范雎被处以重刑，后弃之荒野，醒后逃到秦国，改名张禄，秦王任其为相。后须贾使秦，范雎扮作穷人前去相见，当时天降大雪，须贾怜范雎寒冷，便赠以绨袍。次日须贾进见秦相张禄，才知道是范雎，惊惧万分。但范雎念他绨袍之赠，宽恕了须贾。诗人借这个历史典故来抒发自己怀才不遇的痛苦心情。

全诗叙事和议论结合，发古之

幽情，给人一种强烈的感受，能够引起读者的共鸣。诗中几个连接词的运用也恰到好处，上两句的"尚有"、"应怜"，写出须贾赠袍时的那种怜悯心态，但他没有看出范雎其实已经发迹；下两句的"不知"、"犹作"，看上去是心平气和，实际上充满激情，对当权者不识人才的行为表达了强烈的愤慨。

罢相作

李适之①

避贤初罢相②，乐圣且衔杯③。

为问门前客④，今朝几个来。

【注释】

①李适之（694～747），唐朝陇西成纪人。天宝元年（742年），李适之拜相，担任左相，封清和县公。因与李林甫争权失败而罢相，后任太子少保的闲职。天宝六载，贬死袁州。李适之酒量极大，与贺知章、李琎、崔宗之、苏晋、李白、张旭、焦遂，共尊为"饮中八仙"。《全唐诗》收其诗作二首。②避贤：避位让贤，这里带有讽刺的意味。③乐圣：古人有以清酒为"圣人"，以浊酒为"贤人"的说法。此处指饮酒作乐。衔杯：举杯喝酒。④门前客：指登门拜访的客人。

【译文】

我被罢免了相位，让给那所谓的"贤者"来担当，于是我天天在家举杯畅饮，日子过得好生悠哉。试问过去那些常常来我家做客的人，如今还会有几个来看我这个失势之人？

【赏析】

这是一首充满反语、俚语和双关语的讽刺诗。李适之天宝元年任左相,后遭李林甫算计,失去相位,他把这件事说成是避位让贤,显然是带有讥讽的意味。

诗的前两句写诗人被罢免相位之后的生活现状,看似平静悠哉,实际上却透露出诗人心中无限的苦恼和愤懑;后两句将罢相前后的世态人情做了对比,采用了提问的手法,带有明显的讽刺意味,有力地鞭挞了封建士大夫趋炎附势的丑恶嘴脸。

整首诗构思奇特,结构完整,语言朴实无华,含蓄蕴藉。

逢侠者

钱 起①

燕赵悲歌士②,相逢剧孟家③。
寸心言不尽④,前路日将斜。

【注释】

①钱起(722~780),字仲文,吴兴(今属浙江)人。天宝十载(751年)中进士,初为秘书省校书郎、蓝田县尉,后任司勋员外郎、考功郎中、翰林学士等。曾任考功郎中,故世称"钱考功",与韩翃、李端、卢纶等号称大历十才子。其诗以五言为主,自称"五言长城",又与郎士元齐名,齐名"钱郎"。②燕赵:古时战国时代诸侯国的名称"燕、赵",古时这两个战国七雄中的诸侯国出了许多勇士,因此后人就用燕赵人士指代侠士。③剧孟:西汉著名的侠士。④寸心:内心。

【译文】

赵燕两地有很多慷慨悲歌的侠士,今天我们相逢于侠士剧孟的故乡。心中悲壮不平之事向你诉说不完,无奈太阳西斜不得不分手而去。

【赏析】

这是一首因路遇侠者而写的赠别诗,表露了诗人对侠士的倾慕之情。侠士剑客在古代是一种特殊的群体,他们勇于帮助别人,解救劳苦大众于危难之中,有过很多慷慨悲壮的行动。诗人有感于当时社会的黑暗现状,写下了这首歌颂侠士的诗篇。

诗的前两句刻画出一位"侠客"慷慨悲壮的形象,直抒胸臆地把诗人心里的赞美写了出来,说他可与古代的剧孟相媲美;后两句写诗人与这位侠客相见恨晚,正要倾心交谈,说一说这世间的不平事,可是太阳眼看就要落山了,只好恋恋不舍地分手而别。

全诗结构完整,寓意隐蔽,一气呵成,读起来酣畅淋漓。

江行望匡庐

钱 起

咫尺愁风雨①,匡庐不可登②。
只疑云雾窟③,犹有六朝僧。

【注释】

①咫尺:形容距离很近。②匡庐:即庐山。③云雾窟:云雾缭绕的洞穴。

【译文】

虽然庐山近在眼前,但因为风雨而使我发愁,导致我无法攀登。

我怀疑在云雾缭绕的洞穴之中，是否还有六朝时期的僧侣。

【赏析】

这是一首记游诗。诗人把船泊在九江，本想攀登庐山，却因风雨不止而作罢。

前两句中，"愁"字透出了诗人不能领略名山风光的懊恼之情，"不可登"三字则写出了使人发愁的"风雨"之势；后两句中，"疑"字用得极好，写出了山色因云雨笼罩之下的庐山给人的若隐若现的感觉，从而使读者产生意境"高古"的联想。"只疑"和"犹有"之间，一开一阖，在虚幻的想象中渗入似乎真实的判断，更使整首诗显得情趣盎然。

本诗从虚处落笔，用疑似的想象，再现了诗人内心的高远情致，显得韵味十足。写法上采用了国画中的"渝"写技法，将庐山写得扑朔迷离，是山水诗中的佳作。

答李浣

韦应物[①]

林中观易罢[②]，溪上对鸥闲[③]。
楚俗饶词客[④]，何人最往还[⑤]。

【注释】

①韦应物（737～792），唐代京兆长安（今陕西西安）人。少年时以三卫郎事玄宗。历任滁州、江州、苏州刺史，故称韦江州或韦苏州。其诗以写田园风物著名，语言高度锤炼以自然平淡出之。著有《韦苏州集》。②易：指《易经》。③鸥：一种捕鱼而食的水鸟。④楚

俗：楚地的风俗习气，楚是湖南、湖北两省的通称。饶：多的意思。
⑤往还：指朋友间的交往互动情形。

【译文】

在丛林中读过《易经》之后，又去溪边观看水鸟悠闲的姿态。楚地的文人骚客非常多，你与哪一位的来往最亲密呢？

【赏析】

这是诗人与朋友的唱和之作，说的虽然是生活中的琐事，但淡淡几笔，却写出了朋友之间的亲切感情。诗人的朋友李浣从楚地做官归来，作诗赠与诗人，诗人也作诗答之。诗一共三首，此为第三首。

诗的前两句，诗人以简淡平和的语气与朋友聊家常，描述了自己的生活现状，意思应该是不让朋友牵碍；后两句是问候朋友的交际状况，问他在楚地与哪些诗人来往得最密切，可以理解为是一种友谊促使下的关怀。

秋风引

刘禹锡①

何处秋风至，萧萧送雁群②。

朝来入庭树，孤客最先闻③。

【注释】

①刘禹锡（772～842），字梦得，河南洛阳人。贞元进士，又登博学宏词科，授监察御史。参加王叔文领导的政治革新运动失败，贬郎州司马，迁连州刺史，晚年入朝为主客郎中，迁太子宾。世称刘宾客，官终检校礼部尚书。诗与白居易齐名，并称"刘白"，有"诗豪"之誉。作品有《刘梦得文集》。②萧萧：形容风吹树木的声音。③孤客：独自在外客居的人，此作者自指。

【译文】

不知从哪里吹来了秋风，在萧萧的风中送走了雁群。清晨吹入庭前树木，羁旅他乡的我最先敏感地听闻。

【赏析】

诗人曾在偏远的南方过了一个长时期的贬谪生活，因秋风起、雁南飞的悲秋景象触动了孤客之心，写下了这首咏物诗，表达了自己内心的孤寂、落寞情怀。

首句"何处秋风至"，写出了秋风不知不觉到来，让诗人猝不及防、愁绪暗生；接着写"萧萧送雁群"，描述出一幅意境高远的群雁南归图，使悲秋的气氛更加浓郁；第三句"朝来入庭树"，写出秋风吹动庭树，落叶萧萧而下的景象；最后一句"孤客最先闻"是全诗的点睛之处，诗人漂泊在外，对季节的变幻当然非常敏感，"最先"二字表现了诗人强烈的孤寂之感。

全诗构思精巧，并没有直接写草木枯黄、落叶纷飞的经典秋天景象，而是用"入庭树"来隐含其义，将羁旅在外的孤客情绪表达得淋漓尽致。

秋夜寄丘员外①

韦应物

怀君属秋夜②，散步咏凉天。
山空松子落，幽人应未眠③。

【注释】

①丘员外：名丹，苏州人，曾拜尚书郎，后隐居平山上。②属：正值。③幽人：悠闲的人，指丘员外。

【译文】

怀念你的时候正是悲凉的秋夜，我独自一人边散步边咏叹着凉爽的秋天。寂静的山谷中能听到松子落地的声音，我想你现在应该还没有睡吧。

【赏析】

这是一首秋夜怀友诗。诗中采用了虚实结合的手法，把眼前景与意中景同时并列，使怀人之人与所怀之人两地相连，进而表达了异地相思的深情。

前两句点明了当时的时间正是秋天的晚上，诗人因怀念友人而夜不能眠，独自徘徊在这秋凉之夜；后两句是诗人对朋友此时状况的想象，揣摩朋友是否也像自己一样孤枕难眠，一个人静静地听着空山松子落地的声音。

整首诗下笔从容，语言平淡，却是言简意赅，使人感到韵味悠长，回味无穷。

秋日

耿　沣①

返照入闾巷②，忧来谁共语。

古道少人行，秋风动禾黍③。

【注释】

①耿沣（生卒年不详），字洪源，河东（今山西永济县）人。唐代宗宝应二年（763年）进士，曾任大理寺司法、右拾遗等职。他是"大历十才子"之一，与钱起、卢纶、司空曙诸人齐名。②返照：指夕阳的余晖。闾巷：小巷子。③禾黍：稻谷和黍子，这里泛指农作物。

【译文】

夕阳的余晖已经照到了巷子口，扑面而来的忧愁却无人诉说。古老的道路很少有人行走，只有那阵阵秋风吹动着田野中的庄稼。

【赏析】

这是一首触景伤情的秋日感怀诗。全诗用朴实的语言描绘了一幅

秋风陋巷、斜阳古道的黄昏图画，抒发了诗人内心忧深思远的孤寂之感。

首句写快要落山的太阳将余晖照进狭小的巷子，使人感到一种油然而生的苍凉之感；次句写诗人触景生情，忧从中来，却找不到一个人来倾诉，透露出深长的孤寂之感；第三句写出了凄凄冷冷的古道，杳无人迹；最后一句则暗用了"黍离之悲"的典故，表达了诗人对当时社会衰败景象的哀伤之情。

秋日湖上

薛 莹[①]

落日五湖游[②]，烟波处处愁。
浮沉千古事[③]，谁与问东流[④]。

【注释】

①薛莹，晚唐诗人，其生平事迹不详。著有《洞庭诗集》，《全唐诗》里收有10首他的诗，诗风充满伤感，所作多表现隐逸

生活。②五湖：指江苏的太湖。③浮沉：指国家的兴亡治乱。④东流：中国的地势西高东低，河流由西向东流。

【译文】

日落时分，我在太湖上游船，烟波弥漫下的景色使我的内心充满忧愁。千古兴亡之事如湖水般沉沉浮浮，有谁会过问它为何向东流去呢？

【赏析】

这是一首湖上怀古诗。诗人描写了秋日城乡荒凉衰败的景象，表现了他对世事沉浮的无可奈何的心情。

诗的前两句写出了诗人秋日泛舟的时间和地点，并道出了太湖上的烟雾缭绕的景致，同时也烘托出诗人当时的心境；后两句是整首诗的题旨所在，浮浮沉沉的兴衰之事都随着历史的车轮销声匿迹，唯一不变的是那一道滚滚东区的江水。作者用低精神财富的笔调，委婉地道出名利的虚无，既有道家的出仕思想，又表达了作者清风明月般的胸怀。

全诗浅易近人，文情并茂，格调沉郁，既点出了世事如白驹过隙、变幻莫测的道理，也道出了对人生价值观的思考及探索。

宫中题

李 昂[①]

辇路生秋草，上林花满枝。

凭高何限意[②]，无复侍臣知。

【注释】

①李昂（809～840）本名李涵，唐朝文宗皇帝，唐穆宗第二子，在位14年。执政期间政治黑暗，官员和宦竖争斗不断。"甘露之变"后，唐文宗被软禁，形同傀儡，最后抑郁而死。今存其诗7首。②凭高：登高远眺。何限：无限。

【译文】

宫中的道路上长满了秋草，御花园里的花在枝头上绽放着。我登高远眺，心中有无限的感慨，却没有一个侍臣能够知晓了。

【赏析】

这是一首先写景转而直抒胸臆的诗，从诗的内容上看，这首作品应该写于"甘露之变"之后。

"安史之乱"后，唐朝宦官势力开始坐大，唐德宗委任宦官掌管禁军并且成为定制，从此宦官势力变得不可抑制。唐文宗即位后，不甘为宦官控制，便在公元835年和李训、郑注策划诛杀宦官，夺回皇帝丧失的权力。11月21日，唐文宗以观露为名，将宦官头目仇士良骗至禁卫军的后院欲斩杀。不料消息走漏，被仇士良发觉，双方激烈战斗，结果一大批朝廷重臣被宦官杀死，后受株连被杀的一千多人，史称"甘露之变"。

唐朝经"甘露之变"后，朝廷大权彻底落入宦官之手，文宗皇帝也被软禁，他忧心忡忡，触景生情，有感而作此诗。诗歌从文字上抓住了宫廷的特点，像上林苑、辇道、侍臣，都是宫廷所特有的。"凭高何限意，无复侍臣知"两句写出了文宗皇帝身上尚存的骨气，他想要"凭高无限意"地生活下去，但却无法摆脱被囚禁的凄苦处境。

整首诗的境界幽深，情绪压抑，抒发了这位至尊帝王沦为阶下囚后的那种彷徨、失落、痛苦的心境。

寻隐者不遇

贾 岛①

松下问童子，言师采药去②。
只在此山中，云深不知处③。

【注释】

①贾岛（779～843），字浪仙（一作阆仙），范阳（今北京市一带）人。早年为僧，法号无本，后还俗。应进士试，屡试不中。唐文宗时任长江主簿，故被称为"贾长江"。以"苦吟"著称于世。诗格清苦，与孟郊并称为"郊寒岛瘦"。有《长江集》传世。②药：这里指方术之士所服用的茯苓、柏实之类养生药物。③云深：云雾缭绕。

【译文】

我在松树下面询问童子隐者的去向，童子说师傅采药去了。只知道他现在就在这座山中，可是这座山云雾缭绕，谁也不知道他具体在哪儿。

【赏析】

这是一首问答诗。诗人选取了寻访隐者过程中的一个小片段，通过与隐者门下小童的简单对话，描绘出一个超凡脱俗、行踪飘忽的隐者形象。

诗的情节非常简单，首句写寻者问童子，后三句都是童子的答话，诗人通过寓问于答的手法，把寻访不遇的焦急心情描摹得淋漓尽致，将丰富的内容浓缩到这二十个字中，且写得意味深长，令人神往。

全诗遣词通俗清丽，言精笔简，情深意切，白描无华，从平淡中见精神，读后有一种难以言传的神秘意味，是一篇难得的言简意赅之作。

汾上惊秋

苏颋①

北风吹白云，万里渡河汾②。

心绪逢摇落③，秋声不可闻④。

【注释】

①苏颋（670～727），字廷硕，京兆武功（今陕西省武功县）人。武则天时进士，唐玄宗时为宰相，素有文名。苏颋是初盛唐之交时著名文士，与燕国公张说齐名，并称"燕许大手笔"。后人辑有《苏廷硕集》②河汾：即汾河，这里指汾水流入黄河的一段。③摇落：树叶凋零，喻指秋天。④秋声：秋风萧瑟的声音。

【译文】

北风吹动着白云使之翻滚涌动，我要渡过汾河到万里以外的

地方去。心绪伤感惆怅又逢草木摇落凋零，我再也不愿听到这萧瑟的秋风。

【赏析】

这首诗是诗人奉使渡汾河时的即兴之作，抒发了诗人的悲秋之情和羁旅之思。诗人客走他乡，心中必定思念故土，这种心情就是诗中所说的"心绪"。

诗的前两句交代了时间和事由，写诗人在北风肆虐的凄凉环境中，试图渡过汾河去往万里之外的地方，给人一种满目疮痍的感觉；后两句直抒胸臆，写诗人远离家乡，心绪不宁，偏又碰上这万木凋零的季节，那飒飒的秋风让人倍加伤感。

全诗虽仅二十个字，但字字勾连古今，意境含蓄，气象幽远，颇有沧桑之感。

蜀道后期

张　说[①]

客心争日月[②]，来往预期程[③]。
秋风不相待，先至洛阳城[④]。

【注释】

[①]张说（667～730），字道济，一字说之，唐代洛阳人。武则天时应诏对策，得乙等，授太子校书。张说在当时以诗文而闻名，时朝廷重要文件多出其手，与苏颋并称为"燕许大手笔"。有《张燕公集》。

②客心：游子思归的心情。争日月：与时间竞赛。③预：事先规划。
④洛阳：当时的首都，武则天称帝后定都洛阳。

【译文】

我客游在外，经常跟时间赛跑，来往的行程都是预先规划好了的。可恼人的秋风却不肯等我一下，自个儿先行一步到达了洛阳城。

【赏析】

这首诗是张说在校书郎任内出使西川时写的，虽只寥寥20个字，却颇能看出他写诗的技巧和才华。诗中描写的是他出使四川时归程被耽搁后的思归情绪。

前两句写诗人往常的出行都是计划着日子，争取早一步回到家中。这个"争"字用得非常传神，生动地把处在这种地位的游子的心情充分表露出来了；后两句诗人有意把人的感情隐去，绕开一笔，埋怨起秋风来了。通过拟人的手法，通过对秋风的轻轻责备，写出了自己归心似箭的焦虑和行程被耽搁后的懊恼。

静夜思①

李 白

床前明月光，疑是地上霜。
举头望明月②，低头思故乡。

【注释】

①静夜思：在静静的夜晚所引起的思念。②举：抬。

【译文】

明亮的月光洒在床前的窗户上，地上白白的仿佛泛起了一层霜。

我抬头看到空中的一轮明月，不由得低头沉思，想起远方的家乡。

【赏析】

这是写远客思乡之情的诗。诗中以明白如话的语言雕琢出明静醉人的秋夜的意境，不追求想象的新颖奇特，也摒弃了华丽的辞藻；而是以清新朴素的笔触，抒写了丰富而隽永的内容。

前两句写出了羁旅他乡的诗人一刹那间所产生的错觉。一个"疑"字生动地表达了诗人睡梦初醒的精神状态，错将照射在床前的清冷月光误作铺在地面的浓霜。而"霜"字用得也是极妙，既形容了月光的皎洁，表达了季节的寒冷，还烘托出诗人漂泊他乡的孤寂凄凉之情；后两句通过动作神态的刻画，进一步深化了思乡之情。"望"字表明诗人已从迷蒙转为清醒，他翘首凝望着月亮，不禁想起，此刻他的故乡也正处在这轮明月的照耀下。最后一句中的"思"字给读者留下丰富的想象，也许诗人想起了家乡的父老兄弟、亲朋好友，那家乡的一山一水、一草一木，那逝去的年华与往事，无不在思念之中。

整首诗构思细致而深曲，脱口吟成、浑然无迹，语言清新朴素，明白如话，却又是体味不尽，体现出"无意于工而无不工"的诗歌妙境。

秋浦歌 其十五

李 白

白发三千丈，缘愁似个长①。

不知明镜里，何处得秋霜②。

【注释】

①个：指三千丈。②秋霜：指白发。

【译文】

我的白发长达三千丈，是因为忧愁才长得这样长。不知在明镜之中，是何处的秋霜落在了我的头上？

【赏析】

《秋浦歌》一共有17首，此为第15首，也是组诗中流传最广的一首。诗人怀着奔放的激情，采用浪漫夸张的艺术手法，把积蕴极深的怨愤和抑郁宣泄出来，抒发了怀才不遇的苦闷心情，有着强烈感人的艺术力量。

诗的想象丰富而大胆，首句就语出惊人，白发怎么能有"三千丈"呢？等读到下句"缘愁似个长"才豁然明白，原来"三千丈"的白发是因愁而生，那该有多少深重的愁思啊。三四句写诗人照镜子时的惊讶，看似是问话，其实却是抒发感情的痛切之语。这里的"不知"并非真的不知，而是故作不知，以发泄胸中的愤激之情。写这首诗时，李白已经五十多岁了，壮志未酬鬓先斑，不能不倍加痛苦，所以揽镜自照，发出这样沉郁深长的孤吟。

全诗内容丰富，情感深厚，从不同角度歌咏了秋浦的山川风物和民俗风情，同时在歌咏中又或隐或现地流露出忧国伤时和身世悲凉之叹。

赠乔侍郎

陈子昂①

汉廷荣巧宦②，云阁薄边功③。

可怜骢马使④，白首为谁雄⑤。

【注释】

①陈子昂（661～702），字伯玉，梓州射洪（今四川射洪县）人，出身豪富家庭，年轻时慷慨任侠，后发愤读书。进士及第后任麟台正字、右拾遗，敢于直谏而且切中时弊，曾两度随军到北部边塞。后因父亲年老辞官返家，被县令陷害，死于狱中。他反对齐、梁"采丽竞繁，而兴寄都绝"的形式主义诗风，提倡"汉魏风骨"和"风雅兴寄"，要求诗歌有政治社会内容，爽朗刚健的风格。他的诗歌创作实践了这些主张。②汉廷：汉代朝廷，这里借指唐朝。荣：使……荣耀。巧宦：善于投机取巧的官员。③云阁：云台和麒麟阁，汉代悬挂名将功臣画像的地方。薄：轻视。④骢马使：指汉代的忠臣桓典。恒典是汉朝御史，因为他出行时常骑着青白色的马，因此被称为"骢马使"。恒典执法严格，但他并不被爱听好听话的君主器重。这里代指乔侍郎。⑤雄：雄心壮志。

【译文】

汉朝让善于投机取巧的官员得到了荣华富贵，对在边疆立下战功

的臣子却刻薄寡恩。可惜了那些像桓典一样的正直臣子，他们怀着雄心壮志辛苦到老又是为了谁呢？

【赏析】

这是一首借古喻今的愤世之作。朋友乔侍郎久未升官，诗人作此诗赠之，为其鸣不平。

诗的前两句写汉代朝廷只让那些善于投机钻营的官吏得到荣耀，而戍守边疆为国征战的将士却受到冷遇，这里是借汉代朝廷不辨忠奸的史实，暗喻当朝统治者的昏庸；后两句写桓典为人正直忠诚，却熬到白头也得不到重用，这里又借汉代桓典的遭遇，表达对友人得不到朝廷赏识的深切同情。

诗人用这首作品赠给朋友，一方面表达了对朝政的议论，另一方面也是在对自己的朋友倾诉忧愁，从中可以看出诗人的风骨傲气。

答武陵太守

王昌龄

仗剑行千里,微躯敢一言①。

曾为大梁客②,不负信陵恩③。

【注释】

①微躯:指自己微贱的身躯,作者自谦之词。②大梁客:指信陵君的门客,此处代指诗人自己。③信陵:指信陵君魏无忌,此处指武陵太守。

【译文】

我就要凭借佩剑远行千里了,请允许微贱的我冒昧地向您说一句话。我像信陵君的门客一样受到礼遇,今后也一定像那些门客一样不辜负您的恩情。

【赏析】

王昌龄从武陵返回金陵,武陵太守设筵相送,诗人答赠此诗,表达他与主人分别时的心情。

诗的开篇别具一格,"仗剑"二字表现了诗人的豪侠气概,"微躯"是自谦之词,表现了诗人的重情重义;后两句借用典故诗人将武陵太守比作战国时期的魏公子,将自己比作魏公子门下的食客,抒发了自己对武陵太守的敬意和知恩图报的决心。

全诗风格豪放,语言质朴感人,典故运用恰当,将中国传统文化中的报恩思想表达得淋漓尽致。

行军九日思长安故园①

岑 参②

强欲登高去③，无人送酒来④。

遥怜故园菊，应傍战场开⑤。

【注释】

①九日：指农历九月九日的重阳节。②岑参（715～770），原籍南阳（今属河南新野县），迁居江陵（今属湖北）。天宝年间进士，先后两次到西北边塞，佐高仙芝、封常清军幕。晚年官嘉州刺史，世称"岑嘉州"。罢官后客死成都旅舍。以边塞诗与高适齐名，并称"高岑"。其诗歌富有浪漫主义的特色，尤其擅长七言歌行。作品有《岑嘉州集》。③强：勉强。登高：重阳节有登高赏菊饮酒以避灾祸的风俗。④送酒：这里是一个典故。陶渊明有一次过重阳节，因家中贫寒而无力买酒，就在宅边的菊花丛中独自闷坐。当时的太守王弘知道后，叫人送去了酒，这才饮醉而归。⑤傍：倚着，靠近。

【译文】

我在重阳节这天勉强自己登上高处远眺，然而却没有王弘那样的人给我送酒。我想念着远方长安故居中的菊花，大概在这战火纷飞中零星地开放了吧。

【赏析】

这是一首抒发思乡情怀的诗，但它表现的不是一般的节日思乡，而是对国事的忧虑和对战乱中人民疾苦的关切。

诗的第一句交代了时间，紧扣题目中的"九日"。一个"强"字表现了诗人强烈的无可奈何的情绪；第二句化用陶渊明的典故，写出了旅况的凄凉萧瑟，暗寓着题目中"行军"的特定环境；第三句写诗人在佳节之际想到了长安家园，表达了诗人深切的思乡之情。最后一句是关键的一句，让读者仿佛看到了一幅鲜明的战乱图，寄托着诗人对千万饱经战争忧患的人民的同情，对国事的忧虑，对早日平定安史之乱、取得和平的渴望。

整首诗风格质朴，构思精巧，是一首言浅意深、耐人寻味的抒情佳作。

婕妤怨①

皇甫冉②

花枝出建章③，凤管发昭阳④。

借问承恩者⑤，双蛾几许长⑥。

【注释】

①婕妤：这里指班婕妤，班固的姑姑。她曾是汉成帝的宠妃，赵飞燕姐妹入宫后失宠，自请到长信宫侍奉太后。②皇甫冉（716～769），字茂政，润州丹阳（今江苏镇江）人，唐代诗人。天宝十五年中状元，后任无锡尉，官至右补阙。其诗清新飘逸，多漂泊之感。③建章：和后面的昭阳一样都是汉宫名。④凤管：乐器名，这里泛指音乐。⑤承恩：受皇上宠爱。⑥双蛾：女子修长的双眉。这里借指美人。

【译文】

花枝招展的宫女从建安宫出发，到歌舞音乐不断的昭阳宫中侍奉皇帝。试问这些受皇上宠爱的宫女们，你们的双眉到底有多长呢？

【赏析】

这是一首宫怨诗。诗人借班婕妤之口，批判了君恩不公的社会现状，抒发了自己怀才不遇的愤懑之情。

前两句描绘了得到皇帝宠爱的宫女的得意和欢乐情状；后两句是班婕妤发出的感慨，"双蛾几许长"暗喻这些得宠的宫女们恐怕迟早也有失宠的一天，饱含了自己内心的失落和幽怨。

题竹林寺①

朱 放②

岁月人间促③，烟霞此地多。

殷勤竹林寺④，更得几回过⑤。

【注释】

①竹林寺：寺名，在庐山仙人洞旁。②朱放（？～788），字长通，襄州襄阳（今湖北襄樊）人，唐代诗人。其人似乎无心仕途，仅做过幕僚，皇帝曾召他为左拾遗，但是他没有接受。长期隐居的朱放与戴叔伦、刘长卿、顾况等人是诗友，多有唱和。《全唐诗》中录其诗作25首。③促：短促。④殷勤：亲切的情意。⑤过：访问。

【译文】

人世间的岁月非常短暂，此地的烟霞云气非常多。我对着竹林寺充满了感情，然而还可以再来几次呢？

【赏析】

这是作者游览庐山竹林寺的题壁诗。

前两句写出了竹林寺美丽的风光,诗人游历过许多名山大川,这里的艳霞却是最为奇丽;后两句表达了作者竹林寺景色虽美,却不能久留,人生苦短,不知还有几次机会能够再游此地的心情。

诗人有感于眼前迷人的景致,却不能在此久留,忍不住发出了人生短暂的感叹,流露出一种无可奈何的伤感情绪。

三闾庙①

戴叔伦②

沅湘流不尽③,屈子怨何深④。
日暮秋风起,萧萧枫树林。

【注释】

①三闾庙,是奉祀春秋时楚国三闾大夫屈原的庙宇。②戴叔伦(约732~789)唐代诗人。字幼公(一作次公),润州金坛(今属江苏)人。曾任新城令、东阳令、抚州刺

史、容管经略使。晚年辞官为道士。其诗多表现隐逸生活和闲适情调。③沅湘：指沅江和湘江。④屈子：即屈原。

【译文】

沅水和湘水滚滚向前无穷无尽，屈原的哀怨有多么深。日暮黄昏一阵阵秋风吹起，三闾庙边的枫林萧萧作响。

【赏析】

本诗以江流借喻哀怨，以永不停息的江流比喻屈原忧愤怨恨之深广，表达了对屈原的深切怀念，也含蓄地赞颂了屈原的精神不死、魂灵长在。

前两句写诗人见到沅湘之水滔滔不尽地流着，却冲刷不尽屈原的冤屈和愁怨，表达了对屈原遭遇的深切同情；后两句通过日暮秋风吹落无边枫叶的萧瑟之景，进一步烘托了屈原的哀怨和作者的同情，显得含蓄隽永，令人回味不尽。

易水送别①

骆宾王②

此地别燕丹，壮士发冲冠③。

昔时人已没，今日水犹寒④。

【注释】

①易水：河名，发源于河北省易县，在今河北省雄县城南25里。②骆宾王（约640~684），婺州义乌（今浙江义乌）人。7岁作咏鹅诗。最初在道王府供职，后历任奉礼郎、武功主簿、长安主簿、侍御

史等职，曾从军西域，宦游蜀中。武后时因上疏议政获罪下狱，一年后贬为临海丞。684年随徐敬业扬州起兵讨武后，写《讨武氏檄》传遍天下。骆宾王是"初唐四杰"之一，擅长七言歌行，五律也有佳作。③壮士：指战国将士荆轲。发冲冠：即今"怒发冲冠"。④寒：本指寒冷。这里指壮士的凛然之气。

【译文】

在这个地方荆轲告别燕太子丹，壮士荆轲豪气干云，怒发冲冠。那时候的人已经都不在了，今天的易水却还是那样的寒冷。

【赏析】

这是一首抒情送别诗。诗人在构思上别开生面，借送别而思古，以思古而惜今。

前两句道出了送别友人的地点，并借古慨今，把昔日之易水壮别和此刻之易水送人融为一体，表达了诗人对荆轲的深深崇敬之意，也为下面的抒情准备了条件；后两句采用对仗的形式，从咏古过渡到叹今，抒发了诗人内心积极向上的情怀，流露出诗人怀才不遇、生不逢时的情绪，表达了诗人为国作贡献却又不得志的失落感和勇往直前的进取精神。

别卢秦卿

司空曙①

知有前期在②，难分此夜中。
无将故人酒③，不及石尤风④。

【注释】

①司空曙（生卒年不详），字文初，广平（今河北省广平县）人，大历年间进士，磊落有奇才，是"大历十才子"之一。其诗多为行旅赠别之作，长于抒情，多有名句。②前期：之前的约定。③将：回绝、推辞。④石尤风：传说古代有个尤姓的商人，娶了石氏女，情好甚笃。商人远行不归，石氏女思念成疾，临死时发誓要化作大风，帮助天下妇女们阻止她们的丈夫经商远行。于是，后世商旅们称逆风、顶头风为"石尤风"。

【译文】

虽然我们早约定了往后的聚会日期，可是今天晚上还是难舍难离，请不要回绝我这位故人敬你的酒，这比不上刮起顶头的"石尤风"。

【赏析】

这是一首送别诗。作者借"石尤风"这个典故，表达了作者刻意挽留、依依惜别的心情。

前两句写到虽然已知后会有期，却依然难舍难分；后两句写摆酒送行的场面，还有意无意地祝愿天公刮大风，让友人不能成行，不舍之情，溢于言表。

全诗语言质朴，平白如话，却把挽留朋友的真情实感表达得淋漓尽致，读起来非常感人。

答人

太上隐者①

偶来松树下,高枕石头眠②。

山中无历日③,寒尽不知年④。

【注释】

①太上隐者,姓名及生平不详,唐代诗人,隐居于终南山。②高枕:两种解释,一作枕着高的枕头解,一作比喻安卧无事解。③历日:指记载岁时节令的书。④寒尽:寒冷的冬天已经过去。

【译文】

偶然来到松树底下,闲来无事枕着石头睡上一觉。山中没有记载岁时节令的书,寒冬虽已过去,却不知现在是哪一年。

【赏析】

这是太上隐者回答人家问话的诗。诗中向人们展示了一

位不食人间烟火的高人形象。据《古今诗话》记载："太上隐者，人莫知其本末，好事者从问其姓名，不答，留诗一绝云。"

诗中采用了白描手法，既写出了诗人洒脱淡逸的胸怀，又写出了山中的隐趣，看似随口而出，其实意蕴丰富，非常值得回味。

卷二　五律

幸蜀回至剑门①

李隆基②

剑阁横云峻,銮舆出狩回③。
翠屏千仞合④,丹嶂五丁开⑤。
灌木萦旗转,仙云拂马来。
乘时方在德,嗟尔勒铭才⑥。

【注释】

①幸:皇帝到某一地方称作"幸"。剑门:即剑门山,在今四川剑阁东北。②李隆基(685~762),即唐玄宗,唐睿宗第三子。始封楚王,后为临淄郡王。延和元年(712年)即位。即位后励精图治,任用姚崇、宋璟为相,使唐朝经济、政治、文化等的发展达到顶峰,世称"开元之治"。晚年纵情声色,重用权臣李林甫、杨国忠,国政日益颓废,酿成安史之乱。在位43年。喜爱歌舞音乐,曾于梨园教歌舞,所以后世尊其为伶人之祖师爷。③銮舆:皇帝的车驾。出狩:皇帝到外地巡视。④翠屏:绿色的屏风,此处指山。⑤嶂:像屏障一样高险的山。五丁开:传说中蜀道是由五位大力士(五丁)开通的。⑥勒铭:在金石上镌刻,以记载事件或功绩。

【译文】

剑门山高耸入云,险峻无比;我避乱到蜀,今日得以回京。只见那如翠色屏风的山峰有千仞之高,围合在一起;那如红色屏障的石壁,全凭五位大力士开出路径。旌旗辗转在山峦和灌木丛林间,时隐时现,白云有如飞仙,迎着马头拂面而来。治理国家应该顺应时势,施行仁德之政。你们这班平定叛乱的功臣的才德事迹足以刻石铭记。

【赏析】

这首诗为天宝十五载（756年）唐玄宗因安史之乱入蜀避难，于次年回长安至剑门途中而作。

首联写途经剑门的缘由。诗中不去写山，只抓住山腰"横云"这一特定景观来写：在平原高不可及的层云，此刻只是层层低回于剑门腰际，足见山高岭峻路险。"横"字描绘出层云叠起，横截青峰，与峻伟山势，共同构成一种浩然雄劲的气势。"回"字点明事件中心，与主题相呼应。

颔联借用神话来烘托剑门山的雄奇险峻。此联运用了互文的修辞手法。一"合"一"开"凸显其纵横捭阖的气势；"翠""丹"渲染山色之美。

颈联由静转动，由远及近，写出诗人在登山时的见闻。"仙云"呼应首联"横云"。山中之云，远看阴浓层叠，等到拂马而来，却丝

丝缕缕，轻如薄纱，使人看了，顿觉澄洁清爽，加之山势高峻，使人觉得亦真亦幻，恍若进入仙境一般美妙。

结尾由景及情，抒发了治国平天下的种种感慨。经过"安史之乱"后的唐玄宗似乎如梦初醒，明白了施德任贤的重要性。可惜的是，盛唐的大势已去，难以挽回。而这次动乱的发生，与诗人追求享受、重用佞人有不可分割的联系，由此，诗人不免感叹自己昔日之非，不无悔恨。

诗歌融叙事、写景、抒情于一体，境界开阔，基调高昂。

和晋陵陆丞早春游望①

杜审言②

独有宦游人，偏惊物候新③。
云霞出海曙，梅柳渡江春。
淑气催黄鸟④，晴光转绿蘋⑤。
忽闻歌古调，归思欲沾巾。

【注释】

①和：指用诗应答。陆丞：即陆元方，字希仲，武后时曾任宰相。②杜审言（约645～708），字必简，祖籍襄阳（今属湖北），迁居河南巩县（今河南省巩县）。高宗咸亨进士。曾任隰城尉、洛阳丞等小官，累官修文馆直学士。与李峤、崔融、苏味道齐名，称"文章四友"，为唐代近体诗的奠基人之一。作品多朴素自然，其五言律诗，格律谨严。著有《杜审言集》。③偏：出乎寻常。物候：指自然界的气象和季节变化。④淑气：和暖的天气。催黄鸟：催着黄莺早啼。⑤绿蘋（pín）：

浮萍。

【译文】

在外做官的人对异乡的物候变化特别敏感。拂晓时分,海上云霞灿烂,旭日喷薄欲出。晋陵春天来得早,花儿也已开放,渡过长江便看到桃红柳绿,一派春意盎然的气象。和暖的春气催促着黄莺早早歌唱,温馨的阳光下,浮萍的颜色也开始转绿了。忽然听到你用古老的曲调吟唱新作《早春望游》,牵起我回乡的念头,禁不住要流泪了。

【赏析】

这是酬答友人陆丞作《早春游望》的一首和诗。诗人借万物更新之景,抒发自己宦游江南的感慨和归思。

诗歌一反通常触景生情的写法,一开头就大发感慨,在"独有""偏惊"的强调语气中,渲染出诗人宦游江南的矛盾心情。中间二联用生动细腻的笔触,紧扣首联"物候新",描写江南春光明媚、鸟语花香的水乡景色。然而,在这绝美的风光里有着诗人怀念中原暮春的故土情意,句句惊新而处处怀乡。尾联用"忽闻"二字转到"归思"上,由听到了友人歌唱的曲子,产生强烈的共鸣,惹起了相思,不禁潸然泪下。这样结尾,既表达了思乡之痛,又点出了唱和之意,首尾呼应,结构缜密。

全诗紧扣题目,构思精巧,起承转合手法运用得当,体现了很高的艺术性。

蓬莱三殿侍宴奉敕咏终南山①

杜审言

北斗挂城边，南山倚殿前。

云标金阙迥②，树杪玉堂悬③。

半岭通佳气，中峰绕瑞烟。

小臣持献寿④，长此戴尧天⑤。

【注释】

①蓬莱三殿：唐大明宫内紫宸、蓬莱、含元三殿的统称。侍宴：陪侍皇帝宴乐。奉敕：奉皇帝之命。终南山：也称秦岭，是中国南方和北方、长江和黄河的分界，位于陕西长安城南。相传唐时吕洞宾曾在此修道。②云标：云端。金阙：此处言皇宫富丽堂皇之意。迥：远。③杪（miǎo）：树梢。玉堂：本为汉代宫殿，此处泛指宫殿。④小臣：诗人自称。⑤戴尧天：头顶尧帝之天，比喻生活在圣王统治之下。

【译文】

北斗星悬挂在长安城天边，终南山依偎在蓬莱三殿旁。华丽的宫殿高耸入云，远远望去，精美的楼阁仿佛高挂在树梢上。半山腰流通着吉祥的运气，主峰上环绕着祥瑞的烟霭。我持酒向皇帝祝寿，愿您统治的子民能够永远生活在太平盛世之中。

【赏析】

这是借咏终南山来歌颂皇帝的应制诗。

诗人前两联用"北斗""南山""金阙""玉堂"等词既映衬出皇

宫的宏伟高峻和富丽堂皇，又烘托出皇帝的九五之尊和无比威严。第三联则用"佳气"和"瑞烟"进一步颂赞皇帝治理下国家政治清明、人民安居乐业的景象。最后一联直接颂扬皇帝寿比南山，治国有如尧舜，呼应主题。

全诗写得形象生动、庄重典雅，是典型的歌功颂德的作品。

春夜别友人

陈子昂

银烛吐清烟①，金尊对绮筵②。
离堂思琴瑟③，别路绕山川。
明月隐高树，长河没晓天④。
悠悠洛阳道⑤，此会在何年。

【注释】

①银烛：白色蜡烛。②绮筵：丰盛的宴席。③离堂：饯别的处所。琴瑟：指朋友宴会之乐。语出《诗经·小雅·鹿鸣》："我有嘉宾，鼓琴鼓瑟。"④长河：银河。⑤悠悠：遥远。

【译文】

明亮的蜡烛吐着缕缕青烟，高举金杯面对着盛筵美宴。饯别的厅堂里回忆着朋友的深厚情谊，分别后路途遥远，要转过许多高山，跨过许多河流。宴席一直持续到明月隐蔽在高树之后，银河消失在拂晓之中。我即将踏上漫长而旷远的洛阳大道，今日一别，不知何时才能相见！

【赏析】

本诗约作于武则天垂拱四年（688年），陈子昂准备告别家乡，奔赴洛阳，友人张筵为他饯行，诗人赠诗二首，本诗为第一首。

此诗在情和景的安排上，先以秾丽之笔铺写宴会之盛；次以婉曲之调传达离别之愁；再以宏大的时空背景烘托出宴会之久与友谊之长；最后以展望征途来结束全篇。

整首诗层次分明，通篇语言畅达优美，结构回环曲折，从优美的意象描写中自然地流露感情，胜于一般的离别之作。

长宁公主东庄侍宴①

李 峤②

别业临青甸③，鸣銮降紫霄④。
长筵鹓鹭集⑤，仙管凤凰调。
树接南山近，烟含北渚遥⑥。
承恩咸已醉，恋赏未还镳⑦。

【注释】

①长宁公主：唐中宗的女儿，很得中宗宠爱，获赐东庄。②李峤（644～713），字巨山，唐赵州赞皇（今属河北）人。唐高宗时进士，武则天和唐中宗时为宰相，封赵国公。诗多咏物写景之作，后人辑有《李峤集》。③甸：京城的近郊。④銮：皇帝车架用的铃。紫霄：此处指皇宫。⑤鹓（yuān）鹭：两种鸟，它们群飞而有序，因以喻百官朝见皇帝时秩序井然。⑥渚：水中陆地。⑦镳（biāo）：马嚼子，代指乘骑，此处指皇帝的车驾。

【译文】

长宁公主的东庄别墅在遍地青青的城郊，皇上的车驾好像从天而降来到这里。举行盛宴，百官有如鹓鹭齐集班行；仙乐优美动听，仿佛凤凰和鸣。别墅树木郁郁葱葱，似乎与终南山连成一片；庄园烟霞缭绕，一直延伸到渭水边上。得到皇上的恩泽，群臣都已喝得酩酊大醉；大家留恋东庄的美景，久久不想归去。

【赏析】

中宗与韦后临驾东庄，李峤以宰相身份随驾赐宴，奉皇帝诏命而作此应制诗。

首联写皇帝光临公主的别墅东庄。"降"充分表现了皇帝地位的崇高与尊贵。颔联极言别墅宴会的盛况。"长筵"二字既表明参加宴会的人之多，又渲染出筵席的盛大。颈联转而描写东庄的景色：树木葱郁，烟雾迷蒙，宛如一幅山水画。"接""含"二字将东庄的恢宏气势淋漓尽致地表现了出来。尾联写对皇恩的感激之情。第七句写与会的朝臣承蒙皇恩而喝醉，言下之意是说宴会办得非常成功，大家都非常尽兴，以至于一醉方休。第八句进一步歌颂皇恩浩荡。

全诗以时间为序,用比喻、对比、夸张等修辞手法来渲染长宁公主别墅的豪奢胜景,以及皇帝驾临宴席的盛大场面,从侧面反映了封建帝王及其子女豪华奢侈的生活。

恩赐丽正殿书院赐宴应制得林字①

张 说

东壁图书府②,西园翰墨林③。

诵诗闻国政,讲易见天心。

位窃和羹重④,恩叨醉酒深。

载歌春兴曲⑤,情竭为知音。

【注释】

①丽正殿:宫殿名,为唐玄宗开元十二年(725年)所建。应制得林字:张说在宴席上,奉唐玄宗之命作诗,得"林"字韵。②东壁:二十八星宿之一,此处指皇家藏书秘府。③西园:三国时魏国园林,曹丕、曹植与建安七子等文人多在此筵集赋诗,此处代指丽正殿。翰墨:笔墨。此处代指文人雅士。④位窃:居官,诗人自谦的说法。和羹:调和羹汤,此处喻指宰相辅佐皇帝处理朝政。⑤载:乃,就。

【译文】

丽正殿设了书院,成为文人雅士聚会的地方。诵读《诗经》了解国事,讲解《易经》知道天意。我窃居宰相高位,身负重任。承蒙皇帝赐宴,不觉喝得酩酊大醉。宴会上载歌载舞,春意融融,引起了我作诗的雅兴,希望竭尽所能来报答皇上的知遇之恩。

【赏析】

这是一首应制诗。首联用"东壁""西园"两个历史文苑来宏观介绍丽正殿书院的性质。颔联则引出颂《诗》讲《易》二典来说明书院的作用。颈联和尾联抒发了诗人作为宰相监管书院的欣喜与感激之情，以及自己将不辜负皇帝的厚爱竭忠尽智的决心。

这首诗写出了丽正殿书院的特点，诗人运用典故贴切，具有书卷气。全诗叙事清晰，结构匀称，对仗工整。

送友人

李 白

青山横北郭①，白水绕东城。
此地一为别，孤蓬万里征②。
浮云游子意，落日故人情。
挥手自兹去③，萧萧班马鸣④。

【注释】

①郭：外城。②蓬：蓬草，一名飞蓬，干枯后根株断开，遇风飞旋。诗中常用来比喻游子。征：远行。③兹：此。④萧萧：马鸣声。班马：离群的马，此处指载人远行的马。班：别。

【译文】

青翠的山峦横卧在城墙的北面，清澈的流水围绕着城的东边。在此我们一道握手言别，你会像孤蓬一般万里飘零，辗转不定。游子心思恰似天上浮云，夕阳余晖可比难舍友情。频频挥手作别从此分离，

友人骑的那匹将要载他远行的马萧萧长鸣，似乎也不忍离去。

【赏析】

这是一首充满诗情画意的送别诗。诗人通过对送别环境的刻画、气氛的渲染，表达出对友人的依依惜别之情。

首联用了工丽的对仗句，写得别开生面。以"青山"对"白水"，"北郭"对"东城"。"青""白"相间，色彩明丽。"横"字勾勒出青山的静姿，"绕"字描画了白水的动态。如此描摹，挥洒自如，清新雅致。

中间二联点题，写离情别绪。颔联表达了对友人漂泊生涯的深切关怀，落笔如行云流水，舒畅自然。颈联用飘动的"浮云"比喻漂泊的游子，用缓缓下沉的"落日"比喻与友人之间难舍难分的真挚情谊，写得委婉含蓄，深切感人。

尾联两句情意更切。送君千里，终须一别。诗人借马鸣之声犹作别离之声，衬托离情别绪。李白化用古典诗句，著一"班"字，幡然出新，烘托出缱绻情谊，是鬼斧神工的手笔。

诗中抒发的感情真挚深沉，所用手法也颇为巧妙，随时常见的送别题材，但意致缠绵，言浅意深，读之令人神往。语言自然朴素，不加修饰，别具特色。

送友人入蜀

李 白

见说蚕丛路①，崎岖不易行。
山从人面起，云傍马头生。
芳树笼秦栈②，春流绕蜀城。
升沉应已定③，不必问君平④。

【注释】

①见说：听说。蚕丛：蜀国的开国君主，代指蜀地。②秦栈：由秦（今陕西省）入蜀的栈道。③升沉：宦途得失。④君平：西汉严遵，字君平，隐居成都不仕，以占卜为生。

【译文】

听说从这里去蜀地的道路，坎坷艰险自来就不易通行。在栈道上行走时，紧靠峭壁，山崖好像从人的脸侧突兀而起，云气依傍着马头上升翻腾。郁郁葱葱的树木遮蔽了从秦入川的栈道，锦江碧水环绕着蜀地的都城。一个人仕途的进退升沉已命中注定，没有必要再去占卜问卦。

【赏析】

这首诗为天宝二年（743年）李白在长安送友人入蜀时所作。诗歌以写实的笔触，精练、准确地刻画蜀道山川的奇美景观，流露出诗人对朋友的关切之情。

首联笔调平实，描写入蜀时道路的艰险。李白在《蜀道难》中写道："蚕丛及鱼凫，开国何茫然。尔来四万八千岁，不与秦塞通人烟。"在对蜀道之险峻的描摹方面，二者有异曲同工之妙。

颔联奇险，就"崎岖不易行"的蜀道作进一步的具体描绘。人与石壁、马与云层之间零距离接触，非常传神地表现了蜀道特殊的自然环境，可谓别出心裁，令人拍案叫绝。"起""生"二字生动地表现了栈道的狭窄、险峻和高危，想象诡异，境界奇美。

颈联转入舒缓，极尽渲染蜀道上瑰丽的风光。此联中的"笼"字是评论家所称道的"诗眼"，写得生动、传神，含意丰满，表现了多方面的内容。首先，它准确地描画了栈道林荫是由山上树木朝下覆盖而成的特色。其次，它与上句"芳树"相呼应，形象地表达了春林长得繁盛芳茂的景象。最后，"笼秦栈"与对句的"绕蜀城"，字凝语练，恰好构成严密工整的对偶句。

尾联低沉，点出主旨。诗人用汉代君平的典故，婉转地启发友人，切莫沉迷于功名利禄。君平是成都著名的占卜者，用此典故，既是为了宽慰朋友，同时也是为了扣题写"入蜀"，颇见诗人技艺之高超。

诗中既有劝导朋友不要对功名利禄耿耿于怀，又暗寓诗人在朝中受人排挤的深层感慨。全诗语言精练，分析鞭辟入里，笔力开阖顿挫，风格清新俊逸。

次北固山下①

王　湾②

客路青山外③，行舟绿水前。

潮平两岸阔，风正一帆悬④。

海日生残夜⑤，江春入旧年。

乡书何由达⑥，归雁洛阳边⑦。

【注释】

①次：旅途中暂时停宿，此处指停泊之意。北固山：山名，位于今江苏镇江北。②王湾（约693～751），洛阳人，先天元年（712年）考中进士，授荥阳县主簿、转洛阳尉。开元五年（717年），马怀素为昭文馆学士，奏请校正群籍，召博学之士，王湾在选，后与刘仲丘合编《群书四部录》200卷。王湾博学工诗，诗虽流传不多，但享名甚大。《全唐诗》存其诗10首。③客路：旅途。青山：即北固山。④悬：挂。⑤生：升起。⑥乡书：家信。⑦归雁：我国古代有用大雁传递书信的传说，源于《汉书·苏武传》。

【译文】

北固山间弯弯曲曲有一条小径，绿水中漂漂荡荡有一叶风帆。潮水涨到岸边，水面看起来更加宽阔；乘着顺风的船，仿佛悬在万顷碧波之上，飘飘然如凌空飞驶。夜幕还没有褪尽，一轮红日已从海上冉冉升起，旧年还没有完全过去，江南已有了春天的气息。给家乡捎的书信何时才能到达呢？北归的大雁啊，烦劳你替我将它带到故乡洛

阳吧。

【赏析】

诗人经镇江去往江南一带，一路行来，当船只停靠在北固山下时，触动了诗人的情思，吟成此诗。诗中细致地描绘了长江下游开阔秀丽的早春景色，表达了诗人对祖国山河的热爱，流露出诗人乡愁乡思的真挚情怀。

首联以对偶句发端，先写"客路"而后写"行舟"，其人在江南、神驰故里的漂泊羁旅之情，已流露于字里行间，与末联的"乡书""归雁"，遥相呼应。

颔联承上描绘出舟行所见之景色。这联的妙处，在于它大景和小景交相辉映，描绘得十分传神。上句描写的是大景，下句描写的是小景，大景是背景，小景是主题，两相配合，将平野开阔、江水浩渺、风平浪静、帆顺人安的情景栩栩如生地呈现在了读者的眼前。

颈联是驰誉当时、传诵后世的名句,特写拂晓时所见所感。这一联炼字炼句极见功夫。诗人从炼意着眼,将"日"与"春"作为新生、美好事物的象征,提到主语的位置而加以强调,并且用"生""入"二字将其拟人化,赋予它们人的意志和情思。妙在诗人无意说理,而说理已在所描写的景物、节令之中,蕴含着一种自然的理趣。

尾联由眼前之景而引起乡思之愁,衔接自然,不事雕琢。

全诗用笔自然,写景鲜明,情感真切,情景交融,风格壮美,极富韵致。

苏氏别业

祖　咏①

别业居幽处,到来生隐心②。

南山当户牖③,澧水映园林④。

竹覆经冬雪,庭昏未夕阴。

寥寥人境外,闲坐听春禽。

【注释】

①祖咏(约699～776),洛阳人。开元十二年(724年),进士及第,长期未授官。后入仕,又遭迁谪,仕途落拓,后归隐汝水一带。祖咏与王维交情颇深,往来酬唱频繁。王维在济州赠诗云:"结交二十载,不得一日展。贫病子既深,契阔余不浅。"(《赠祖三咏》)其诗多状景咏物,宣扬隐逸生活,辞意清新、文字洗练,是盛唐山水田园派代表诗人之一。②隐心:隐居之心。③户牖:门窗。④澧水:一作

"沣水"，发源于秦岭，经户县、西安入渭水。

【译文】

别墅坐落在优雅清静的地方，来到这里，使我产生了归隐之心。终南山与门窗遥遥相对，澧水的粼粼碧波中映射出别墅园林的斑驳倒影。遮掩着别墅的竹林，还覆盖着经久不化的白雪；尽管还没有到傍晚，庭院就已笼罩在浓重的昏暗之中。别墅这里的环境幽静，好像隔绝了尘世，只能听到春鸟的鸣叫了。

【赏析】

这首诗极力渲染了苏氏别业清幽、雅致的环境，烘托出苏氏别业主人高洁的品质，抒发了诗人欲归隐闲居的情怀。

首联写诗人对苏氏别业的总的感受。首句一个"幽"字，点明别墅坐落在深山幽僻之处。次句"隐心"抒写自己一到别墅就产生了隐逸之情。叙事干净利落，开篇即点明主旨。

颔、颈两联生动地描绘了苏氏别业的环境。颔联写的是远景，依山傍水，境界开阔。颈联写的是近景，用字非常精练。"经冬"表明时令已是春天；"未夕"说明时间为白昼；"覆"字表现积雪之厚。写出了苏氏别业新鲜的、不同寻常的深山幽景。

尾联是人境与物境的妙合。全诗前七句都是写静景，没有声息，诗人在篇末表现自己"闲坐听春禽"，以声音传递出春的讯息。此联深化了主题，进一步点明诗人对隐居生活的无限向往。

全篇语言洗练，造语新奇，格律严谨，意境清幽，是盛唐五言律诗的一首杰作。

春宿左省①

杜 甫

花隐掖垣暮②，啾啾栖鸟过。
星临万户动，月傍九霄多。
不寝听金钥③，因风想玉珂④。
明朝有封事⑤，数问夜如何。

【注释】

①宿：值夜。左省：门下省，魏晋至宋的中央最高政府机构之一，位于皇宫东侧。②掖垣：此处指门下省。③金钥：本指门上的钥匙，此处指开宫门的钥匙声。④玉珂：马铃。⑤封事：臣下上书奏事，为防泄漏，用黑色袋子密封，因此得名。

【译文】

夜幕时分，花枝掩映在宫殿院墙之中；日已将暮，投宿的鸟儿一群群鸣叫而过。在夜空群星的照耀下，宫殿中的千门万户也似乎在闪动；高入云霄的宫殿映着月光，显得格外明亮。我夜不敢寐，仿佛听到了有人开宫门的钥匙声，晚风飒飒，想起上朝马铃的音波。明早上朝，还有重要的大事要做，心中不安，多次询问是什么时候了。

【赏析】

这首诗描写诗人上封事前在门下省值夜时的心情，表现了他居官勤勉、尽忠职守的思想。

首联描绘开始值夜时"左省"的景色。这两句看似信手拈来，实则章法谨严，十分考究。这里有花有鸟，点明题中"春"字。"花隐"的状态和"栖鸟"的鸣声是傍晚时的景致，是作者值宿开始时的所见所闻，与"宿"相关联。"掖垣"二字交代值夜的处所，扣题中"左省"。因此，此联可谓字字点题，一丝不漏，足见诗人的匠心。

颔联是写得极精彩的警句，对仗工整妥帖，描绘形象生动，不仅把星月映照下宫殿巍峨清丽的夜景活画出来了，而且寓含着帝居高远的颂圣味道，虚实结合，形神兼备，语意含蓄双关。

颈联通过丰富的想象，非常传神地表现了诗人勤于国事，唯恐在自己值夜期间，出现什么差错而耽误上朝的心情。构思十分新巧：本来是进一步贴诗题中的"宿"字，但是诗人反用"不寝"二字，细致地刻画出他宿省时无法入睡时的心理活动，另辟蹊径，显得笔法空灵，诗韵深长。

尾联交代彻夜难眠的原因，其中"数问"二字加重了诗人寝卧难安的情绪。此二句由题后绕出，从宿省延伸到次日早朝上封事，语句矫健有力，词意含蓄隽永，忠爱之情充溢于字里行间。

全诗自暮至夜，自夜至将晓，自将晓至明朝，叙述详明而富于变化，描写真切而生动，结构既严谨又灵动，诗意既明达又蕴藉。

题玄武禅师屋壁①

杜 甫

何年顾虎头②，满壁画沧州③。
赤日石林气，青天江海流。
锡飞常近鹤④，杯渡不惊鸥⑤。
似得庐山路，真随惠远游⑥。

【注释】

①玄武：又名宜君山、三嵎山，在今四川省中江县，一说为大雄山玄武庙。②顾虎头：晋代画家顾恺之。③沧州：临水的地方。④"锡飞"句：此处化用了梁武帝时高僧宝至与白鹤道人的典故。据《高僧传》记载，舒州（位于安徽西南）潜山风景秀美，梁高僧宝至与白鹤道人都想前往那里建寺庙和道观。梁武帝得知此事后，就让他们各显法力，飞一物上山作为标志，然后在物体降落的地方兴建寺庙或道观。于是白鹤道人放鹤先飞，宝至随后将锡杖抛向空中。待白鹤飞到时，锡杖已经先到山上了，白鹤只好另选他处。⑤杯渡：以水杯渡海。据《高僧传》记载，南朝宋时，有高僧常乘一木杯渡海，不借风力来去如飞，而白鸥不惊，时人于是称他为杯渡禅师。后喻指得道高僧。⑥惠远：东晋时高僧。

【译文】

是哪一年顾恺之在禅师房的两壁上画了这一幅隐士居地的风景图？壁画中，在怪石嶙峋、云雾缭绕的苍山中，一轮红日高悬在一望无际的碧空下；江海碧波横流，水天一色。宝至和尚的锡杖飞舞超过了白鹤道人的仙鹤，高僧乘木杯渡海，其轻快敏捷得连海鸥都没有惊动。看了这幅壁画，就好像找到了进入庐山的道路，真的要随惠远高僧修道远游。

【赏析】

这是一首题画诗。诗人用文学的语言展现绘画的高妙和神韵。

首联用惊叹的语气引出主题，中间四句以远近结合、动静互衬的手法，细致地描绘了壁画的壮丽奇景。尾联抒情，流露出诗人对平静安宁生活的倾心神往。

全诗用典贴切自如，诗意浑然天成。

终南山

王 维

太乙近天都①，连山到海隅。

白云回望合，青霭入看无②。

分野中峰变③，阴晴众壑殊。

欲投人处宿，隔水问樵夫。

【注释】

①太乙：即"太一"，终南山主峰，也是终南山别称。②霭：云

气。③分野：古人将天上的星宿和地上的各州对应，分为若干区域，称为分野。此处指终南山主峰将周围地面划分成不同的区域。

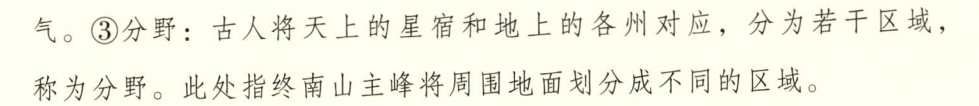

【译文】

巍峨的终南山紧靠京城长安，绵延不断的山脉一直蜿蜒到海边。回头望去，翻滚的白云忽合忽分，千变万化；青色的雾气迷茫笼罩，走近一看，又消失得无影无踪。高耸云霄的主峰，将终南山周遭划分成不同的区域，千岩万壑的阴晴明暗，各不相同。想在山中找个人家去投宿，隔水询问那樵夫可否方便？

【赏析】

开元二十九年（741年），王维从岭南回到京城长安，曾隐居终南山下的辋川别墅中。本诗当作于这一时期。这首诗从不同角度描写终南山的宏伟景象。

首联写远景，以夸张的手法，极言山之高远。从长安遥望终南山，其顶峰的确与天连接；其西边望不到头，东边望不到尾。因此，此二句正是以夸张写真实，令读者感到视野开阔，意境宏大。

颔联写近景，描写诗人身处山中时所见。诗人采用互文的手法，二句交错为用，相互补充。诗人走出茫茫云海，前面又是蒙蒙青霭，给人可望而不可即之感。这种烟云变灭、移步换形奇妙的境界，诗人仅用10个字就生动传神地表现了出来，表明诗人观察自然环境深入细致，既善于总结，又善于表达。

颈联高度概括，进一步写终南山之寥廓和千岩万壑的形态。"变"字描绘出终南山的山峦起伏之大、子峰之多。接着诗人巧妙地对"众壑"的阴晴进行对比，间接地将终南山群峰相隔的距离点出。"殊"字则意味深长地渲染了它们"同山不同天"的奇异。

尾联抛开写景，转向记事。既写出深山人迹罕至，又暗示出诗人置身于景色悠然的终南山时流连忘返的心情。"问樵夫"的情景不仅丰富了画面，而且在画外增加了声音与活力。

全诗写景、写人、写物，动如脱兔，静若淑女，有声有色，意境清新，宛若一幅山水画。

寄左省杜拾遗①

岑 参

联步趋丹陛②，分曹限紫薇③。
晓随天仗入，暮惹御香归④。
白发悲花落，青云羡鸟飞⑤。
圣朝无阙事⑥，自觉谏书稀。

【注释】

①杜拾遗：即杜甫，曾任左拾遗。②联步：同行。群臣朝拜皇帝时分成两行，左右二人同步而行，以示恭敬。丹陛：宫中的红色台阶，借指朝廷。③曹：官署。限：阻隔，引申为分隔。紫薇：帝王宫殿，此处指朝会时皇帝所居的宣政殿。④惹：沾染。御香：朝会时殿中设炉燃香。⑤鸟飞：隐喻飞黄腾达的人。⑥阙事：缺点和过失。

【译文】

上朝时我们并肩同行在宫殿前的红色台阶上，办公时却分别在中书、门下省，隔在宫殿东西两端。早晨随着天子的仪仗入朝，晚上身染御炉的香气回家。每当见到庭院凋落的残花，就不禁引发自己已是满头银发的悲叹；每当遥遥望见高空的飞鸟，就非常羡慕像它们一样飞黄腾达的人。太平盛世，朝政清明，皇上大概不会有什么缺点和过失，规谏皇帝的奏章自然日见稀微。

【赏析】

这首诗写于唐肃宗至德三年安史之乱后，是一首登高抒怀诗。

诗的首、颔二联句描写与杜甫同朝为官的情形。诗人连续铺写"天仗""丹陛""御香""紫薇"，表面看，似乎是在炫耀朝官的荣华显贵；实则在慨叹朝官生活的空虚、单调、呆板。"晓""暮"二字说明这种庸俗无聊的生活，日复一日，天天如此。颈联直抒胸臆，向旧友倾吐内心的忧愤。"悲"是该联的中心，高度概括了诗人对朝官生活的态度和感受。尾联是全诗的高潮。此二句中，诗人感慨身世遭遇和发泄对朝廷不满的愤懑之情，名为赞朝廷无讽谏之事，实含深隐的讽刺之意。一个"稀"字，反映出诗人对文过饰非、讳疾忌医的唐王朝失望的心情。

全诗采用隐晦曲折的笔法，寓贬于褒，用婉曲的反语来抒发内心忧愤，构思绝妙。

登总持阁①

岑 参

高阁逼诸天②，登临近日边。
晴开万井树，愁看五陵烟。
槛外低秦岭，窗中小渭川。
早知清净理③，常愿奉金仙④。

【注释】

①总持阁：楼阁名，位于终南山上，高峻壮丽。②逼：迫近。诸天：佛教用语，指众神佛居住的地方。③清净理：佛教用语，远离罪恶与烦恼的禅理。④金仙：用金色涂抹的佛像。

【译文】

总持阁高峻直逼云天，火红的太阳从它身后冉冉升起，登上阁楼，仿佛身近云霓，凌空欲飞。纵目四望，八百里秦川、村落井树尽收眼底，五陵烟雾迷茫动人愁思。那蜿蜒的秦岭，仿佛一条青龙横卧天际；那潺潺流动的渭水，恰似一条金带环绕着故城。早知佛家有远离恶行之过失、烦恼之垢染的禅理，我情愿脱离尘世，时常侍奉在那金色的佛像前。

【赏析】

这是一首登高抒怀诗。诗人穷极笔力描写总持阁的雄伟高峻。

首联以总持阁"逼诸天""近日边"的夸张手法来表现总持寺阁高耸入云的势态。中间两联写诗人亲自登上阁楼后从远视、近视等不同的角度写其所见。颔联写远景，一"愁"字牵出了诗人的无限情怀。颈联写近景，诗人运用夸张和反衬的手法来进一步突出总持阁之高、气势之盛大，大有"会当凌绝顶，一览众山小"的神韵。尾联最后点出了这座高阁的作用，是出家人用来修行的佛家建筑，同时抒发诗人对参禅悟道生活的向往。

全诗意境宏阔，气势磅礴，笔力奇恣，体现了岑诗"雄奇"的特点。

登兖州城楼①

杜 甫

东郡趋庭日②，南楼纵目初③。

浮云连海岱④，平野入青徐⑤。

孤嶂秦碑在⑥，荒城鲁殿余⑦。

从来多古意，临眺独踌躇。

【注释】

①兖州：唐代州名，在今山东兖州。②东郡：即兖州。趋庭：指看望父亲，当时杜甫的父亲在兖州为官。典出《论语·季氏》："鲤趋而过庭。"③南楼：兖州的南城楼。初：首次。④海岱：东海、泰山。⑤入：此处指是一直伸展到的意思。青徐：青州、徐州。⑥孤嶂：孤立的山峰，指泰山。秦碑：秦始皇命人所记得的歌颂他功德的石碑。⑦鲁殿：汉时鲁恭王在曲阜城修的灵光殿。

【译文】

我在去兖州看望父亲期间，第一次登上南城楼放眼远眺。飘浮的白云与东海、泰山连成一片；一马平川的原野直入青州和徐州。秦朝铭刻的石碑还耸立在高峻的山峰上，汉代的灵光殿而今只剩下一片荒芜的城池。我本来就常发思古的幽情，更何况登上这座古城高楼，怎能不叫人感慨万千呢！

【赏析】

这是一首怀古诗。诗人以细腻的笔触，刻画了登楼所见到的景致。

首联叙事，点出登楼的缘由和时间。"趋庭"用《论语·季氏》孔丘的儿子"鲤趋而过庭"的典故，指明是因探亲来到兖州，借此机会登城楼"纵目"观赏。"初"字确指这是第一次登临城楼。

颔、颈二联写景，从雄壮的东海、巍峨的泰山、辽阔的平原，到触人心怀的秦碑鲁殿，由远及近，徐徐展开。颔联写远景，"浮云""平野"四字，用烘托法表现兖州与邻州都位于辽阔平野之中，浮云笼罩，难以分辨。"连""入"二字从地理角度加以定向，兖州往东与海"连"接，往西伸"入"楚地。不但壮观，且传神。颈联写近景，"在""余"二字从历史角度进行选点，秦碑、鲁殿在"孤嶂""荒城"中经受历史长河之冲刷，一存一残，其中的原因很能引人深思。

尾联是全诗的总结，抒发了诗人的怀古情思。"多""独"二字尤能传达作者深沉历史反思与个人独特感受。无怪乎叶石林评论说："诗人以一字为工""惟老杜变化开阖，出奇无穷。"

此诗虽属旅游题材，但诗人从纵、横两方面，即地理和历史的角度分别观览与思考，从而表达出登楼临眺时触动的个人感受，颇具特色。整首诗意境浑融，结构谨严，气势恢宏，对比鲜明，律对精切，是诗人早期律诗的代表作。明代李梦阳把"迭景者意必二"作为"律诗三昧"之一。

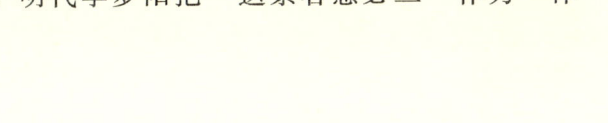

杜少府之任蜀州①

王 勃

城阙辅三秦②，风烟望五津③。

与君离别意，同是宦游人④。

海内存知己⑤，天涯若比邻⑥。

无为在歧路⑦，儿女共沾巾⑧。

【注释】

①少府：官名，地位仅次于县令。之：到、往。蜀州：今四川崇州。②城阙：本指皇宫门前的望楼，此处指唐代京都长安。辅：护卫。三秦：指长安城附近的关中一带。秦朝末年，项羽破秦，将秦国故地分作雍、塞、翟三个国家，故有"三秦"之称。③五津：指岷江的五个渡口白华津、万里津、江首津、涉头津、江南津。此处泛指蜀川。④宦游：出外做官。⑤海内：四海之内，指天下。⑥天涯：天边，此处比喻极远的地方。⑦无为：无须、不必。歧路：岔路。古人送行之时常在大路分岔处告别。⑧沾巾：泪水沾湿衣服和腰带。意思是挥泪告别。

【译文】

三秦护卫着长安，遥望蜀川，只见风烟迷茫。离别时，不由得生出无限的感慨，你我都是远离故乡，在仕途上奔走的游子。人世间只要是志同道合的朋友，纵使远在天涯也犹如就在身边。因此，不要在

分手的岔路上徘徊忧伤，像那多情的儿女一样，任泪水打湿衣裳。

【赏析】

这首诗是送别佳作，也是诗人的代表作。

首联地名对仗，极其精整，极其开阔，描画出送别地与友人出发地的形势和风貌，隐含去路迢迢，安危难测，微露惜别情。颔联以散调相承，以实转虚，文情跌宕。写惜别之感，欲吐还吞。颈联如异峰突起，高度概括了"友情深厚，江山难阻"的情景，其境界从狭小转为宏大，基调从凄恻转为豪迈，使友情升华到一种更高的美学境界。这两句也因此成为远隔千山万水的朋友之间表达深厚情谊的不朽名句。尾联点出"送"的主题。此二句既是对友人的进一步劝勉，也是诗人自己情怀的吐露。

全诗开合顿挫，气脉流通，意境旷达。一洗古送别诗中的悲凉凄怆之气，音调爽朗，清新高远，独树一帜。

送崔融[①]

杜审言

君王行出将[②]，书记远从征[③]。

祖帐连河阙[④]，军麾动洛城[⑤]。

旌旗朝朔气，笳吹夜边声[⑥]。

坐觉烟尘扫[⑦]，秋风古北平[⑧]。

【注释】

①崔融：杜审言的友人，字安成，齐州全节（今山东历城）人，唐文学家，时任节度使书记官。②行：将要。出将：派遣大将出征。③书记：崔融时为节度使掌书记之官，故在此代指他。④祖帐：为送别行人在路上设的酒宴帷帐。河阙：伊阙，在河南洛阳。⑤军麾（huī）：军旗，此处代指军队。洛城：洛阳城。⑥笳：胡笳，一种管乐器，汉魏时流行于塞北和西域，军营中常用作号令。边声：边界上的警报声。⑦坐觉：顿觉。烟尘：古时边境有敌入侵，便举火焚烟报警，此处指战事。⑧古北：古郡名，泛指北方的边境。

【译文】

皇上为歼敌即将出师远征，你作为书记官也要奉命随行。饯别的酒宴自京城外一直延伸到黄河边上，规模十分盛大；雄壮的军威轰动整个洛阳城。出征塞北，旌旗在晨光下迎着寒风飘扬，胡笳在夜晚的边境上放声长鸣,响彻边城。主将和书记在军营大帐中运筹帷幄,指挥若定,待到秋风劲吹之日,北方的战乱就能平定。

【赏析】

这是一首送别诗,作于武则天万岁登封元年(696年)。当时契丹李尽忠在营州(今辽宁境内)反叛,朝廷派武三思率兵讨伐,崔融同往,诗人赋诗送之。

诗歌的前四句实写送别出征的盛况。后四句,诗人借助驰骋想象的笔墨,描绘了一幅生动的沙场剪影。全诗虚实相照,机趣盎然,格调古朴苍劲,音韵铿锵流转,在写作上善于运用衬托的手法,特别是颈联用"朔气"和"边声"来反衬唐军的威严和警觉,显得十分传神,是初唐五律中不可多得的送别佳作。

扈从登封途中作①

宋之问②

帐殿郁崔嵬③,仙游实壮哉。
晓云连幕卷,夜火杂星回。
谷暗千旗出,山鸣万乘来。
扈从良可赋④,终乏掞天才⑤。

【注释】

①扈(hù):随从。登封:在今河南登封市,位于嵩山之南。②宋之问(656~712),一名少连,字延清。汾州(今山西汾阳县)人。善诗文,与"善剖决"的韦善心并称户部"二妙",与沈佺期齐名,并称"沈宋"。唐高宗上元二年(675年)举进士,初与杨炯分直内教,

不久授洛州参军，累转尚方监丞。宋之问常扈从游宴，写过不少应制诗。他在创作实践中使六朝以来的格律诗的法则更趋细密，使五言律诗的体制更臻完善，并创造了七言律诗的新体，是律诗的奠基人之一。著有《宋之问集》。③帐殿：皇帝出巡时休息的帐幕。郁：文采华丽的样子。崔嵬：高大的样子。④良：确实。⑤掞（shàn）天：光芒照天。掞，照耀。

【译文】

帐幔锦帷在巍峨的嵩山上层层铺开，仿佛神仙驾游云端，盛况非凡。清晨登临时，云雾与绣帐一同舒卷，如梦如幻；夜晚下山时，灯火与星光交织，好像银河回转，大地灿烂。千旗飘动，遮天蔽日，山谷也显得幽暗；天子车驾到来，山中响起高呼万岁的声音。我有幸跟随皇上出外巡游，非常值得赋诗赞颂，但终究还是缺乏光彩耀天的才华。

【赏析】

这是一首应制诗。为武则天万岁通天元年（696年）诗人在随皇帝登嵩山祭天所作。

首联抒情，描绘了帝王出游的恢宏气势。颔联写景，将白天夜晚、天上人间的景致贯通一体，浑然天成。颈联将重点放于展现帝王仪仗出行的壮观景象上，突出了帝王的九五之尊和高高在上的威严。尾联以自谦之笔点题，突显颂圣之意。

诗歌虽为取悦皇帝而作，但文字华美，格律整齐，意境开阔，笔力刚劲，对初唐近体诗的发展有重要影响。

题义公禅房①

孟浩然

义公习禅寂,结宇依空林②。
户外一峰秀,阶前众壑深。
夕阳连雨足③,空翠落庭阴④。
看取莲花净⑤,方知不染心。

【注释】

①义公:唐代高僧,与孟浩然有交往。②宇:屋檐,代指房屋。③雨足:雨脚,指像线一样一串串密集相连的雨点。④空翠:明净青翠的山林景色。⑤莲花:为佛家语,莲花出淤泥而不染,故佛教以莲花为最洁净。

【译文】

义公高僧喜欢在清静无扰的地方参禅,因而将房子修建在空寂的山林之中。禅房远处是一座峻峭的山峰,台阶前有众多幽深的山谷。雨过天晴,夕阳斜照,树木的翠影散落在空旷的禅院之中,使人感到格外清凉。禅房的环境如同莲花般洁净,这才知道义公高僧心境一尘不染、绝俗脱尘。

【赏析】

这是一首题赞诗，也是一首山水诗。诗歌由感叹禅房清幽到赞美高僧义公超然物外，潜心修禅，曲折地表达了诗人对隐逸生活的向往和对世俗社会的厌倦。

首联扣题写义公禅房。起句点明义公，次句点明禅房。颔、颈二联用秀峰、深壑、积雨、翠阴渲染出禅房周围清净、淡雅的环境。突出一"幽"字，烘托出义公的高超眼界和绝俗襟怀。尾联由莲花的一尘不染进一步衬托出义公的高洁品行。

全诗语言清淡秀丽，由景清写到心静，情调古雅，构思缜密，意境高远，诗韵隽永，是孟浩然诗歌的代表作之一。

醉后赠张九旭①

高　适

世上漫相识②，此翁殊不然。
兴来书自圣③，醉后语尤颠④。
白发老闲事，青云在目前。
床头一壶酒，能更几回眠。

【注释】

①张九旭：即张旭，字伯高，一字季明，唐朝吴县（今江苏苏州）人，能诗，工书法，尤其擅长草书，时以李白诗歌、张旭狂草、裴旻剑舞称为"三绝"。②漫：随便，不受约束。③自圣：自以为技能高超。④颠：同"癫"，癫狂。张旭号称"张癫"。

【译文】

世人总是喜欢随意结交朋友,而这位张旭翁却大不相同。他兴致勃发时,挥笔泼墨,如云烟变幻,愈写愈奇,常以草书入神而自得其乐;醉酒之后其话语更为癫狂。他年事已高,发已斑白,性喜在闲适的生活中恬然自乐;然而,他最近被朝廷任命为书学博士,可以说平步青云,真是可喜可贺。他的床头上常常放着一壶酒;今日友人相逢,就让我们纵情畅饮吧,人生在世,能得几回开心的沉醉呢!

【赏析】

这是一首赠友诗。诗人从张旭平日不轻易与人交往、兴来书圣、醉后语癫三个方面表现其狂放不羁、醉才横溢的形象。

全诗在章法上虚实结合,虚写处内蕴丰富,而不显得空虚;实写处形象具体,但笔调轻灵,而无板滞胶着之感。这种巧妙的结合,使诗人的感情与诗中主人公的形象融为一体,产生出动人的艺术力量。全诗语言清新明朗,与诗中欢快活泼的情绪相适宜,读来真切感人。

玉台观[①]

杜 甫

浩劫因王造[②],平台访古游[③]。
彩云萧史驻[④],文字鲁恭留。
宫阙通群帝[⑤],乾坤到十洲[⑥]。
人传有笙鹤[⑦],时过北山头。

【注释】

①玉台观:道观名,在今四川阆中市,为唐滕王李元婴建。②浩

劫：佛塔的大层级，此处指玉台观的台阶。③平台：古迹名，在今河南商丘东北。此处代指玉台观。④萧史：此处指传说中秦穆公女弄玉之夫萧史驻于云间事。⑤群帝：五方之帝。道教认为天有群帝，而大帝最尊。⑥乾坤：天地，此处代指玉台观的殿宇。十洲：相传为仙人居住的十个岛屿。据《海内十洲记》记载："汉武帝既闻西王母说八方巨海之中有祖洲、瀛洲、玄洲、炎洲、长洲、元洲、流洲、生洲、凤麟洲、聚窟洲。有此十洲，乃人迹所稀绝处。"⑦笙鹤：笙声鹤鸣。据《神仙传》记载，周灵王太子王子乔好吹笙，作凤鸣，游伊洛间，道士浮丘公接他上了嵩山。30多年后，他在缑氏山顶，挥手告别世人驾鹤仙去。

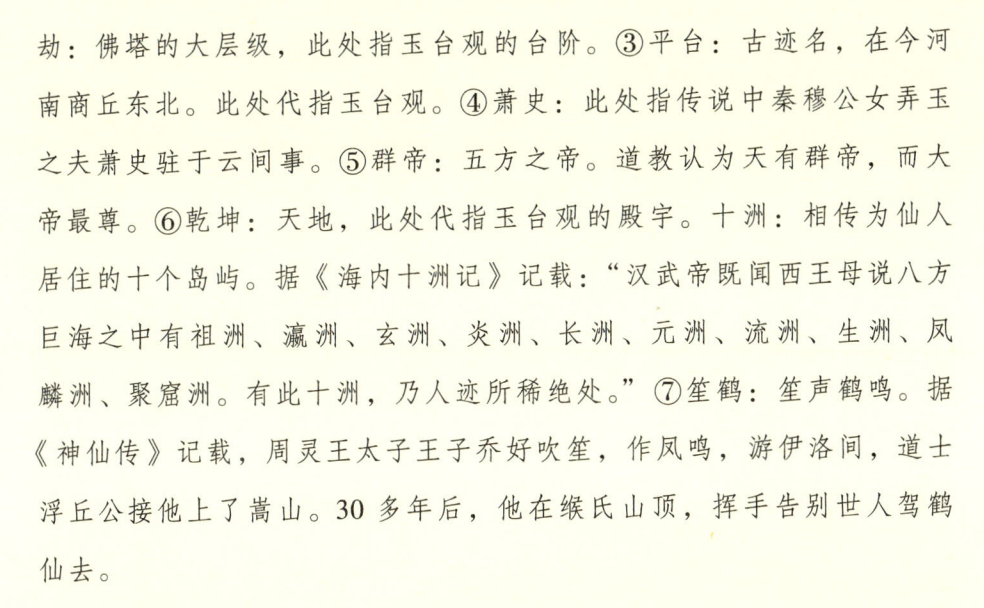

【译文】

玉台观是滕王建造的，登临其上，我寻访着古迹，乘兴游览。观外云彩缭绕，仿佛萧史、弄玉停驻于此；观内石碑上刻有滕王序文，犹如鲁恭王在灵光殿的墨迹尚留人间。玉台观的殿阁高峻雄伟，直通五方天帝诸神的居处；殿宇仿佛十大仙岛一样宽广幽深。人们传说听到笙鸣鹤叫，大概是晋人王子乔乘鹤飞过北山头时留下的美妙仙乐吧。

【赏析】

杜甫所作的《玉台观》共有二首，此为第二首，是一首写景诗。诗人栩栩如生地描绘了玉台观雄伟壮丽的景象，写出了道观飘然出世的风貌。

首联点明游玉台观的缘由。颔联虚中藏实，以浪漫笔触抒写了观的历史底蕴，别具一格。

颈联承上启下，进一步渲染了玉台观的雄伟壮丽和壁画的生动传神。尾联由实入虚，运用王子晋传说发挥想象，影射了腾王的修仙悟道。

全诗几乎句句用典，每一典故均与玉台观契合，显示了杜甫用典的娴熟技巧。

观李固请司马弟山水图[1]

杜 甫

方丈浑连水[2]，天台总映云[3]。
人间长见画，老去恨空闻。
范蠡舟偏小[4]，王乔鹤不群。
此生随万物，何处出尘氛[5]。

【注释】

[1]李固：蜀人，其弟曾任司马，能作山水画。[2]方丈：古代传说中海上三座仙山之一。《史记·封禅书》载："自齐威、宣、燕昭使人入海求蓬莱、方丈、瀛洲，此三神山者，其传在渤海中。"[3]天台：即天台山，在今浙江天台县。[4]范蠡（lí）：春秋时越国大臣。[5]尘氛：世俗之气。

【译文】

方丈山与茫茫大海连成一片，天台山总是掩映在白云间，若隐若现。如此仙山胜景，我只能在图画中观赏到。如今年纪大了，还是只能空叹自己不能亲临其境。范蠡泛游太湖的那叶扁舟啊，可惜太小，不能载我同游；王子乔所乘的仙鹤啊，可惜仅此一只，不能度我飞升。我这一生也只能随波逐流，任其沉浮了，也不知何处才是一个超凡出尘的清静世界！

【赏析】

这是一首题画诗。诗人采用虚实相间的笔法，赞美山水画的形象逼真、画师高超的技巧，借画中美景表达了对隐逸、仙游生活的向往，含蓄地流露出对社会现实的不满。

首联以浪漫的笔调描写了画面中的美景，将方丈、天台两座仙山与茫茫大海、缥缈云烟放在一起描绘，增强了画面的苍茫之感和神秘之气。这是虚写。颔联诗人笔锋陡转，由虚入实，感叹画中仙境的可望而不可即。颈联承接上联的"老""空"二字，一方面对画着迷，另一方面感慨自己无法进入画境。这种"以美景衬哀情"的手法，形成了鲜明的对比效果。尾联表面上是写诗人看破红尘，实际上属无可奈何之举，将全诗的情感推向高潮。

全诗意境开阔，文笔回荡，令人浮想联翩。

旅夜书怀

杜 甫

细草微风岸，危樯独夜舟①。
星垂平野阔，月涌大江流②。
名岂文章著，官因老病休。
飘飘何所似③，天地一沙鸥。

【注释】

①危樯：高耸的桅杆。危：高。樯：船上的桅杆。②涌：腾跃，此处指波光闪烁。大江：长江。③飘飘：飞翔的样子，此处为飘零、漂泊之意。

【译文】

微风吹拂着江岸边茂盛的小草；高耸着桅杆的孤舟停泊在深夜的岸边。点点繁星，悬浮在无边无际的旷野上；皎皎月光，伴随着奔涌的江水上下翻滚。我难道仅仅是因为文章而扬名天下的吗？年老病多也应该辞退官位了。我如今到处漂泊，无所依傍，用什么来比喻呢？对了，不正像那茫茫江面上漂移不定的一只孤零零的白鸥吗？

【赏析】

这首诗为765年诗人离开四川成都草堂以后在旅途中所作。诗中既写旅途风情，更感伤老年多病、漂泊无依的心境。

首联写江夜近景，刻画了孤舟月夜的寂寞境界。颔联写远景，雄浑阔大，历来为人所称道。"星垂"烘托出原野之广阔，"月涌"渲染出江流的气势。诗人以乐景写哀情，反衬出他孤苦伶仃的形象和颠连无告的凄怆心情。颈联正话反说，抒发休官的忧愤。诗人的名声因文章而显赫，告病辞官，皆是由于远大的政治抱负长期被压抑而不能施展。尾联诗人以沙鸥自比，转徙江湖，字字是泪，声声哀叹，感人至深。

全诗前二联写点明"旅夜"，后二联紧扣"书怀"，景中有情，融情于景，内容深刻，格调清丽，结构谨严，是杜甫诗歌中的经典作品，历来为人称道。

登岳阳楼

杜 甫

昔闻洞庭水①,今上岳阳楼。

吴楚东南坼②,乾坤日夜浮。

亲朋无一字③,老病有孤舟。

戎马关山北④,凭轩涕泗流⑤。

【注释】

①洞庭水:洞庭湖,在今湖南东北,为我国第二大淡水湖。②吴楚:吴国和楚国,春秋时两个诸侯国。其地域大致在今湖南、湖北、江西、安徽、江苏、浙江一带。坼(chè):分裂,此处引申为划分。③无一字:杳无音讯。字:此处指书信。④戎马:军马,此处借指战事。当时吐蕃侵扰宁夏灵武、陕西邠(bīn)州一带,朝廷震动,匆忙调兵抗敌。⑤凭轩:倚着楼窗。涕泗:眼泪。

【译文】

很早就听过闻名遐迩的洞庭湖,今日终于有幸登上湖边的岳阳楼。自楼远眺,浩瀚的湖水把吴地和楚地分割成两边,仿佛日月星辰都漂浮在湖中一般。亲朋好友们音讯全无,我年老多病,只乘一叶孤舟四处漂流。北方边关战事又起,我倚栏北望,不禁泪水涟涟。

【赏析】

这是一首抒情诗。唐代宗大历三年(768年),诗人漂泊湖湘一带,登岳阳楼而作此诗。

首联用"今""昔"相互映衬，表达了诗人第一次登上岳阳楼，一览洞庭湖壮丽风光的喜悦心情。颔联用惊人之笔，用富有动态感的"坼""浮"二字，形象生动地描绘出洞庭湖水势浩瀚雄壮的景象。颈联诗人面对波澜壮阔的自然之景，联想到自己的遭遇，情绪陡然一落千丈。"无一字"表明诗人得不到任何精神和物质方面的援助，已经陷入走投无路的境地。"有孤舟"表面上用了肯定的手法，实际上是说自己身世飘零，孤苦无依，唯有一叶孤舟作为栖身之所。自叙如此落寞，于诗境极闷极狭的突变与对照中寓无限情意。尾联笔触向深处扩展，抒发诗人忧国忧民的思想感情。上下句之间留有空白，引人联想。"凭轩"与"今上"首尾呼应，深化主题。

从诗人的感情发展脉络上来看，首联蕴含喜悦，颔联带有雄壮，颈联转为凄苦，尾联变为悲伤。诗人的感情随着诗篇的进展，显示出不断变化、跳跃性强的艺术特点，充分表现了沉郁顿挫的杜诗特色。

江南旅情

祖 咏

楚山不可极①,归路但萧条。

海色晴看雨,江声夜听潮。

剑留南斗近②,书寄北风遥。

为报空潭橘③,无媒寄洛桥④。

【注释】

①楚山:泛指江南的山。②南斗:星名,古人有"南斗在吴"的说法。③潭橘:泛指南方的橘子。④洛桥:洛阳天津桥,此代指洛阳。

【译文】

江南一带的山脉绵延不断没有尽头,返回故乡的路途是如此坎坷漫长,景致是如此萧瑟荒凉。清晨,若看见烟雾蒙蒙,朝阳昏晕,就预示着即将下雨了;夜晚,若听到大江波涛汹涌,奔腾不息,就知道即将涨潮了。我佩剑飘零流落江南,三吴已近在眼前;怎奈家乡遥远,家书难寄。江南的美橘熟了,想寄一些回家,可惜无人将其带至洛阳。

【赏析】

这是一首怀乡诗,表达了身在旅途的诗人思念故乡的深切感情。

首联用委婉的笔调表达了作者归乡不得而又无可奈何的心境;颔联以江南景色作衬托,将诗人羁旅漂泊之苦展现得淋漓尽致;接下来的两联,诗人进一步抒写故乡的遥不可及,留下无限愁情。

全诗意境凄清,感情真挚。

宿龙兴寺①

綦毋潜②

香刹夜忘归③，松清古殿扉。
灯明方丈室，珠系比丘衣。
白日传心净④，青莲喻法微⑤。
天花落不尽⑥，处处鸟衔飞。

【注释】

①龙兴寺：其所指说法不一，一说在今湖北房县西北，一说在今湖南零陵县。②綦（qí）毋潜（692～749），字孝通，一作季通，荆南（今湖北江陵）人。开元十四年（726年）进士及第，授宜寿（今陕西周至）尉，迁左拾遗，终官著作郎。綦毋潜才名盛于当时，其诗清丽典雅，恬淡适然，充满禅理，为盛唐田园山水代表人物之一。《全唐诗》收录其诗1卷，共26首。③香刹：佛寺。④白日：此处比喻长老传授佛法时，心仿佛白日那般明朗洁净。⑤青莲：此处代指佛经。⑥"天花"二句：据《维摩经·观众生品》载，佛祖让天女散花来试探菩萨和声闻弟子的道行，花落之不尽，有飞鸟衔之而去。

【译文】

白天来游览龙兴寺，所见的美景令我忘了回去的时辰，于是只得寄宿一夜。夜色中，寺庙外的青松翠柏，在阵阵清风的吹动下，拂打着古殿的门窗，瑟瑟作响。禅室里灯火通明，僧侣们胸挂念珠，正在诵读经文。长老传授佛法，心仿佛白日那般明朗洁净；长老讲解佛经，思想虔诚，微言大义。天女散花于诸佛之前，纷纷坠落而不着身，有飞鸟衔之而去。

【赏析】

这是诗人夜宿佛寺时写下的一首诗。巧借佛经典故，反映了僧侣的夜间生活，传达了玄妙的佛理，流露出诗人超脱凡尘向往方外的隐逸情怀。

诗多用佛教术语，玄妙有余，颇具特色。全诗结构井然，章句挺拔不凡，色彩鲜明，呈现出一派清幽寂静的景象。

题破山寺后禅院①

常　建②

清晨入古寺，初日照高林③。
曲径通幽处，禅房花木深。
山光悦鸟性，潭影空人心。
万籁此俱寂④，惟闻钟磬音⑤。

【注释】

①破山寺：兴福寺，在今江苏常熟市虞山北。②常建（708~765），长安（今陕西西安）人，开元十五年（727年）与王昌龄同榜进士，曾任盱眙尉。长仕宦不得意，来往于山水名胜，过了一段很长时期的漫游生活。后移家隐居鄂州武昌（今属湖北）。其诗多为五言，常以山林、寺观为题材。有《常建集》。③初日：刚刚升起的太阳。④万籁：各种声音。籁，从孔穴里发出的声音，泛指声音。⑤钟磬：佛寺中召集众僧的打击乐器。磬，古代用玉或金属制成的曲尺形的打

击乐器。

【译文】

清晨,我漫步到破山寺这座古老的禅院,旭日初升映照着山上树林。穿过掩映在竹林中的曲折小径,来到寂静幽深的地方,原来僧侣们的房舍就深藏在这繁茂缤纷的花草和树林之中。山光明媚逗引得鸟儿更加欢悦;潭水空明清澈,临潭照影,令人俗念全消。悠长的钟磬声,在万籁俱寂之中带来深远的禅意,使人的心灵愈加沉静。

【赏析】

这是一首题壁诗。诗中抒写清晨游寺后禅院的观感,紧紧围绕破山寺后禅房来写,描绘出特定情境中的静趣。全诗虽咏禅房寺院,实抒寄情山水及隐逸之情。

首联落笔勾勒出清晨时分后禅房四周的环境。一个"入"字,写出了古寺美景之幽远。一个"照"字,将旭日东升时的勃勃生机描写得出神入化,透露出诗人欣喜昂扬的情绪。

颔联点出题中"后禅院"三字，勾勒出通向后禅院的小路的曲折幽深和后禅院景色的幽静美妙。此联的"幽""深"二字互相映衬，不仅突出景之寂静，还营造出一种诗意的静。

颈联进一步渲染禅院的"静"，对仗工整，比兴巧妙。一个"悦"字，雅致了"鸟性"，点活了"山光"。鸟竟犹人，可识、可赏、可悦这山光。一个"空"字，沉寂了"潭影"，澄净了"人心"，意境浑融，韵味深长。

尾联以声衬静，营造一个万籁俱寂的境界，与王维的"蝉噪林逾静，鸟鸣山更幽。"有异曲同工之妙。

全诗笔调古朴，造语新奇，构思独特，寓意深长，是一篇难得的禅诗佳作。

题松汀驿①

张　祜②

山色远含空③，苍茫泽国东④。

海明先见日，江白迥闻风。

鸟道高原去⑤，人烟小径通⑥。

那知旧遗逸⑦，不在五湖中。

【注释】

①松汀驿：驿站名，在今太湖东部江苏吴江一带。②张祜（hù）（782～852），字承吉，清河东武城（今山东武城）人。早年浪迹江湖，性情孤傲，狂妄清高。累试不第。曾受节度使令狐楚的赏识，上表推荐，为元稹排挤，遂至淮南、江南等地，隐居以终。作诗用心良

苦，诗歌众体兼备，尤以五言律诗成就最高。其诗风沉静浑厚，有隐逸之气。《全唐诗》收录其349首诗歌。③含：衔接。④泽国：形容水多的地方。⑤鸟道：只有鸟可以飞越的地方，比喻山路狭窄险峻。⑥人烟：指有人居住的地方。⑦旧遗逸：指诗人隐居江湖的老友。

【译文】

青翠的山色连接到遥远的天边，松汀驿在碧波万顷的太湖东岸。太湖东南靠近海域，因此可以先看到朝阳；风声远来，江上白浪滚滚。仰望山路狭窄险峻，仿佛只容飞鸟通过；俯瞰村落间的曲径条条相通。进入村落后才得知，我那位隐居江湖的老友早已不在此地居住了。

【赏析】

这是一首题壁诗。诗人用凝练的语言，将江南色彩斑驳的怡人画面与自己无限思念友人的感情融为一体，既表达了诗人饱览江南美景的性味，又流露出访友不遇带来的淡淡忧思。

诗歌前三联写景，生动传神地描绘出一幅吴地风光图。尾联点题，由对眼前佳境的渲染转至叙事，访友不遇，由此心生遗憾，带有一丝淡淡的感伤，平添了几分诗意。全诗意境开阔，诗意浓厚，读之余味不尽。

圣果寺①

释处默②

路自中峰上，盘回出薜萝③。

到江吴地尽④，隔岸越山多。

古木丛青霭⑤，遥天浸白波。

下方城郭近⑥，钟磬杂笙歌。

【注释】

①圣果寺：佛寺名，在今浙江杭州南凤凰山。②释处默，唐末诗僧，曾居住庐山，与贯休、罗隐等人交往甚密。③盘回：盘旋曲折的山路。薜萝：薜荔、女萝，两种攀缘植物。④江：指钱塘江，古时江北属吴，江南属越。⑤青霭：形容浓密的绿色。⑥城郭：即位于凤凰山北的杭州城。

【译文】

圣果寺要从凤凰山的主峰而上，道路盘旋曲折而布满藤萝。我们经过艰难的跋涉，来到钱塘江边才知道吴地也到了尽头；放眼远眺，便可以望见对岸的越地，山峦起伏，连绵不断。

青葱深翠的古木笼罩在烟雾之中，那遥远的天边，江水一望无际，与万顷碧波相接。俯瞰山下，杭州城尽收眼底，耳边不时传来交织在一起的寺院的钟磬声和江上的笙歌声。

【赏析】

这首诗主要描绘了圣果寺周围的景色。诗人通过由远及近、由上山到下山一路写来，既勾勒出吴越两地绵山相邻，两江相对的伟岸气势，又寄托了作者由自然之景转入世俗红尘时油然而生的感慨。是欢乐，还是哀愁？只好由读者去寻思了。

全诗境界开阔，描摹细腻，声色参杂，情景俱佳。

野望

王 绩①

东皋薄暮望②，徙倚欲何依③。
树树皆秋色，山山惟落晖④。
牧人驱犊返⑤，猎马带禽归⑥。
相顾无相识，长歌怀采薇⑦。

【注释】

①王绩（586～644），字无功，号东皋子、五斗先生，绛州龙门（今山西河津）人。王通之弟。大业元年（605年），应孝廉举，中高第，授秘书正字，后任六合县县丞。性简傲，嗜酒，能饮五斗，自作《五斗先生传》，撰《酒经》《酒谱》。诗歌多写山水田园风光与隐士生活。其诗近而不浅，质而不俗，真率疏放，旷怀高致，直追魏晋高风，

对唐诗发展有一定影响。有《王无功文集》。②薄暮：傍晚。薄，迫近。③徙倚(xǐ yǐ)：徘徊，来回地走。④落晖：落日。⑤犊：小牛，此处指牛群。⑥禽：鸟兽，此处指猎物。⑦采薇：古时代指隐居生活。相传周武王灭商后，伯夷、叔齐不愿做周的臣子，隐居首阳山，在此采薇而食，最后饿死。

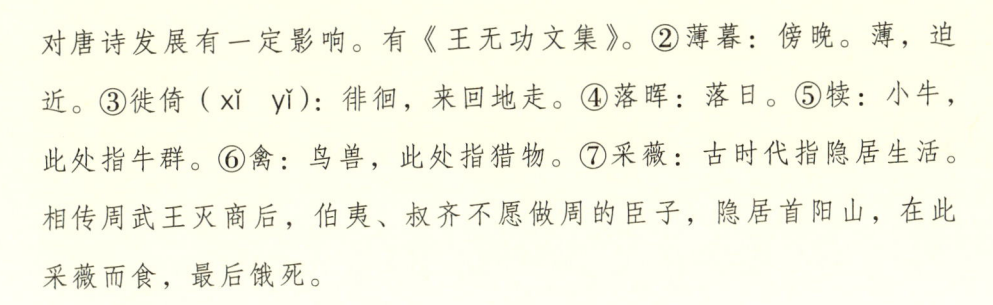

【译文】

傍晚时分，我站在东皋村头纵目远望，四处徘徊，不知该归依何方。层层树林都染上醉人的秋色，重重山岭都浸入落日的余晖之中。牧人悠然地驱赶着牛群返还家园，猎户欢快地驮着猎物回到家中。我时不时地望着那过往的行人，却没有一个熟识的人，只好独自引吭高歌，以此来追怀古代的隐士，向往着能和伯夷、叔齐那样的人交友。

【赏析】

此诗是王绩的代表作，也是现存唐诗中最早的一首格律完整的五言律诗。

诗中描写了隐居之地的清幽秋景，在闲逸的情调中，又带有几分彷徨、孤独和苦闷。首联点题，"欲何依"表现出诗人百无聊赖的茫然心境；颔联写树写山，一派安详宁静；颈联以动衬静，牧歌式的田园气氛，使整个画面跳动起来；尾联借典抒情，情景交融。

全诗言辞自然流畅，风格朴素清新，摆脱了初唐轻靡华艳的诗风，在当时的诗坛上别具一格。

送别崔著作东征①

陈子昂

金天方肃杀②,白露始专征③。
王师非乐战,之子慎佳兵④。
海气侵南部⑤,边风扫北平。
莫卖卢龙塞⑥,归邀麟阁名⑦。

【注释】

①崔著作:即崔融,字安成,"文章四友"之一,时以著作郎掌书记,随军东征契丹。②肃杀:形容严酷肃杀的样子。古人认为秋季充满了肃杀之气,正好用兵。③白露:节气名,为立秋之后第三个节气。④之子:这些从征的人,指崔融等。佳兵:用兵。⑤海气:边地战尘。⑥卢龙塞:古代军事要塞,在今河北喜峰口附近。⑦麟阁:即麒麟阁。汉宣帝时曾画霍光等功臣像奉阁中,以表彰他们的功绩。

【译文】

在秋风萧瑟的季节,白露初降,将帅即将出兵东征契丹。圣朝用兵并非好战,而是为了抵御外敌;你们这些将士啊,一定要谨慎用兵,不可滥杀无辜。边患的晨雾铺天盖地地朝内地侵袭而来,我军出征,必定如同秋风扫落叶般,平定北疆边镇。千万不要让国土边地被人出卖,班师回朝后反而来邀功请赏。

【赏析】

这是一首情谊深长的赠别诗,又是一首爱国忧民的政治诗。

首联点明出征送别的时间。颔联写诗人对战争的认识。颈联两句借表现河北战场的环境，来盛赞唐军的兵威。"侵""扫"来表现出东征的气势。尾联呼应颔联，诗人直言不讳地提出了自己对战争的看法：他一方面力主平叛，另一方面，他又反对穷兵黩武，反对将领们为了贪功邀赏，迎得武后的欢心而扩大战事。

全诗感情饱满，词句铿锵，充满着凛然正气，撼动人心。

携妓纳凉晚际遇雨　其一①

杜　甫

落日放船好②，轻风生浪迟。

竹深留客处，荷净纳凉时。

公子调冰水③，佳人雪藕丝。

片云头上黑，应是雨催诗。

【注释】

①诗题一作《陪诸贵公子丈八沟携妓纳凉，晚际遇雨二首》，此为第一首。②放船：泛舟。③调冰水：用冰调制冷饮之水。

【译文】

薄暮时分，夕阳染红了半边天，贵公子们携着歌女泛舟游览；微风拂过，水面缓缓泛起细小的浪花。那绿竹成荫的水边，正是游客设宴的好地方；那淡雅明净的荷叶透出阵阵清新的气息，正是乘凉的好去处。风度翩翩的贵族公子殷勤地调制解暑的凉水，窈窕婀娜的美女细致地切好了如雪的藕丝。转眼间，层层乌云压境，大雨即将到来，这瞬息的变化反倒助长了我的诗兴。

【赏析】

这首诗既是生活事件的真实写照，又是艺术的绝妙构思，读来使人感到清新自然，又奇特莫测。

首联写泛舟入沟，次联写纳凉之景，这四句中"轻""迟""深""净"四字，诗眼甚工。三联渲染出一排悠闲、安适的场景，是"乐极"之境。尾联一场意料之外的变故大煞风景，但诗人却油然起兴。

全诗用意深远，耐人寻味。

携妓纳凉晚际遇雨 其二

杜 甫

雨来沾席上[①]，风急打船头。
越女红裙湿[②]，燕姬翠黛愁[③]。
缆侵堤柳系[④]，幔卷浪花浮。
归路翻萧飒[⑤]，陂塘五月秋[⑥]。

【注释】

①沾：打湿。②越女：南方的佳人，代指歌妓。③燕姬：北方的佳人，代指歌妓。④缆：拴船的缆绳。⑤翻：却，反而。萧飒：（秋风）萧瑟。⑥陂塘：池塘。

【译文】

斜飞的雨水打湿了坐席，突起的阵风拍击着船头。歌妓们的红罗裙被淋透了，皱起了新月般的蛾眉。大家急忙将船儿划到岸边，靠近岸柳，拴上缆绳；浪花拍击着船头，船上的布幔也在风吹雨打中上下翻动。在这种情形下，船不宜久留，只好划向归路，一阵阵风雨袭来，寒气逼人。这夏季五月的荷塘啊，仿佛已置身于萧瑟凄清的深秋一般。

【赏析】

这首诗描绘出风雨骤至雨湿衣衫的狼狈、避雨柳岸以及雨停之后归路的萧条冷落。"翠黛愁""浪花浮"渲染出公子佳人在突然遭遇到风雨之后的狼狈不堪，是"生悲"之景。

此诗与第一首诗写同一件事情，首尾相接，过渡自然。两首诗以欢乐起，以失意归，前后形成鲜明对照，隐喻着"乐极生悲"的哲理。

宿云门寺阁[①]

孙逖

香阁东山下[②]，烟花象外幽[③]。
悬灯千嶂夕，卷幔五湖秋。
画壁馀鸿雁，纱窗宿斗牛[④]。
更疑天路近，梦与白云游。

【注释】

①云门寺阁：指云门寺内的阁楼。在今浙江会稽县南云门山。②东山：即云门山。③象外：尘世之外。④斗牛：斗宿和牛宿。泛指天空中的星群。

【译文】

云门寺阁坐落在云门山下，繁花盛开如烟似梦，仿佛超脱尘俗般幽静。夜幕降临，悬挂的灯火照映着群山；窗幔在风中飘动，映入眼帘的是如太湖秋水般的夜色。环顾室内，只见墙上因年深日久，壁画的大部分已经剥落，仅剩下几只鸿雁的形体还依稀可见；透过纱窗，可以看到闪烁的群星与悬挂的灯火连成了一片。这样的景致让人更加怀疑通往天国的路就在附近，果不其然，当天夜里就做起自己腾云驾雾、凌空遨游的梦来。

【赏析】

这首诗是描写住宿在云门寺阁的感怀诗。

一二句以写意的笔法，勾勒出云门寺的一幅远景。三四句所写，是到达宿处后凭窗远眺的景象。这两句对偶工稳，内蕴深厚，堪称是篇中的警策。五六两句紧承"悬灯"和"卷幔"，写卧床环顾时所见。最后两句写入梦后的情景。

全诗以时间为线索，又以空间为序，先从远处写全景，再从阁内写外景，最后写阁内所见，环环相衔，别具匠心。

秋登宣城谢朓北楼①

李　白

江城如画里②，山晚望晴空。

两水夹明镜③，双桥落彩虹④。

人烟寒橘柚，秋色老梧桐。

谁念北楼上⑤，临风怀谢公⑥。

【注释】

①宣城：位于安徽东南部，与江苏、浙江两省接壤，是东南沿海沟通内地的重要通道。谢朓北楼：即谢朓楼，一作谢公楼，为南朝齐诗人谢朓任宣城太守时所建。谢朓（464～499）：字玄晖，陈郡阳夏（今河南太康）人，南朝萧齐文学家。②江城：泛指水边的城，此处指宣城。③两水：指宛溪、句溪。宛溪上有凤凰桥，句溪上有济川桥。④双桥：指横跨溪水的上、下两桥。上桥即凤凰桥，在城的东南泰和门外；下桥即济川桥，在城东阳德门外。彩虹：指水中的桥影。⑤北楼：即谢朓楼。⑥谢公：谢朓。

【译文】

江边的城池宛如在一幅美丽的图画中；山色渐晚时，我登上谢朓楼远眺，晴空万里。宛、句两条溪水如同明镜一般澄澈洁净，江上凤凰、济川两座桥犹如天上落下的彩虹一般壮观迷人。橘林柚林掩映在令人感到寒意的炊烟之中；秋色苍茫，梧桐也已经显得衰老。想如今除了我，还有谁会想着到这个阁楼上来，迎着萧瑟的秋风，深深怀念久故的谢先生呢？

【赏析】

这是一首风格独特的怀旧诗。诗中生动地刻画了宣城秋天的景色，表达了诗人对谢朓的怀念之情。

首联总摄全篇，写诗人登楼所见的概貌。中间两联是具体的描写，诗人用极端凝练的形象语言，在随意点染中勾勒出一个深秋的轮廓，深深地透露出季节和环境的气氛，不仅写出秋景，而且写出了秋意。尾联用反问的修辞手法，倾诉了诗人无人理解的寂寞心情。

全诗语言清新优美，格调淡雅脱俗，意境苍凉旷远。

临洞庭①

孟浩然

八月湖水平，涵虚混太清②。

气蒸云梦泽③，波撼岳阳城④。

欲济无舟楫⑤，端居耻圣明。

坐观垂钓者，徒有羡鱼情⑥。

【注释】

①临洞庭：一作《临洞庭湖赠张丞相》。②涵：包容、包含。太清：均指天空。③云梦泽：古时云泽和梦泽指湖北南部、湖南北部一代低洼地区。现已多成为陆地。④撼：撼动。⑤济：经国济世。⑥羡鱼情：《淮南子·说林训》中记载："临渊而羡鱼，不若归家织网。"表示希望入仕。

【译文】

八月的洞庭湖，水势浩渺无边，水天迷蒙。湖上水气氤氲郁蒸，弥漫了云、梦二泽；湖中波涛起伏，浩浩汤汤，不停地撼动着岳阳古城。我想渡过这湖，却苦于找不到船与桨；终日闲居无事，实在是有愧于这圣明之世。坐看那些垂钓之人，是多么的悠闲自在啊，可惜我只能空怀一片钦羡之情。

【赏析】

这是一首请求别人举荐的干谒诗。诗中通过观赏洞庭湖景色，借景抒情，表达自己不甘隐居、渴望出仕的迫切心情，希望得到张丞相（即张九龄）的援引帮助。

前两联联泛写洞庭湖波澜壮阔的景色。首联一个"平"字，将诗人举目远眺时，洞庭湖水岸相平、水天相接的景象非常传神地表现了出来。颔联堪称描写洞庭湖之绝唱。"气蒸""波撼"既写出湖的丰厚的蓄积，又烘托出湖的澎湃动荡。其笔力遒劲，气势恢弘，足见诗人非凡的艺术表现力和撼人心魄的艺术效果。后两联巧妙化用《淮南子·说林训》"临渊羡鱼，不如退而结网"的古语，借景抒情，抒发个人晋升无路，闲居无聊的苦衷。

全诗意境开阔雄厚，感情表达委婉而得体，是篇传世佳作。

过香积寺[①]

王 维

不知香积寺，数里入云峰。
古木无人径，深山何处钟。
泉声咽危石[②]，日色冷青松。
薄暮空潭曲[③]，安禅制毒龙[④]。

【注释】

①过：过访。香积寺：唐代著名寺院，建于唐高宗永隆二年（681年），故址在今陕西西安附近。②咽：发出呜咽之声。危石：意为高耸的崖石。③曲：水边。④安禅：指身心安然进入清寂宁静的境界。毒龙：佛家比喻人的欲念。见《涅槃经》："但我住处有一毒龙，想性暴急，恐相危害。"

【译文】

不知道香积寺位于何处，攀登好几里的山路都是云雾缭绕。古木参天的丛林中杳无人迹，更无路径；不知从哪儿隐隐飘来一阵钟声，久久在空谷中回荡。山中危石耸立，泉水从嶙峋的岩石间艰难穿行，仿佛发出幽咽的声响；夕阳西下，昏黄的余晖挥洒在一片葱茏的松林上，透出丝丝清冷的光影。暮色降临，寂静的潭边显得更加空旷，这正是安心守禅、排除欲念的好地方。

【赏析】

这是一首记游之作，主要在描写景物。题意在写山寺，但并不正面描写，所写的都是寺外的环境，更能表现出山寺之幽胜。

全诗不写寺院，而寺院已在其中，构思巧妙、炼字精巧，其中"泉声咽危石，日色冷青松"，历来被誉为炼字典范。

送郑侍御谪闽中①

高 适

谪去君无恨②，闽中我旧过③。
大都秋雁少，只是夜猿多。
东路云山合，南天瘴疠和④。
自当逢雨露⑤，行矣慎风波。

【注释】

①侍御：官名，即侍御史，负弹劾纠举不法之责。闽中：即今福建省。②无：不要。③旧过：以前去过。④瘴疠：山林湿热地区流行的瘴气与瘟疫等疾病。⑤雨露：隐指皇恩。

【译文】

你被贬谪到偏远之地，请不要太过怨恨，闽中我之前也曾到访过。那个地方气候和暖，大概很少见到秋雁，但是当地山多林密，夜里常听到很多猿猴的啼叫声。你往东去的路上，会看到重峦叠嶂，云雾弥漫；南方虽然又湿又热，但瘴气与瘟疫并不是很严重。你不久会蒙受皇上的恩泽，重返京都；放心地去吧，但要在旅途中小心谨慎，多多保重。

【赏析】

这是诗人写给友人郑姓侍御史的送别诗，其特别之处在于并不以诉说依依惜别之情为主，而是侧重于用自己在闽中的经历安慰、劝勉对方，娓娓道来，自然亲切。

全诗虽无一处言情，却句句关情，体现了诗人对友人的浓情厚意，也反映出他们真挚的友谊。

秦州杂诗①

杜 甫

凤林戈未息②，鱼海路常难③。
候火云峰峻④，悬军幕井干⑤。
风连西极动，月过北庭寒⑥。
故老思飞将，何时议筑坛⑦。

【注释】

①秦州：在今甘肃天水，是唐代西北边防要地。②凤林：凤岭关，在今甘肃临夏附近。③鱼海：地名，甘肃境内，当时常受吐蕃侵扰。④候火：烽火。⑤悬军：深入敌境的孤军。幕井：军队用的水井。⑥北庭：即北庭大都护府，在今新疆吉木萨尔县一带。⑦筑坛：指任命将领戍边。刘邦曾筑坛拜韩信为大将军，故云。

【译文】

凤林关的战乱尚未平息，鱼海的道路又十分险恶。那烽火台上滚滚烟火弥漫天空，如同山峰一般高峻；我们的部队英勇抗敌，孤军深入，再加上井水枯竭，处境万分艰难。夜晚来临，朔风凛冽，漫天狂卷，连天际的星斗也似乎被吹得摇摇欲坠；月光惨淡，穿过战地上空，给将士们带来了刺骨的寒意。老人们都渴盼着像飞将军"李广"般骁勇善战的人横空出世，平息战乱，早日取得胜利。

【赏析】

《秦州杂诗》是组诗，共20首，内容都是描写秦州一带战乱的情况，也有身世感怀。本诗是第19首。

这首诗反映了当时战乱不息、边事不宁以及战士行军环境的恶劣，表现了诗人对当时动荡不安的社会时局的焦虑以及尽快破敌安边、实现国泰民安的强烈愿望。

禹庙①

杜　甫

禹庙空山里，秋风落日斜。

荒庭垂橘柚②，古屋画龙蛇③。

云气生虚壁④，江声走白沙。

早知乘四载⑤，疏凿控三巴⑥。

【注释】

①禹庙：大禹庙，在今四川忠县。②橘柚：典出《尚书·禹贡》，禹治洪水后，四川一带进贡橘柚。③龙蛇：指壁上所画大禹驱赶龙蛇治水的故事。④虚壁：石壁。⑤四载：传说中大禹治水时用的四种交通工具：水行乘舟，陆行乘车，山行乘樏（登山用具），泥行乘橇（形如船而短小，两头微翘，人可踏其上而行泥上）。⑥三巴：指巴郡、巴

东、巴西。传说这一带原是沼泽,大禹凿通三峡后成为陆地。

【译文】

大禹庙坐落于空寂的山谷中,秋风萧瑟冷清,夕阳的余晖斜照在庙宇的屋瓦上。庭院里荒草丛生,树上尚长有前人栽种的橘柚,已是硕果垂枝;古屋的破旧不堪,壁上还残留着龙飞蛇舞的古画。庙外云雾团团,在嶙峋的山崖石壁间缓缓卷动;江涛澎湃,沿着白沙之道向东奔流而去。大禹啊,我早就听闻您乘坐四种交通工具来开凿石壁,疏通水道,使长江之水顺河流入大海的英雄事迹。我今日有幸前临现场,目睹遗迹,真是越发钦佩您了。

【赏析】

杜甫在代宗永泰元年(765年)出蜀东下,途经忠州时,参谒了这座古寺并写下了这首诗。

首联点明游览的地点及时节。中间四句描写大禹庙内外的景色，其中"走"字特别传神，可谓一字点活了长江向三峡流淌的场景，给予读者一个有声有色、有静有动的情境，既充满情趣，又饱含力量。尾联借景抒情，缅怀大禹治水的丰功伟绩。

诗中情感波澜起伏，笔触沉郁有力，通过远望近观的视角转换，采用虚实结合、拟人传神等手法，收到了情景交融、韵味悠长的艺术效果。

望秦川①

李　颀②

秦川朝望迥，日出正东峰。

远近山河净，逶迤城阙重③。

秋声万户竹，寒色五陵松④。

有客归欤叹⑤，凄其霜露浓⑥。

【注释】

①秦川：泛指今陕西、秦岭以北的关中平原地带。②李颀（690～751），赵郡（今河北赵县）人，一说东川（今属四川）人。开元二十三年（735年）登进士第。一度任新乡县尉，不久去官。后长期隐居嵩山、少室山一带的"东川别业"，有时来往于洛阳、长安之间。他与王维、高适、王昌龄等著名诗人皆有来往，诗名颇高。其诗内容涉及较广，尤以边塞诗、音乐诗获誉于世。擅长五言歌和七言歌行体。③逶迤：曲折绵延貌。重：重叠。④五陵：指长安城北、东北、西北汉代五个皇帝的陵墓：长陵（高祖刘邦）、安陵（惠帝刘盈）、阳陵（景帝刘启）、茂陵（武帝刘彻）、平陵（昭帝刘弗陵）。⑤客：诗人自指。

归欤（yú）：归去。辞官回乡叫"归"。⑥凄其：凄然，心情悲凉的样子。霜露浓：就像是遭受风霜雨露那样，萎靡不振失去生机。比喻官场上不得志。

【译文】

我清晨从长安出发，回头东望，离秦川已经很遥远了，太阳从东山徐徐升起。在阳光的照耀下，远近的山水明净如画；长安城蜿蜒排列的城阙，巍峨地交错重叠在一起，显得格外宏伟壮丽。秋风吹起，家家户户的竹林随之飒飒作响，五陵一带的松林上泛着凛凛寒光。我无可奈何地感叹道：还是归去吧！这里已是风刀霜剑，满目凄凉啊！

【赏析】

这是一首抒情诗，是诗人将归东川临离长安时，眺望秦川之作。诗歌以明净的色调，简洁的笔触，描绘出长安一带山川明净而阔朗的秋天景色，抒发了诗人弃官离京的凄凉、幽怨之情。

诗中对秋景的描写既有侧重，又互相交融，笔墨简淡，线条清晰，犹如一幅萧疏散淡的山水画卷。

同王征君湘中有怀①

张 谓②

八月洞庭秋，潇湘水北流。
还家万里梦，为客五更愁。
不用开书帙③，偏宜上酒楼。
故人京洛满④，何日复同游。

【注释】

①一作《同王徵君湘中有怀》。②张谓（生卒年不详），唐代诗人，字正言，河内（今河南沁阳县）人。少年读书嵩山，24岁时以一介书生从军北征，往来边塞十多年。后因将军得罪，他也就失去了归依，流落在燕蓟一带。天宝二年（743年）登进士第，历官至尚书郎。《全唐诗》录存其诗一卷。③书帙（zhì）：书籍。④京洛：京城长安和洛阳。

【译文】

八月洞庭湖是一派秋色，潇水和湘水缓缓向北流去。距离家乡有万里之遥，我只能在梦中才得以与亲人相聚；时常在五更时分醒来，更添寂寞忧愁。满腔愁绪，哪有心思静坐下来诵读经史呢？登上酒楼，开怀畅饮才可暂缓我对故乡的思念之情。我的老朋友啊，都在京城长安和陪都洛阳，也不知什么时候才能再回北方，与他们一同畅游呢？

【赏析】

诗中叙述了诗人久出未归的思乡之愁，无心看书，上楼饮酒，再想到京洛友人，更是急切想与之同游，一片思乡之情跃然纸上。

开篇一联即扣紧题意，起句写洞庭湖，次句写潇、湘二水，表面上没有惊人之语，却饱含感情，引发了下文怀人念远之意。颔联直抒胸臆，时间与空间交错，虚实相生，对仗工整。

"万里梦"点明空间，魂飞万里，极言故乡之遥远，属虚写。"五更愁"点明时间，竟夕萦愁，极言羁旅时思归心切，属实写。颈联以正反夹写的句式进一步渲染内心的愁绪。诗人连用"不用""偏宜"具有否定与肯定意义的虚字斡旋其间，情意的表达深婉有致，篇章开合动宕。尾联直表心意，抒写欲留不能、欲去又悲的凄清心境。

全诗没有秾丽的词藻和过多的渲染，信笔写来，皆成妙谛，流水行云，悠然隽永。

渡扬子江①

丁仙芝②

桂楫中流望③，空波两畔明④。

林开扬子驿⑤，山出润州城⑥。

海尽边阴静，江寒朔吹生。

更闻枫叶下，淅沥度秋声⑦。

【注释】

①扬子江：长江的别称，转指流经扬州一带的河段。②作者一说是孟浩然。丁仙芝（生卒年不详），一作丁先芝，字元贞，唐曲阿（今江苏丹阳）人。唐玄宗开元十三年（725年）登进士第，曾任余杭县尉。《全唐诗》录有他的诗14首，多为交友旅游类的作品。③桂楫：用桂木做成的船桨，代指乘船。中流：指江心。④空波：广大宽阔的水面。⑤扬子驿：驿站名，位于长江北岸的扬子津。属今江苏江都县。⑥润州：在长江南岸，与扬子津渡口隔江相望。属今江苏镇江市。⑦淅沥：指落叶的声音。度：传递。

【译文】

船行到江心的时候，我抬头远望，只见两岸景色明朗，清晰地映照在辽阔的水面上。北边郁郁葱葱的树林之中，扬子驿若隐若现，而南边群山环绕，润州古城就矗立其间。江的尽头是东海入海口，一派幽暗宁静的气象；忽然，江面上一阵北风吹过，顿觉寒气逼人。这萧瑟的秋风扫落了片片枫叶，漫天飘零，仿佛发出淅沥的幽怨声。

【赏析】

这首诗描写了诗人横渡扬子江时的所见所闻所感。

从江北的"扬子驿"到江南的"润州城"，读者似乎看见一条渡船正由北向南驶来，还分明见到了诗人立在船头前后眺望的形象。末两句写船近江南，秋声淅沥，用一"度"字，很形象地写出了岸上落叶声飘过江面，送进船上诗人耳中的情景。

全诗以"望"字贯通全篇，情文并茂，画面清新，构思巧妙，是一篇不可多得的佳作。

幽州夜吟①

张　说

凉风吹夜雨，萧瑟动寒林。
正有高堂宴，能忘迟暮心②。
军中宜剑舞③，塞上重笳音。
不作边城将④，谁知恩遇深。

【注释】

①一作《幽州夜饮》。幽州：古州名。辖今北京、河北一带，治所在蓟县。②迟暮：衰老。③剑舞：舞剑。④城将：诗人自指。时张说任幽州都督。

【译文】

晚上凉风吹起细雨绵绵，寒冷之气袭来，使树林萧瑟。在宽敞的大厅里，摆着丰盛的宴席，杯盘琳琅，热闹非凡，使我暂时忘掉年岁渐老的烦恼。军中最适宜舞剑助兴，边塞之地最喜欢胡笳的演奏声。如果我不做这边城的将领，又怎能领会皇上的知遇之恩呢？

【赏析】

诗人的这首诗，随兴趣所至，以幽州与诸将士夜宴时而作。

诗歌信笔写来，全无雕琢的痕迹，使人感到亲切自然。"不作边城将，谁知恩遇深。"二句托意遥深、措辞婉曲，可谓"得骚人之绪"，寄寓着诗人悲愤的感慨，它与首联的悲苦的边塞荒寒之景，恰成对照，相得益彰。

全诗以景起，以情结，首尾照应，耐人回味。

卷三　七绝

春日偶成①

程　颢②

云淡风轻近午天③，傍花随柳过前川④。
时人不识余心乐⑤，将谓偷闲学少年⑥。

【注释】

①此诗一作《偶成》。偶成：偶然形成。②程颢（1032～1085），字伯淳，号明道，北宋洛阳（今属河南省）人，宋仁宗嘉祐二年（1057年）进士，曾任上元主簿，太子中允等职，为北宋著名的理学家、教育家，与其弟程颐奠定了北宋理学基础，世称"二程"，他们的学说后来被朱熹发扬，世称"程朱理学"。③云淡：云层淡薄，指晴朗的天气。午天：正午时分。④傍花随柳：穿行于花柳之间。傍：依靠。川：平原或河畔。⑤时人：旁人。识：知道。余：我。⑥将：乃，于是，就。

【译文】

接近正午的时候，天气晴朗，空中飘着淡淡的白云，迎面吹着阵阵轻风，我穿行于花丛之中，沿着绿柳，不知不觉间来到了前面的河边。人们不理解此时此刻我内心的快乐，还以为我在学年轻人偷闲玩乐呢。

【赏析】

这是一首诗人在春日郊游时，即景而成的抒情诗。诗中描写春天郊游的心情以及春天的景象。

诗的前两句写景，诗人用白描的手法写云淡风轻、繁花垂柳，勾勒了一幅清新明快的春景图，给人生机盎然的感觉。诗的后两句写自己内心的感受，以别人的不理解为全诗加一层转折，以此突出自己春日郊游的愉快心情，"偷闲学少年"一句出语新颖，平淡中寓有深意，这种怡然自得之乐，似乎也感染了读者。

全诗风格平易自然，语言浅近通俗，充满了率真之气，表达了诗人对平淡自然的追求，也展现了一种闲适恬静的意境。

春日①

朱 熹②

胜日寻芳泗水滨③，无边光景一时新④。
等闲识得东风面⑤，万紫千红总是春⑥。

【注释】

①春日：春天。②朱熹（1130～1200），字元晦，晚年自号晦翁，徽州婺源（今江西婺源县）人，宋高宗绍兴十八年（1148年）进士，曾任秘阁修撰、宝文阁待制等职，为南宋著名的理学家、思想家、诗人，精通文史，学识渊博，其诗格调清新，风格自然。③胜日：天气晴朗的好日子。寻芳：春游，踏青。泗水：河水名，在今山东省中部，流经曲阜、济宁。④光景：风光风景。一时：一时间，一下子。⑤等闲：随便，不经意。东风：春风。⑥总是：都是。

【译文】

在春光明媚的美好日子来到泗水河边踏青游玩，眼前的春色一望无际给人焕然一新的感觉。随处都能感受到迎面而来的春天的气息，

百花开放，万紫千红，到处都是春天的景致。

【赏析】

这是一首游春诗。诗中描写了诗人外出河边踏青所看到的春天万紫千红的绚丽景象。

诗的首句"胜日寻芳泗水滨"，"胜日"指晴日，交代时间和天气；"泗水滨"点明地点；"寻芳"，即寻觅美好的春景，点明了事由。后面三句都是写"寻芳"所见所得。第二句写所见春景的初步印象，以"无边"、"一时"、"新"等字眼，写出了春天的勃勃生机。后两句从视觉和触觉两方面写诗人对于春天的感受，特别是"万紫千红总是春"一句，说这万紫千红的景象全是由春光点染而成的，把春天写活了，成为脍炙人口的千古名句。

全诗情景交融，寓理趣于形象之中，其中的"等闲识得东风面，万紫千红总是春"两句，被传为名句。

春宵①

苏　轼②

春宵一刻值千金③，花有清香月有阴④。

歌管楼台声细细⑤，秋千院落夜沉沉。

【注释】

①此诗又作《春夜》。②苏轼（1037～1101），字子瞻，自号东坡居士，北宋眉州眉山（今四川省眉山县）人，宋仁宗嘉祐二年（1057年）进士，曾任翰林学士，一生多次被贬，仕途坎坷。其诗题材广阔，豪放雄健，善用夸张比喻，独具风格，与黄庭坚并称"苏黄"，为"唐宋八大家"之一。③春宵：春夜。一刻：刻，计时单位，古代用漏壶记时，一昼夜共分为一百刻。诗人用一刻比喻时间短暂。④花有清香：花朵散发出清香。月有阴：指月亮有时被云彩遮住。⑤歌管：歌声和萧、笛等乐器发出的音乐声。细细：指声音悠扬清晰。

【译文】

春天的夜晚，即便是很短暂的时间也价值千金，花朵散发着清香，皎白的月光洒向暗夜。清越悠远的歌声和乐曲声从楼台中缓缓传出来，夜已经很深了，挂着秋千的庭院已是一片寂静。

【赏析】

这是一首状物抒情的作品。诗人采用先总后分的叙述手法，描写了春夜的温馨秀美，表达了对美好春宵的珍惜之情。

诗中首句即点明全诗主旨，将短暂的"一刻"与"千金"作鲜明的对比，从而强调春宵的可贵。后面三句都是景物景色，有眼前的景色，如月亮的光影、夜色中的秋千院；有嗅觉的享受，如花朵的清香；有声音的回荡，如楼台的歌乐声。诗人通过视、听、嗅的描写再现了一个诗意盎然的春夜，令人心旷神怡，沉醉其中。

全诗写得华美而含蓄，耐人寻味，特别是"春宵一刻值千金"一句，已成为千古传诵的名句，常常用来形容良辰美景的短暂和宝贵。

城东早春①

杨巨源②

诗家清景在新春③，绿柳才黄半未匀④。
若待上林花似锦⑤，出门俱是看花人⑥。

【注释】

①城东：指长安城东。②杨巨源（755～832），字景山，后改名为巨济，唐代河中（今山西永济县）人，唐德宗贞元五年（789年）进士，曾任太常博士、国子司业、河中少尹等职位，70岁时退归乡里，其诗学白居易，风格清新明丽。③诗家：诗人。清景：美景。④半：大半。未匀：不匀称。⑤上林：指上林苑，皇上的御花园，这里泛指长安的花园。⑥俱：全，都。

【译文】

新春时节是诗人描写美景的最佳时刻，柳枝刚刚吐出淡黄的嫩芽，颜色还有一半未曾匀净。如果在仲春时节，长安城的花园里繁花似锦时再出门看花，就全是踏青游春的赏花人了。

【赏析】

这是一首写景诗。诗人描写了长安城东迷人的早春景色，表达了对早春的热爱和赞美之情。

诗人用边议论边写景的手法来写此诗，前两句突出诗题中的"早春"之意。首句是诗人在城东游赏时对所见早春景色的赞美。次句紧接首句，是对早春景色的具体描绘。早春时，柳叶新萌，其色嫩黄，诗人通过"才"、"未半匀"等字眼，突出早春的"早"和"新"，显得生机勃勃，色彩饱满。后两句笔锋一转，呈现出繁花似锦的春色，来反衬早春的"清景"，两相对比，鲜明地表现了早春的可爱，反衬出诗人对早春清新之景的喜爱。

全诗将清新的早春之景和浓艳的仲春之景并列列出，对比鲜明，色调明快，同时意蕴深刻，读来耐人寻味，在描写春天的诗歌里堪称佳作。

春夜[①]

王安石[②]

金炉香尽漏声残[③]，剪剪轻风阵阵寒[④]。

春色恼人眠不得[⑤]，月移花影上栏杆。

【注释】

①此诗又作《夜值》。②王安石（1021～1086），字介甫，号半山，北宋临川（今江西抚州市）人，宋仁宗庆历二年（1042年）进士，宋神宗时两次拜相，主持变法，但均以失败告终。其诗文笔力雄

健，句锻字炼，以丰神远韵的风格在北宋诗坛自成一家，世称"王荆公体"，有《王临川集》《临川集拾遗》等存世。③金炉：铜制的用来焚香的香炉。漏声：古代用来计时的漏壶中滴水的声响。④剪剪：形容初春的寒风尖利刺骨。⑤恼人：使人心烦意乱。

【译文】

铜炉里的香早已经燃成灰烬，漏壶滴水的声音还在断断续续，吹来的初春夜风给人带来阵阵的寒意。这样的春天景色使人心烦意乱，只看着随着月亮的移动，花木的影子爬上了栏杆。

【赏析】

这是一首借景抒怀的作品，是诗人春夜不眠有所思而作，用来表达自己独特的心境。

诗的前两句用灰烬、漏声、寒风营造了一种清冷、凄苦的氛围，衬托出诗人在政治变法失败后内心的苦闷、彷徨与孤寂。第三、第四句诗人开始直抒心绪，因为春色的逗引而睡不着，只得痴痴地看着游移的月色和花影,同时一股无助和无奈的凉意蔓延了全身。这首诗外在表象是春夜的清幽美景,但内在抒情却曲折而深沉,创作手法高明。诗中处处紧扣深夜,但没有一句直说夜已如何,而只通过夜深时香尽漏残、月移风寒的描写,写出时光的推移,表明诗人徘徊之久和怀想之深。

全诗情感表达得含蓄、曲折而深沉,有着余而不尽之意。

初春小雨①

韩 愈②

天街小雨润如酥③,草色遥看近却无。

最是一年春好处,绝胜烟柳满皇都④。

【注释】

①此诗题为编者所拟,原集题为《早春呈水部张十八员外》。张十八:即诗人张籍,时任水部员外郎。②韩愈(768~824),字退之,河南河阳(今属河南)人,唐代著名文学家、哲学家。晚年任礼部侍郎,称韩吏部,死后谥"文",又称韩文公,因他祖先曾居昌黎(今辽宁义县),故也世称"韩昌黎"。唐德宗贞元八年(792年)举进士,历任官国子祭酒、礼部侍郎等职,有《昌黎先生集》传世。③天街:京城长安的街道。润:滋润。酥:乳酪。④绝胜:远远超过。烟柳:飘着柳絮的垂柳。皇都:指京城长安。

【译文】

纷纷细雨下,京城长安的街道像酥酪般细密而滋润,远望草色依稀连成一片,近看时却隐隐约约,显得稀疏零星。这是一年中最美的景色，远远超过了京城柳絮纷飞如烟的时候。

【赏析】

这是一首描写早春美景的作品。诗人赞美了早春小雨后长安街上万物复苏、草木萌动的景象，抒发了内心愉悦的情感。

诗的首句点出初春小雨，以"润如酥"来形容它的柔和轻细，准确写出了它的特点且诗句清新优美。第二句用远看、近看的对比手法描画了春雨过后青草萌发的朦胧景象。后两句诗人由写景转入实赞，用春意最浓时的景致作对比，突出自己对早春的喜爱。

这首诗咏早春，诗人没有写通常的垂柳啼莺、呢喃燕语，而是着眼于滋润万物的细雨及富有生命力的小草，别出新意，彰显了诗人锐利深细的观察力和高超的诗笔，取得了高妙的艺术效果。

元日①

王安石

爆竹声中一岁除②，春风送暖入屠苏③。
千门万户曈曈日④，总把新桃换旧符⑤。

【注释】

①元日：农历正月初一，即春节，是我国最为隆重的传统节日，象征着旧年的结束，新年的开始。②一岁除：一年已经过去。除：过去，尽。③屠苏：指屠苏酒，用屠苏、肉桂、山椒、白术等药浸泡而成。饮屠苏酒是古代过年时的一种习俗，大年初一全家合饮屠苏酒，以驱邪避瘟疫，求得长寿。④曈曈（tóng）：形容日出时一片红彤彤的样子。⑤桃：桃符，古代一种风俗，农历正月初一时人们用桃木板写

上神荼、郁垒两位神灵的名字，悬挂在门旁，用来辟邪。

【译文】

阵阵清脆的爆竹声中，旧的一年已经过去，和暖的春风吹来了新年。初升的太阳照耀着千家万户，各家都忙着把旧的桃符取下，换上新的桃符。

【赏析】

这首诗是一首描写传统节日的作品。诗中通过描写新年元日热闹、欢乐和万象更新的景象，抒发了诗人推行新法的政治决心，充满欢快和积极向上的奋发精神。

诗的首句紧扣题目，写在阵阵鞭炮声中送走旧岁，迎来新年，渲染春节热闹欢乐的气氛。次句写人们迎着和煦的春风，开怀畅饮屠苏酒。第三句承接前面诗意，写旭日的光辉普照千家万户。结尾一句既是写当时的民间习俗，又寓含除旧布新的意思，与首句爆竹送旧岁紧密呼应，形象地表现了万象更新的景象。

全诗笔调轻快、明朗，眼前景与心中情水乳交融，是一首融情入景，寓意深刻的佳作。

上元侍宴①

苏　轼

淡月疏星绕建章②，仙风吹下御炉香③。

侍臣鹄立通明殿④，一朵红云捧玉皇。

【注释】

①这首诗是苏轼《上元侍饮楼上呈同列》三首中的第一首。上元：

农历正月十五，即元宵节。侍宴：指臣子参加皇帝举行的宴会。②建章：宫殿名，即建章宫，在长安城外，这里借指宋朝皇宫。③御炉：宫中供皇帝使用的香炉。④鹄（hú）立：像天鹅一样立着，形容肃立的样子。通明殿：宋代宫殿名，为举行此次宴会的宫殿。

【译文】

淡薄的月光，稀疏的星星围绕着建章宫，阵阵轻风吹过宫中的香炉，送来了缕缕芬芳。文武百官毕恭毕敬地站在通明殿前，他们穿着红袍等候皇帝驾到，就像一朵朵红云簇拥着玉皇大帝于九天之上一般。

【赏析】

这是一首典型的应制诗。诗中描写了正月十五元宵节这一天，皇帝举办宫宴宴请臣子的场面，意在表现太平盛世的气象，歌颂皇帝的高贵。

诗的前两句写景，写出了时间的早和场面的静，衬托出第三句中臣子屏息静气，肃穆以待的庄重气氛，反映了皇帝的威严。最后一句点出诗歌的主题，将人间的帝王比作天上的玉皇大帝，把皇帝临朝时的尊贵气派发挥到了极致，达到了歌功颂德的目的。

作为应制诗，照例都要说皇帝的好话，很难表达诗人个人的情感。虽然如此，但在这首诗中，诗人还是凸显了自己的特点，将对皇帝的赞扬和歌颂表现得大气从容。

立春偶成①

张　栻②

律回岁晚冰霜少③，春到人间草木知。

便觉眼前生意满④，东风吹水绿参差⑤。

【注释】

①此诗又作《立春日禊厅偶成》。立春：节气名，在阳历每年2月4日或5日。②张栻（1133～1180），字敬夫，又字乐斋，号南轩，南宋汉州绵竹（今属四川省）人，曾任吏部侍郎兼侍讲，为著名的理学家，与朱熹、吕祖谦齐名。其诗多清淡雅致之作，著有《南轩易说》《孟子说》《论语解》《南轩文集》等。③律回：即大地回春的意思。传说黄帝命伶伦断竹为筒，以比拟一年12个月。春夏6月属阳，称"律"，秋冬6月属阴，称"吕"。立春往往在12月与1月之交，为一年之首，阳气回生，所以称"律回"。岁晚：写这首诗时的立春是在年前，民间称作内春，所以叫岁晚。④生意：生机，活力。⑤参差（cēn cī）：不平衡或不整齐的样子，这里形容水波起伏不定的样子。

【译文】

　　立春时节，天气渐渐转暖，冰冻霜雪虽然还有，但已很少了，沉睡一冬的草木苏醒过来，最先感觉到了春天的到来。眼前的一片绿色，充满了春天的生机，春风吹来，湖里的碧波随之荡漾。

【赏析】

　　这是一首描写节令的诗。诗人从自己的感受出发，描绘了立春时节万物复苏的生动景象。

　　诗人抓住了冬去春来的几个典型特征，通过春草、春树、春水写出"一元复始，万象更新"，昭示春意盎然的景象，展现出春天的生命力。同时，诗人通过"草木知"、"生意满"等形象的比喻，生动地再现了大自然初春的无尽活力，使自己积极乐观的情绪得到了充分的表达。

　　全诗活泼自然，向人们呈现出一片春意盎然的景象，洋溢着饱满的生活热情。

打球图[①]

晁说之[②]

阊阖千门万户开[③]，三郎沉醉打球回[④]。

九龄已老韩休死[⑤]，无复明朝谏疏来[⑥]。

【注释】

①此诗又作《题明王打球图》，又作《明皇打球图》。打球：即蹴鞠，是古代流行的一种踢球游戏。"球"即"鞠"，是古时的一种游戏

用具，用皮革缝成，中间填毛，用足踢或骑在马上用棒打，相当于今天的足球。②晁说之（1059～1129），字以道，号景迂生，济州巨野（今山东省巨野县）人，宋神宗元丰五年（1082年）进士，曾任著作郎、徽猷阁待制等职，善画山水，能诗文，有《嵩山集》20卷。③阊阖（chāng hé）：古代神话传说中天宫的门，这里代指唐代长安的皇宫。④三郎：唐玄宗李隆基的小名，他是睿宗的第三子。⑤九龄：张九龄（673～740），唐开元名相、诗人，字子寿，又名博物，韶州曲江（今广东曲江）人，唐玄宗时贤相，多直谏论朝事，很受唐玄宗赏识，后遭李林甫迫害贬官。韩休：唐玄宗时宰相，敷陈治道，为人耿直。⑥无复：不再有。谏：直言规劝，一般用于下对上。疏：呈给皇帝的奏章。

【译文】

成千上万的宫门次第打开，喝得醉醺醺的唐玄宗踢球归来。如今宰相张九龄老了，宰相韩修已不在人世，以后再也没有规劝皇帝的奏章呈递上来了。

【赏析】

这是一首政治讽喻诗，是诗人在观看《唐明皇打球图》后所作。

诗的前两句写皇宫大门次第打开，进来的不是有要事禀告的臣子，而是喝得醉醺醺的皇帝，描写了唐玄宗踢球归来的场景，暗指唐玄宗沉溺声色玩乐，置国事于不顾，借此讽刺了当今宋朝的纸醉金迷。后两句诗人则围绕画作展开议论，唐玄宗弃用忠臣，荒废朝政，以致朝廷不再清明，官员不再进谏，结果导致国家大乱，以此暗指当时的朝廷无贤臣可用，十分腐败，意在借古讽今，劝谏宋代统治者近贤臣、远小人，不要重蹈前朝的覆辙。

宫词①

王 建②

金殿当头紫阁重③,仙人掌上玉芙蓉④。
太平天子朝元日⑤,五色云车驾六龙⑥。

【注释】

①宫词:专写帝王宫中琐事的诗。②王建(约767～831),字仲初,唐代颍川(今河南许昌)人,曾一度从军,约46岁始入仕,曾任昭应县丞、太常寺丞等职,后出为陕州司马,世称王司马。其诗题材广泛,风格清新流畅,与张籍齐名,今存有《王建诗集》《王建诗》《王司马集》等。③金殿:即金銮殿,皇宫的宫殿,这里指唐朝建于骊山的华清宫。当头:对面。紫阁:指华清宫中的朝元阁,是唐代皇帝祭祀道教太上老君的地方。④仙人:汉武帝时用铜铸成仙人,手托承露盘,承接玉露。据称,饮此露可长生不老。玉芙蓉:用红玉磨制的芙蓉状

的承露盘。⑤太平天子：指带来太平的皇帝。元日：农历正月初一。古代帝王依例于此日朝拜天帝。朝元：朝拜太上老君。唐代推崇道教，封太上老君为玄元皇帝。⑥五色云车：指皇帝乘坐的装饰华丽的车。六龙：皇帝的车以六匹马来驾，马八尺以上曰龙。

【译文】

巍峨雄伟的朝元阁矗立在眼前，层层叠叠的紫阁飞檐非常壮观，朝元阁上那两根高大的柱子顶端雕刻着手捧芙蓉玉盘正在承接天上玉露的仙人。农历正月初一是皇帝朝拜上天的日子，皇帝出行，车马显赫，仿佛就像乘着六条龙在空中腾云驾雾。

【赏析】

这是首应制诗。诗中描写了封建帝王在农历正月初一朝拜天帝的盛大场面，表达了诗人对太平盛世及带来太平盛世的皇帝的歌颂。

诗的前两句写朝元的环境：金殿巍峨，紫阁重叠，仙人矗立，手擎玉盘，写出了宫殿楼阁的雄伟壮丽。后两句写朝元的景象，将皇帝銮驾的肃穆气派暗与天神所驾云车相契合，渲染神秘虚无的气氛，同时达到了歌功颂德的目的。

全诗笔法细腻，语言平易清新，形象生动，堪称应制诗中的佳作。

廷试①

夏　竦②

殿上衮衣明日月③，砚中旗影动龙蛇④。
纵横礼乐三千字⑤，独对丹墀日未斜⑥。

【注释】

①《千家诗》原题作《宫词》。廷试：会试中举的举子再由皇帝殿试定名次，称廷试。各特科、保荐之士由皇帝一一面试，亦称廷试。②夏竦（985～1051），字子乔，初谥"文正"，后改谥"文庄"，北宋江州德安（今属江西省）人，历仕数朝，曾为国史编修官，也曾任多地官员，宋真宗时为襄州知州，宋仁宗时为洪州知州，后任陕西经略、安抚、招讨使等职。文章典雅藻丽，著有《文庄集》。③衮（gǔn）衣：古代帝王和三公所穿的绘有龙的图案的礼服，这里借指皇帝。日月：衣服上绣的日月图案。④动龙蛇：好像龙蛇在舞动。⑤纵横：指才气横溢、随笔挥洒。礼乐：即《礼记》和《乐记》，这里指国家典章制度。⑥独对：宋朝设有特荐的科举，若对策者得到皇帝赏识，就赐进士及第，所以称为独对。丹墀（chí）：宫中涂成红色的台阶。

【译文】

端坐在圣殿上的君王服饰光艳灿烂，犹如日月之辉，旌旗摇曳，投影洒落在砚台墨水上，好像龙蛇在舞动。天色已晚，金殿对策的才士正在纵横捭阖、挥洒自如，力陈礼乐行政之大纲。

【赏析】

这首诗是反映宫廷生活的诗作。诗中描写了参加特谏科殿试的情景。

诗首句写帝王端坐，龙袍灿烂夺目。次句写两列仪仗，彩旗飘飘，营造出一种庄严神圣的气氛，暗颂帝王的威仪贤明，堂皇得体。后两句写才士答卷时才思敏捷，挥毫如飞，从容不迫，凸显内心扬扬自得之意。

全诗通过对帝王和人才的赞扬，从侧面对皇家进行了歌功颂德。

咏华清宫①

杜 常②

行尽江南数十程③，晓风残月入华清④。
朝元阁上西风急⑤，都入长杨作雨声⑥。

【注释】

①华清宫：唐朝宫殿名，在今陕西西安市临潼区骊山北麓，其地温泉资源丰富，传说杨贵妃曾被赐浴华清池。②杜常（生卒年不详），字正甫，北宋卫州（今河南汲县）人，宋英宗治平二年（1065年）举进士，至徽宗时官至工部尚书，后以龙图阁学士身份知河阳军。此诗一作王建作，当系误载。③程：里程，驿程。④晓：破晓。⑤朝元阁：唐朝宫殿，在华清宫内。⑥长杨：即长杨宫，秦汉时期的宫殿名，宫内种白杨树数亩，因此得名，在今陕西省周至县东南。

【译文】

结束了江南数十里的旅程，在破晓的风中和即将西沉的月亮映照下，来到了华清宫。朝元阁上刮起了西风，大风卷着雨滴落入了秦汉的长杨宫中，远远的可以听到凄清的雨声。

【赏析】

这是一首以华清宫为题感慨古今兴亡的怀古之作。诗中通过描写游览华清宫所见，表达了诗人对前代故宫的凭吊，抒发了诗人感叹沧海桑田的情怀。

诗的前两句交代游华清宫的背景，通过"晓风残月"四字，渲染

了凄清、冷淡的意境，为后两句作衬垫。后两句写诗人登高，看到华清宫凄凉的景象，联想到长杨宫的萧瑟秋景，从而引发自己对历史的感叹。

全诗寥寥28个字，但在空间上从江南到陕西，又从陕西到江南；在时间上由宋入唐，又自唐及陈，可谓纵横捭阖，挥洒自如，是一部含蓄深沉又气魄不凡的作品。

清平调词[1]

李 白

云想衣裳花想容[2]，
春风拂槛露华浓[3]。
若非群玉山头见[4]，
会向瑶台月下逢[5]。

【注释】

①清平调：为乐府歌曲名称，所以此诗并非"诗"，而是"词"，为唐玄宗自度曲，李白按其曲调所创作的。《清平调》共三首，这是其中一首。②想：好似，好像。③槛：栏杆。露：露水。华：同"花"，此指牡丹花。④群玉：指群玉

山，传说为西王母居住的仙山。⑤会：应当。瑶台：即瑶池，古代传说中神仙居住的地方。

【译文】

云彩好像她的衣裳，花朵好像她的容貌，春风吹拂着栏杆，在露水滋润下牡丹更为浓艳。如果不是在神仙居住的群玉山遇见，也应当在王母瑶池的月光下相逢。

【赏析】

这首诗是李白在长安为翰林时所作，意在歌颂杨贵妃美丽容貌的歌颂诗。

诗的第一句用了两个比喻，将杨贵妃的衣服比作云霞，将容貌比作花朵，把杨贵妃的美丽形象地描绘了出来。第二句用花受春风露华润泽，来形容杨贵妃受君王宠幸。第三、第四句又用"若非"、"会向"二词，肯定像杨贵妃这样的美女世间罕有，天下无双，盛赞了杨贵妃的美貌。

这是一首歌颂之作。诗人用彩云、鲜花、牡丹、仙女比喻花容月貌的杨贵妃，构思精巧，令人觉得人花交映，恍惚迷离，显示出诗人高超的艺术功力。

题邸间壁①

郑　会②

荼蘼香梦怯春寒③，翠掩重门燕子闲④。

敲断玉钗红烛冷，计程应说到常山⑤。

【注释】

①题邸间壁：即在旅馆房间墙壁上题诗。邸：住宅，府邸，这里指旅舍。②郑会（生卒年不详），字文谦，一号亦山，南宋贵溪（今江西贵溪）人，南宋宁宗嘉定四年（1212年）举进士，十年（1218年）擢吏部侍郎，卒年82岁，谥文庄。一说此诗为唐郑谷作。③荼蘼：又称"酴醿"，花名。④翠：碧绿或苍翠，这里指苍翠而安静的夜色。重门：一道道门户。⑤计程：计算路程。常山：地名，在今浙江省西部。

【译文】

酴醿的芬芳飘入妻子的梦中，但她却惧怕春天的寒意。苍翠的夜色掩映着一道道的院门，燕子也安闲地歇息了。妻子敲断了发钗，夜里的红烛很冷，她计算着出门人的行程，按说他应该已经到常山了吧。

【赏析】

这首诗是作者旅居常山时，题写在旅舍墙壁上的作品，表达了诗人对家乡亲人的思念。

诗人就是诗中离家在外的丈夫。诗人在旅途中夜宿客舍，怀念家乡、思恋亲人，但是又不直抒胸臆、正面表现自己对家乡妻子的思恋，而是想象妻子在家中想念自己，敲断玉钗计算自己的行程，以此来表达自己的情思之深。这样的描写可谓含蓄而耐人寻味，将诗人与妻子之间的思念之情表现得颇为深切。

全诗笔触细腻而生动，寄情而不直抒，以奇特的构思、丰富的想象，写出诗人怀乡思妻之情，读来饶有韵味。

绝句①

杜 甫

两个黄鹂鸣翠柳②,一行白鹭上青天③。
窗含西岭千秋雪④,门泊东吴万里船⑤。

【注释】

①绝句:是一种诗体名称,每首诗只有四句,通常有五言绝句、七言绝句,以及六言绝句三种形式。这首诗由诗人写于广德二年(764年),是其《绝句四首》中的第三首。题目称"绝句",相当于无题诗。②个:只。黄鹂:黄莺。③一行白鹭:白鹭喜欢成群出没,飞行时会排成一行,故诗称"一行白鹭"。④西岭:指四川成都西面的岷山。千秋雪:指岷山上千年不化的积雪。⑤泊:停泊。东吴:指江苏、浙江一带,三国时为吴国的领地。

【译文】

两只黄莺在翠柳间鸣叫,白鹭排成一行在天空中飞翔。窗口可以看见西岭上那仿佛千年不化的积雪,门前停泊了从东吴开来或欲去东吴的船只。

【赏析】

这首即景小诗由两联工整的对偶句组成,生动地描绘了浣花溪畔草堂附近的优美景色,展现了诗人在春日里悠闲自得的心境。

诗的首句写两只黄鹂在柳树上鸣叫。次句写白鹭在天空中飞翔。诗人以"黄鹂"衬"翠柳",以"白鹭"衬"青天",色彩鲜明,衬托

出早春的生机初发的气息,且二者一远一近,一高一低,配合得十分完美,述景很见工致。第三、第四句写诗人凭窗远眺,从屋中望去门窗外的景色,一个"含"字,使雪岭似乎成为一幅画,镶嵌定格在冬冻过的窗棂中,格外传神,一个"泊"字将东吴的船只定格在画面中,抒发了诗人内心意欲远游的情怀。

诗中每句一景,是四幅独立的图景,其中有近景,有远景,有静态,有动态,色彩绚丽,语言明快,构成了一幅绚丽多彩、幽美平和的画卷,令人心旷神怡,百读不厌。

海棠

苏 轼

东风袅袅泛崇光①,香雾空蒙月转廊②。
只恐夜深花睡去③,故烧高烛照红妆④。

【注释】

①东风:春风。袅袅:烟雾缭绕的样子。崇光:春光,这里指海棠荡漾着光华。②空蒙:空灵而迷蒙。

转：转移。③恐：担心。花睡去：出自唐玄宗赞扬贵妃"海棠睡未足耳"的典故，以海棠睡眠比喻贵妃未醒。诗人在这里使用了这一比喻。④红妆：指海棠花。

【译文】

袅袅的春风吹来，海棠花荡漾着光华，香气如雾，空灵而迷蒙，月光向院中的回廊转移。只担心在这深夜时分，花儿就会睡去，因此燃着高高的蜡烛照着它，不肯错过这欣赏海棠花盛开的时机。

【赏析】

这首诗写的是诗人在花开时节赏花的情景，表现了海棠优雅脱俗的美，抒发了诗人爱花惜花的感情。

诗的前两句描写白天海棠的光泽和夜间海棠的香气，写得非常精致；第三句采用拟人的手法，写诗人担心海棠花在深夜也像人一样睡去；最后一句采用比喻的手法，写诗人点燃蜡烛像欣赏美人一样欣赏海棠花，营造了一种极赋浪漫色彩的氛围，表明了诗人是一个性情中人。全诗语言浅近而情意深永，读来耐人寻味。

写此诗时，被贬黄州的诗人已过不惑之年，但此诗却没有给人颓唐、萎靡之气，字里行间都可以感受到诗人达观、潇洒的胸襟。

清明①

杜 牧②

清明时节雨纷纷，路上行人欲断魂③。
借问酒家何处有④，牧童遥指杏花村⑤。

【注释】

①清明：中国传统二十四节气之一，一般在阳历4月5日前后。旧俗当天有扫墓、踏青、插柳等活动。②杜牧（803～852），字牧之，唐代京兆万年（今陕西西安）人，祖居长安下杜樊乡，因称杜樊川，唐文宗大和二年（828年）进士，但并未做过高官，只做过州刺史、司勋员外郎和中书舍人等官职。杜牧很有政治抱负，咏史诗非常出色。③欲断魂：形容伤感极深，好像灵魂要与身体分开一样。④借问：请问，向人问路。⑤遥指：指着远处。杏花村：杏花深处的村庄。

【译文】

清明节这天细雨纷纷，路上的行人好像断魂一样迷乱凄凉。向牧童问路，哪里才有酒家，他向远处指了指杏花深处的村庄。

【赏析】

这首诗是写清明的最著名的诗歌。诗中写诗人清明春雨中所见，色彩清淡，心境凄冷，历来广为传诵。

诗中第一句直接写凄风苦雨，愁苦不堪，概括了江南清明时节的气候特点。第二句写诗人看见路上行人吊念逝去的亲人，伤心欲绝，悲思愁绪。第三句写诗人触景伤怀至极，而又要冒雨赶路，雨湿衣衫、春寒料峭，想找酒家避雨并借酒浇愁。第四句写牧童指路来结束全篇，"牧童遥指"把人们带入了一个与前面哀愁悲惨迥异的焕然一新的境界。

全诗内容浅显，描写由低而高、逐步上升，把高潮顶点放在最后，读来余韵邈然，耐人寻味。

清明

王禹偁①

无花无酒过清明，兴味萧然似野僧②。

昨日邻家乞新火③，晓窗分与读书灯④。

【注释】

①王禹偁（954～1001），字元之，北宋济州巨野（今山东巨野）人，为宋太宗朝进士，历数官，因正直敢言，屡遭贬谪。其诗歌风格自然平易，有些诗歌在内容上反映了民间疾苦。②兴味：兴趣、趣味。萧然：清静冷落的样子。③乞新火：指寒食过后的清明时节，去乞讨邻家新钻的火种。新火：唐宋习俗，清明前一日为寒食节，要禁火寒食，到清明节再起火，称为新火。④晓窗：清晨的窗户。

【译文】

在无花可赏，无酒可饮的情况下度过清明节，那寂寞清苦的兴致，就像荒山野庙的僧人一样。昨天从邻家讨来新燃的火种，在清明节的一大早，就把此火种分给窗边做读书照明用的灯盏。

【赏析】

这首诗以清明时节为背景，描写了一个贫苦知识分子萧条冷清的生活，表达了诗人生活的艰难和以读书为乐的情怀。

时逢清明时节，在他人插柳赏花、踏青饮酒的时候，诗人却兴味索然，清苦得像荒山野寺的僧人，只好乞得火种，挑灯夜读，直到拂晓。全诗运用衬托、对比的手法，再现了古代清贫寒士的困顿生活，

给人凄凉、清苦之感。

此诗风格质朴，用笔传神，在选题上独具一格，堪称佳作。

社日①

王 驾②

鹅湖山下稻粱肥③，
豚栅鸡栖半掩扉④。
桑柘影斜春社散⑤，
家家扶得醉人归。

【注释】

①《全唐诗》中，此诗题为《社日村居》。社日：古代春秋两次祭祀土神，全村的人聚在一起祭祀、宴会，称春社、秋社，这里指的是春社。②王驾（851～?），字大用，自号守素先生，唐代河中（今属山西）人，为昭宗朝进士，曾任校书郎、礼部员外郎，与司徒空、郑谷为

诗友，其诗构思巧妙，自然流畅，为司徒空所推崇。一说此诗的作者为张演。③鹅湖山：山名，在今江西省铅山县。④豚：小猪。栅：猪圈。栖：鸡舍。掩：关上。扉：门户。⑤桑柘：桑树和柘树。影斜：太阳落下，影子偏斜。

【译文】

鹅湖山下的稻米和高粱都十分肥美，带有猪圈与鸡舍的人家门户对掩着。日落时分，桑树柘树的影子长长的偏斜，春社的欢宴结束后人们渐渐散去了，喝得醉醺醺的人在家人的搀扶下回家。

【赏析】

这是一首描写乡村社日风俗的诗。诗中描写了丰收之年农民欢度社日的情景。

诗的首句开门见山点出时间地点，"稻粱肥"表明庄稼长势喜人，预示着丰收在望。次句写农民家中的猪圈鸡舍，暗示禽畜兴旺之意，用"半掩扉"三字暗示村民去参加社日去了，巧妙地将诗意向后联过渡。第三句用"桑柘影斜"说明天色已晚，春社才散。诗的最后一句用"扶得醉人归"代表春社宴会的满足和快乐，将春社的热闹和庆典的欢乐气氛渲染得淋漓尽致。

全诗朴实、真切。诗人虽未有一字正面写社日，但却通过一些极富有农村生活情调的画面勾勒，烘托出山村节日的欢乐，比直接描写社日的热闹与欢乐场面更显得鲜明活泼，使人读来余韵无穷。

寒食①

韩翃②

春城无处不飞花③，寒食东风御柳斜④。

日暮汉宫传蜡烛⑤，轻烟散入五侯家⑥。

【注释】

①寒食：据左传所载，晋文公要请介之推出山，在清明节前二日，放火烧山相逼，没想到介推子却抱着大树被活活烧死，晋文公为了悼念他，规定每年的这一天不能生火，只能吃冷食，后逐渐演变成古代节日，称为"寒食节"。②韩翃（生卒年不详），字君平，唐代南阳（今属河南）人，唐玄宗天宝十三载（754年）进士，官至中书舍人，为"大历十才子"之一。③春城：春天的长安城。飞花：形容风吹花落的样子。④御柳：皇帝御花园里的杨柳。⑤日暮：日落，这里指夜晚。汉宫：这里比喻唐朝的皇室。传蜡烛：虽然寒食节禁火，但公侯之家受赐可以点蜡烛。⑥轻烟：蜡烛的烟。五侯：西汉成帝封其五位妻舅为侯，东汉桓帝也曾封了五个得宠的宦官为侯，两者都称五侯，这里以五侯喻皇戚权贵。

【译文】

春天的长安城处处飘飞着落花，寒食节的东风吹得皇宫御花园的杨柳倾斜了。黄昏时分，皇宫内传出御赐的蜡烛，蜡烛的轻烟散入了如"五侯"那样的权贵之家。

【赏析】

这是一首借汉代的事来讽喻唐代的讽刺诗。诗中写了唐朝都城长安寒食的美丽春色，内中暗含讽刺。

本诗开头两句写仲春景色，通过飞絮满城，杨柳轻拂，展现了仲春时节的秾丽风光。寒食节禁火，然而宫廷和权贵之家竟然得到皇帝的特赐蜡烛，享有特权，这无疑是一个大大的讽刺。后两句，诗人巧妙地利用历史事件，借寒食内廷赐火对当时宦官得宠专权的腐败现象进行讽刺，写得含蓄而不乏深刻。

据说这首诗颇得唐德宗赏识，并亲书"春城无处不飞花"之句，批道"与此韩翃"，御批韩翃为驾部侍郎中知制诰的要职，使其名传天下。

江南春

杜 牧

千里莺啼绿映红①，水村山郭酒旗风②。
南朝四百八十寺③，多少楼台烟雨中④。

【注释】

①莺啼：即莺啼燕语。绿映红：红花绿叶相互辉映。②郭：外城，此处指城镇。酒旗：挂在酒店门前作为酒店标记的旗子，类似招牌。③南朝：指先后与北朝对峙的宋、齐、梁、陈政权。四百八十寺：南朝皇帝和大官僚好佛，在京城（今南京市）大建佛寺。据《南史·循吏·郭祖深传》说："都下佛寺五百余所。"这里说四百八十寺，是虚数。④楼台：楼阁亭台，此处指寺院建筑。烟雨：细雨蒙蒙，如烟如雾。

【译文】

千里之外的黄莺啼叫着,红花绿草交相辉映,这里有河水、村寨、山麓与城郭,处处酒旗飘动。南朝所建的480多座寺庙,现在还有多少楼台笼罩在轻烟细雨中呢。

【赏析】

这是一首久负盛名的写景抒情诗。诗人以概括洗练的笔法描绘江南春色、春声与建筑,构成一幅形象生动、丰富多彩而又有气魄的江南春色画卷,呈现出一种深邃幽美的意境,表现了诗人对江南美景的赞美与热爱。也有人认为诗人作此诗是为了凭古吊今,讽喻唐代统治者笃信佛教。

上高侍郎①

高 蟾②

天上碧桃和露种③，日边红杏倚云栽④。
芙蓉生在秋江上⑤，不向东风怨未开。

【注释】

①《全唐诗》中，此诗题为《下第后上永崇高侍郎》。高侍郎：指高湜，据记载，高湜于咸通十二年（871年）担任礼部侍郎，这首诗正是高湜担任礼部侍郎期间，诗人下第后写给他的。②高蟾（生卒年不详），唐代渤海（今河北沧州）人，唐僖宗乾符三年（876年）举进士，官至御史中丞。③碧桃：传说中仙界的碧桃。和：带着，沾染着。④日：太阳。倚：傍着，倚着。⑤芙蓉：这里指荷花。

【译文】

天上仙家的碧桃沾染着雨露种下，太阳边的红杏倚靠着云彩而栽。荷花生长在秋天的江边，没有向春风抱怨它不能开放。

【赏析】

这首诗是诗人科举落第后投给主考官高侍郎的诗，以此来表达心中的不满情绪。

诗的前两句写那些考取进士的人都是一些获得了皇帝恩泽、家族帮助和考官提携的权贵子弟，委婉含蓄地表达了对科举考试不公平待遇的不满。后两句比喻自己是荷花，不埋怨东风没有照顾自己而不能开放，代表他不埋怨自己落第，同时也有希望得到高侍郎援引赏识的意思，但将这一意愿写得深微委婉，并没有低声下气地乞求。

绝句①

僧志南②

古木阴中系短篷③,杖藜扶我过桥东④。
沾衣欲湿杏花雨⑤,吹面不寒杨柳风。

【注释】

①本诗以"绝句"为题,可能是没有诗题,或在流传中失去了诗题。②僧志南(生卒年不详),号明老,南宋会稽(今浙江绍兴)人,为南宋诗僧。一说此诗的作者为唐朝的僧志安。③短篷:有篷的小船。④杖藜:用藜制造的拐杖。藜:一年生草本植物,茎秆直立,长老了可做拐杖。⑤杏花雨:清明前后杏花盛开时节下的雨,即春雨。

【译文】

在参天古树的浓荫下,系着带篷的小船,我拄着藜造的拐杖,慢慢走过桥,向东而去。绵绵细雨像故意要沾湿我的衣裳似的,下个不停,杨柳风轻轻吹拂人面,我一点都不觉得寒冷。

【赏析】

这首诗描写了诗人冒雨驾舟游春的情景,表达了作者恬淡轻松的情怀。

诗中前两句写春游,用"系"、"扶"两个动词,体现了诗人虽年事已高但游兴不减的好心情。后两句进一步写出春雨、春风、春花带给诗人的良好感觉。雨是杏花雨,风是杨柳风,诗人想去亲近,不觉得寒冷,外界的风风雨雨在诗中都化作美丽的事物,充分展现了诗人内心的闲适与悠然。诗中既有细微的描写，又有自然的感受，意境明快，节奏鲜明，读来让人感同身受，是歌咏春天的佳作。

游园不值①

叶绍翁②

应怜屐齿印苍苔③，小扣柴扉久不开④。
春色满园关不住，一枝红杏出墙来。

【注释】

①不值：没有遇到小园的主人。值，遇到。②叶绍翁（生卒年不详），字嗣宗，号靖逸，南宋龙泉（今属浙江）人，约活动于南宋宁宗、理宗时期（1195～1264年），做过一些小官，后弃官，住在西湖边。一说此诗的作者为叶适。③屐齿：木屐下防止滑倒的木齿。④扣：敲。柴扉：用木柴、树枝编成的门。

【译文】

也许是园主担心我的木屐踩坏青苔，轻轻地敲柴门，久久没有人来开。不过，一扇柴门是关不住这满园春色的，一枝红杏探出墙头来。

【赏析】

这是一首无法成游，却胜于成游的别具一格的记游诗。

诗的前两句说诗人春日访友，但主人大概是怕客人的脚印踩坏了青苔，所以把门紧闭，把人阻隔在门外，幽默地点出主人不在家，既交代了诗题，又写出园主的高雅情致。进不去园子，未免有点扫兴，但诗人在扫兴之余惊喜地发现有一枝红杏越过了封锁探出墙来，向诗

人展示它的风姿,诗人的心境很快便转变为对红杏、春光的礼赞,反映了春天万物复苏的勃勃生机,形象地说明了一切美好向上的事物都是封锁不住、禁锢不了的。

全诗写得十分活泼洒脱而又富有理趣,体现了取景小而含意深的特点,给人印象深刻。

客中行①

李白

兰陵美酒郁金香②,
玉碗盛来琥珀光③。
但使主人能醉客④,
不知何处是他乡。

【注释】

①此诗一作《客中作》。客中行:指客居在外。②兰陵:古代地名,一说在今山东省,一说在

今江苏省。郁金香：香草名，可用作香料。酿酒时加入郁金香，能使酒成琥珀色，并有特殊的香味。③琥珀：一种树脂化石，呈黄色或褐色，可作饰物，这里用来形容美酒的色泽。④但使：只要。

【译文】

兰陵出产的美酒，透着醇浓的郁金香的芬芳，盛在玉碗里发出琥珀般的光辉。如果主人能用这种美酒让客人大醉一场，他一定分不清哪里才是故乡。

【赏析】

这是一首体现乐观、豁达精神的羁旅诗。写诗人在外旅行，遇上了盛情的主人，遇事开怀畅饮，一时间竟感觉不到故乡与他乡的差别。

诗的前两句极力写酒的名贵与色泽。后两句盛赞主人的殷勤好客，并借此抒发了诗人的豪情逸兴，表现了诗人豪放不羁的个性。也有人认为诗人是以豪语抒悲怀，暗寓祈求得到重用，以施展才华，实现远大抱负。

题屏①

刘季孙②

呢喃燕子语梁间③，底事来惊梦里闲④。
说与旁人浑不解⑤，杖藜携酒看芝山⑥。

【注释】

①此诗一作《题饶州酒务厅屏》，是诗人在饶州监督酒务时在官厅屏风上题写的。题：题诗。屏：屏风。题屏：即在屏风上题诗。②刘

季孙（1033～1092），字景文，北宋祥符（今河南开封）人，曾任饶州酒务，持身清廉。苏轼知杭州，对他很赏识，曾上表推荐过他，他被任命为隰州知州，官至文思副使。博通史传，性好异书古文石刻，精于鉴赏。③呢喃：细细的叫声。梁：屋梁。④底事：何事，什么事。⑤浑：都，完全。不解：不能理解。⑥芝山：山名，在今江西鄱阳县，初名土素山，相传唐代刺史薛振曾在山上拾得灵芝仙草，因而改名芝山。

【译文】

燕子在屋梁之间呢喃着，它们在说什么呢？竟将我悠闲的梦惊醒了。如果别人知道我希望明白燕子的话语，那一定会惹人奇怪，我还是拄上拐杖带一壶美酒去芝山欣赏美景吧。

【赏析】

这首诗是古代知识分子孤高自傲、寄情山水的真实写照，表现了诗人高洁的志趣。

诗人以幽默而轻松明快的笔调写被燕子的呢喃惊醒睡梦，而又找不到知心的朋友，不被人理解，于是"杖藜携酒"游览芝山，虽然有些自嘲的意思，但也不失洒脱，体现了诗人寄情山水的闲适心情。

据《石林诗话》记载，这首诗是刘季孙任饶州酒务时所作，时王安石任江东提刑，巡历至饶州酒务厅，见屏间题此小诗，赞叹不已，后召刘季孙相谈，正巧州学官出缺，即令刘季孙暂摄，一时间刘季孙声名鹊起。

漫兴①

杜 甫

肠断春江欲尽头②,杖藜徐步立芳洲③。
颠狂柳絮随风舞④,轻薄桃花逐水流⑤。

【注释】

①漫兴:随兴而至,信笔写来。②肠断:愁肠欲断,指不快的情绪。欲尽头:将要流到尽头。③徐步:慢步。立:站立。芳洲:长满花草的水中陆地。④颠狂:放荡不羁。⑤轻薄:轻佻,不正经。这里比喻桃花花瓣飘落,在水中随波逐流,显得很轻浮。

【译文】

使人愁肠欲断的,是那将要流到尽头的春江水,我拄着拐杖漫步江头,站在长满花草的芳洲上。我只看见柳絮放荡不羁,肆无忌惮地随风飞舞,轻薄不自重的桃花随流水而去。

【赏析】

这首诗是诗人在暮春时节漫步江边所作的抒情写景诗。

写此诗时,诗人年老体弱且穷苦潦倒,又恰逢暮春时节,柳絮纷飞,落花逐水,满腔愁思油然而生。诗的第一句即用"断肠"一词点明自己的忧郁情绪,并以此统领全篇;后两句明写桃红柳绿,但"颠狂"、"轻薄"二词表明了诗人的感情色彩,诗人用此来暗喻那些趋炎附势、随波逐流的小人,表达了对当时社会现实的深刻不满及自己政治抱负不能实现的苦闷。

庆全庵桃花①

谢枋得②

寻得桃源好避秦③，桃红又是一年春。
花飞莫遣随流水④，怕有渔郎来问津⑤。

【注释】

①庆全庵：为诗人隐居于福建建宁唐石山时为所居取的室名。②谢枋得（1226～1289），字君直，号叠山，南宋弋阳（今江西弋阳）人，南宋理宗宝祐四年（1256年）举进士。南宋灭亡后，元朝强逼谢枋得出任，他拒绝做官绝食而亡。③桃源：桃花源，即世外桃源。典故出自陶渊明的《桃花源记》，说近晋代一个渔夫偶尔到达一个种满桃花的地方，里面住着一群躲避秦乱的居民，安居乐业如世外仙境。④莫遣：莫使，不要让。⑤问津：询问道路。这里用陶渊明《桃花源记》中"无人问津"，意指寻访。

【译文】

寻到一个像桃花源那样理想的地方,好躲避秦朝的暴政,桃花又一次盛开,又一年的春天来到。花瓣纷纷飘落,不要让它随水漂流,因为那样会引得寻找桃花源的渔夫出现,前来问路。

【赏析】

这首诗是诗人的一篇借物咏志之作。

诗人谢枋得生于南宋,经历了元朝挥军南下,直至南宋灭亡的历史过程。谢枋得被逼出仕元朝,最终绝食而亡。首先诗人没有直接描写自己所居住的庆全庵,而是借景抒情,把自己居住的幽静小庙,比作逃避秦王朝暴政的世外桃源,表达了自己愤世嫉俗的情怀和对安宁生活的向往。第二句写到因为隐居失去了世间概念,只有桃花盛开时,才知道又是一年的春天来到。第三、第四句则通过描写不希望桃花源被渔人问津,折射出诗人身处乱世,希望在这里隐居避难,坚决不仕新朝的决心。

玄都观桃花①

刘禹锡

紫陌红尘拂面来②,无人不道看花回③。
玄都观里桃千树④,尽是刘郎去后栽⑤。

【注释】

①《全唐诗》中,此诗题为《元和十年自朗州召至京戏赠看花诸君子》。玄都观:道教庙宇名,在长安城南崇业坊(今西安市南门外)。

②紫陌：京城长安的道路。红尘：尘埃，人马往来扬起的尘土。拂面：迎面、扑面。③看花回：看完桃花回来。④桃千树：形容桃树之多。⑤刘郎：诗人自指。

【译文】

京城的大道上行人车马川流不息，扬起的灰尘扑面而来，人们都说自己是刚从玄都观里看完桃花回来的。玄都观里的桃树有上千棵，都是在我被贬离开京城后才种下的。

【赏析】

这是一首政治讽刺诗。诗人通过描写人们在玄都观看花的情景，巧妙地讽刺了当时掌管朝廷大权的新官僚。

诗的前两句写人们去玄都观看花的情景，不写花本身之动人，而写看花的人为花所动，既巧妙又简练；后两句表面上写玄都观里在自己离别长安10年后新栽的桃树长大开花，实际上是影射贤良被逐，奸邪得势，抒发了诗人对朝廷新贵的讽刺与蔑视之情。

再游玄都观①

刘禹锡

百亩庭中半是苔②，桃花净尽菜花开③。

种桃道士归何处④，前度刘郎今又来。

【注释】

①元和十年（815年）玄都观赏花后，刘禹锡被贬出京，14年后重被召回，写下此诗。②苔：苔藓、青苔。③净尽：全都没有了。

④种桃道士：比喻当年竭力培植党羽而打击王叔文变法的执政者。

【译文】

玄都观百亩的庭院里有一半长满了青苔，桃花全都没有了，只有菜花在径自开放。那些辛勤种植桃花的道士到哪里去了呢？上次来参观的我，现在又回来了啊。

【赏析】

这首诗是前一首诗的续篇。

诗人在调离出京14年后又被召回，旧地重游写下此诗。诗中不仅是物是人非的感叹，更是诗人个人际遇的慨叹。诗中仍以桃花为喻，表面上写玄都观中桃花的盛衰存亡。前两句着力描写玄都观的凄凉；后两句又以种桃道士来比喻扶持新贵的权臣，自然地道出了朝廷上人事的变迁，暗喻世事变幻，权贵失势。诗人在这里投以轻蔑的嘲笑，从而表现了自己的不屈和乐观。

全诗格调诙谐而轻快，用比拟的方法，对当时的人、事加以讽刺，除了寄托的寓意外，描画出了一个独立而完整的意象，体现了高妙的艺术手法。

滁州西涧①

韦应物

独怜幽草涧边生②，上有黄鹂深树鸣③。
春潮带雨晚来急④，野渡无人舟自横⑤。

【注释】

①滁州：地名，在今安徽省滁县以西。西涧：滁州城西的一条河

流，俗称上马河。②独怜：唯独喜欢。幽草：幽谷里的小草。幽，一作"芳"。③黄鹂：黄莺。深树：枝叶茂密的树。④春潮：春天的潮汐。⑤野渡：郊野的渡口。横：指随意漂浮。

【译文】

我独独喜爱这河边生长的幽草，河岸上茂密树林的深处，不断传来黄鹂鸟的叫声。傍晚的春潮夹带着雨水，来得非常急促，在那暮色苍茫的荒野渡口，一个人都没有，只有小船在江水上独自漂浮着。

【赏析】

这是一首诗情浓郁的小诗。

诗中描写了春天滁州西涧的优美景色和晚潮带雨时野渡的景象，表露出诗人安贫守节，不随势俯仰的情趣，蕴含着一种不在其位、不得其用的无奈、忧伤的情怀。诗的前两句写春景，在黄昏雨中，茂密的青草，鸣啭的黄鹂、涧边、深树各有景致。后两句写雨后的春潮、渡头横浮的船只，动静结合，描绘出一幅优美的风景画。诗人以情写景，借景抒怀，其恬淡的心境和忧伤的情怀在无意间自然地流露出来。

花影

谢枋得

重重叠叠上瑶台①，几度呼童扫不开②。
刚被太阳收拾去③，却教明月送将来④。

【注释】

①重重叠叠：形容地上的花影一层又一层，很浓厚。瑶台：高台。②几度：几次。呼童：呼唤童仆。③收拾去：指日落时花影消失，好像被太阳收拾走了。④教：让。送将来：将……送回来。将，语气助词，用于动词之后，无实义。

【译文】

亭台上的花的影子重重叠叠地堆积着，一层一层直上高台，我多次叫童仆去打扫，但始终扫不开。它刚被太阳的光线收拾了，可是月亮又升起来了，又把它送了回来。

【赏析】

这是一首政治讽刺诗。诗人借吟咏花影，抒发了自己想要有所作为，却又无可奈何的心情。

诗中前两句用花影叠映瑶台比喻得势小人身居高位,层出不穷,虽有正直之臣屡次上书揭露也无济于事;后两句的一"收"一"送"的变化,比喻小人暂时销声匿迹,但最终仍会出现在政治舞台上,再次说明了当朝政府的腐败无能,抒发了诗人对政敌被起用的愤懑和无奈之情。

全诗构思巧妙含蓄,语言通俗易懂。诗人选取花的影子作为描写对象,显得非常新颖别致。

北山①

王安石

北山输绿涨横陂②,直堑回塘滟滟时③。
细数落花因坐久,缓寻芳草得归迟。

【注释】

①北山:即今南京东郊的钟山,王安石晚年隐居于此。②输:输送。陂(bēi):池塘。③滟滟(yàn):形容春水在阳光下闪闪发光的样子。

【译文】

北山输送绿意,春水涨满池塘;笔直的堑沟和曲折的池塘,都泛起粼粼波光。闲坐了很久就开始数凋落的花朵,慢慢地寻觅芳草导致我回家时已经很晚了。

【赏析】

这是一首写景诗。诗人春天到北山游玩,为雨后落花飘飘点点的美景所陶醉而流连忘返，就写了这首诗，抒发了诗人隐居郊野、寄情山水的高雅情趣。

诗的前两句写北山河塘绿意浓郁，景中含情，表达出诗人对春光的喜爱之情；后两句写作者仔细地数着落花，慢慢地寻觅芳草，很晚才回家，表现出诗人闲适恬淡的心境。

整首诗的遣词造句非常精工，情感基调开朗诙谐，在内容与艺术上达到了完美的结合。

湖上①

徐元杰②

花开红树乱莺啼，草长平湖白鹭飞③。
风日晴和人意好④，夕阳箫鼓几船归⑤。

【注释】

①湖：指杭州西湖。②徐元杰（？～1245），字仁伯，上饶（今江西上饶）人。南宋理宗绍定进士，为政清廉，敢于直谏，官至工部侍郎。其诗清新流畅，朴素自然。③草长：形容草长得茂盛。④人意：游人的心情。⑤几船归：许多船归去。

【译文】

开满红花的树上群莺鸣叫；白鹭在茂盛的草丛和平静的湖面上飞舞。暖风晴和的天气使得游人的心情也很好，夕阳西下时有很多船伴着箫鼓声归来。

【赏析】

这是一首春游西湖的诗，是历来写西湖诗中的佳作。

诗的前两句着力写出了湖上的优美风光，有动有静，色彩绚丽；后两句写游人在湖上尽情玩乐，直到夕阳西下，表现了游人的勃勃兴致，映衬出西湖美景的魅力所在。

全诗语言清新流利，景物绚烂多姿，用音响和色彩绘出了一幅欢乐的湖上春游图。

漫兴①

杜 甫

糁径杨花铺白毡②，
点溪荷叶叠青钱③。
笋根稚子无人见④，
沙上凫雏傍母眠⑤。

【注释】

①杜甫有《绝句漫兴九首》，此为第七首。②糁：饭粒，这里指像饭粒一样散开。③点溪：点缀在溪流之上。青钱：古代的铜钱。④稚子：指芦笋根部长出的嫩芽。⑤凫

雏：初生的野鸭。

【译文】

杨花碎片散落在路上就像铺开的白毡子，荷叶点缀在溪上像青铜钱似的一个叠着一个。没有人注意到竹林里笋根旁的嫩芽，刚刚孵出的小野鸭正依偎着它母亲甜甜地睡着。

【赏析】

这是一首写景诗。诗中描绘了暮春时节南方水乡的美好景致，有着浓郁的生活气息。

诗的前两句写飘落满地的杨花和水面上层层叠叠的荷叶，两句都运用了比喻的修辞手法，富有新意，形象传神；后两句写笋根初生的嫩芽和傍母而眠的小鸭，采用了白描手法，显得活泼可爱。

这首四句诗，一句一景，刻画得十分细腻逼真。诗的语言通俗生动，意境清新隽永，展现了杜甫深厚的文学功底。

春晴

王 驾

雨前初见花间蕊①，雨后全无叶底花。
蜂蝶纷纷过墙去，却疑春色在邻家②。

【注释】

①蕊：未开的花，即花苞。②疑：怀疑。

【译文】

春雨之前还见过花间露出新蕊，但大雨过后却连叶子底下也找不到一朵花了。采花的蜜蜂和蝴蝶纷纷飞过院墙，竟使人怀疑春天的景色还在邻居的园子里。

【赏析】

这是一首写景诗。诗中描写了久雨初晴、百花凋谢的暮春景象，表达了诗人的爱春惜春之情。

诗的前两句描写了大雨前后的景致变化，以"雨前"所见和"雨后"情景的对比，表达出一片惜春之情；后两句写雨后蜂蝶的动向，不仅把蜜蜂、蝴蝶追逐春色的神态写得活灵活现，更把"春色"赋予了人的灵魂特质，像在与诗人捉迷藏一样，诗人不禁提出疑问："是不是跑到邻居家里去了？"

整首诗构思精巧，充满恬淡诙谐的情趣，给人以耳目一新的感觉。

春暮

曹豳①

门外无人问落花，绿阴冉冉遍天涯②。
林莺啼到无声处③，青草池塘独听蛙。

【注释】

①曹豳（bīn）（1170~1249），字西士，别号东畎，宋瑞安（今浙江省）人。宁宗嘉泰二年（1202年）进士，官至浙东提点刑狱、宝章阁待制等职。其诗风格以轻巧明快著称。②冉冉：慢慢地，或柔软下垂。③无声处：黄莺在春天啼叫，到了暮春初夏时节，叫声就渐渐

稀疏了，故有"无声处"一说。

【译文】

没人去注意那门外纷纷飘落的花朵，浓郁的绿阴低垂着直铺向海角天涯。树上的黄莺儿啼声渐渐停下，我独自站立在池塘边听着青蛙不停地叫着。

【赏析】

这是一首描写暮春景物的诗。诗中表现了诗人闲适自在、随遇而安的心境。

诗人选择的几个物象，花落、绿阴、莺啼、蛙鸣，都是暮春典型景况，通过这些意象的选取，组成了一幅丰富多彩、热闹非凡的暮春全景。与其他惜春诗不同的是，这首诗字里行间都透露出诗人愉悦的心情，没有一点忧愁的意思。

落花

朱淑真[①]

连理枝头花正开[②]，妒花风雨便相催。

愿教青帝常为主[③]，莫遣纷纷点翠苔。

【注释】

①朱淑真（1135～1180），号幽栖居士，为唐宋以来留存作品最丰富的女作家之一。南宋初年时在世，其余生平不可考，素无定论。相传为浙江人，生于仕宦之家。夫为文法小吏，因志趣不合，夫妻不睦，终致其抑郁早逝。又传淑真过世后，父母将其生前文稿付之一炬，

现存《断肠诗集》、《断肠词》传世，为劫后余篇。

②连理枝：不同根的草木连生在一起，比喻夫妻恩爱。

③青帝：掌管春天的神，又称东君、东皇。

【译文】

连理枝头的鲜花开得正艳，风雨因为嫉妒就将它们全部摧毁。请掌管春天的神长久做主，不要让娇嫩的鲜花落到碧绿的青苔上。

【赏析】

这是一首惜花伤春的诗。诗人看到风雨把树上的花朵摧残殆尽，心中产生了无尽的惋惜和伤感，由此联想到了自己不幸的婚姻。最后两句，诗人祈求青帝留得花常在，表现了自己的惜春之情和对美好生活的向往。

春暮游小园

王淇①

一从梅粉褪残妆②,涂抹新红上海棠。

开到荼蘼花事了③,丝丝天棘出莓墙④。

【注释】

①王淇,字菉猗,宋朝人,生平事迹不详。②褪残妆:指梅花凋谢。③荼蘼:一种花,春末夏初开放。④天棘:一种有刺的荆棘。莓墙:长满苔草的墙。

【译文】

自从梅花零落,卸去残败的妆容,海棠花就涂上了鲜艳的红色。待荼蘼开花以后,一春的花事已告终结,丝丝天棘又长出于莓墙之上了。

【赏析】

这是一首描写暮春风景的诗。诗中通过对梅花、海棠、荼蘼、天棘花开花落景色的描绘,妙趣天成地反映出暮春时节的季节变化。

诗的前两句写一春花事,以女子搽粉抹胭脂作比,非常活泼,充满人间趣味;后两句暗示人们并不必太伤感,即使红梅、海棠、荼蘼都开过了,还有生机勃勃的天棘和青苔呢。

全诗语言清丽,比喻生动隽永,饶有情趣,风格清爽喜人。

莺梭①

刘克庄②

掷柳迁乔太有情③,交交时作弄机声④。
洛阳三月花如锦,多少工夫织得成。

【注释】

①莺梭:黄莺像织布梭子一样在丛林中穿梭。②刘克庄(1187～1269),字潜夫,号后村居士。莆田(今属福建)人。以荫入仕,淳祐六年(1246年)赐进士出身。官至工部尚书兼侍读。诗词多感慨时事之作,是南宋江湖诗人和辛派词人的重要作家。词风粗豪肆放,慷慨激越。著有《后村先生大全集》、《后村别调》。③掷柳迁乔:从柳枝上投掷下来,又迁移到高大的乔木上。形容黄莺往上飞时轻快的样子。④交交:黄莺的鸣叫声。机声:织布机发出的响声。

【译文】

黄莺鸟在它喜欢的丛林中上下飞舞,欢快的啼叫声就像织布机发出的声音一样。三月的洛阳城繁花似锦,是黄莺鸟们费了多么大的工夫织成的啊!

【赏析】

这是一首描写春天的作品。尽管全诗中没有一个春字,但洛阳春天锦绣一样的美丽景色却跃然纸上。诗人巧用比喻,把黄莺鸟在丛林中飞舞的样子比作织布机上的梭子,并说是它们织成了洛阳城繁花似锦的迷人春光,立意新颖,构思独特。

暮春即事

叶 采①

双双瓦雀行书案②，点点杨花入砚池。

闲坐小窗读周易③，不知春去几多时。

【注释】

①叶采（生卒年不详），字仲圭，建阳（今福建）人，宋代学者。他是南宋理学家朱熹的再传弟子，著《近思录集解》。②瓦雀：在屋瓦上跳跃的鸟雀。行书案：指鸟雀的影子在书案上移动。③周易：即《易经》，是儒家的经典著作。

【译文】

屋顶上鸟雀的影子在书案上移动，点点杨花飘入屋内的砚池中。我闲来无事坐在窗前读着《周易》，不知道春天过去了多少时间。

【赏析】

这首诗描写的是封建时代的读书人埋头书案，专注地研读儒家经典《周易》，连春天过去了多久都浑然不知。虽然诗人只是将眼前所见的寻常事物平铺直叙地写入诗中，看似平淡无奇，但却将诗人一心埋头书案，浸沉在书中的那种专注神情表现了出来。

全诗语言朴素自然，对仗工整，刻画出一个鲜活生动的古时书生形象。

登山

李 涉①

终日昏昏醉梦间②,忽闻春尽强登山③。

因过竹院逢僧话④,又得浮生半日闲。

【注释】

①李涉(生卒年不详),号清溪子,唐代洛阳(今河南省洛阳市)人。早年与其弟李渤同在庐山隐居,后出仕,任太常博士。其诗多七绝,浅显易懂。②昏昏:迷迷糊糊。③强:勉强。④僧话:与僧侣交谈。

【译文】

整天昏昏沉沉像醉酒和梦游一样,突然听说春天快要过去就强打起精神去登山。路过竹院时遇见了寺僧就和他聊起了天,使我这虚浮的人生又得到了半天的清闲。

【赏析】

这首诗是作者暮春时节登山记游的小诗。诗人以平淡的笔触道出了自己内心的烦恼和矛盾,含蓄蕴藉,余味悠长。

从表面看,诗人似乎什么都不在意,满足于这种闲逸的生活。但细读之下,却能感受到其中包含了很多无奈的情绪,说明诗人还是渴望有所作为的。

蚕妇吟

谢枋得

子规啼彻四更时①，

起视蚕稠怕叶稀。

不信楼头杨柳月②，

玉人歌舞未曾归③。

【注释】

①子规：杜鹃的别称。②杨柳月：挂在杨柳枝头的月亮，形容夜已深。③玉人：美丽的佳人，这里指歌女舞女。

【译文】

杜鹃鸟在四更时分啼彻窗外，养蚕妇人起身看蚕宝宝，担心蚕多叶少不够吃。此时的月亮已经挂到了杨柳枝头，难以相信高楼欢宴的歌女们还没有回家入睡。

【赏析】

这是一首反映养蚕妇女辛苦生活的诗。诗歌运用了对比的手法，借富贵人家的女人歌舞彻夜不归，

来反衬蚕妇生活之辛苦,揭露了社会的不公平。

整首诗语言质朴,构思新颖,字里行间充斥着诗人强烈的爱憎之情,读起来真挚感人。

晚春

韩 愈

草木知春不久归①,百般红紫斗芳菲。
杨花榆荚无才思②,惟解漫天作雪飞③。

【注释】

①不久归:将结束。②榆荚:亦称榆钱。榆未生叶时,先在枝间生荚,荚小,形如钱,荚老呈白色,随风飘落。③惟解:只知道。

【译文】

花草树木知道春天即将归去,都想留住春天的脚步,纷纷争奇斗艳。就连那没有美丽颜色的杨花和榆钱也不甘寂寞,随风起舞,好像漫天飞雪。

【赏析】

这是一首描绘暮春景色的七言绝句。诗人运用了拟人的手法,赋予草木、杨柳以灵性,写它们抓紧这最后的春光,各逞姿色,争奇斗艳,表达了自己如晚春的迟暮之感。

整首诗工巧奇特,别开生面,描景状物体物入微,给人以耳目一新的感觉。

伤春

杨万里①

准拟今春乐事浓②,依然枉却一东风③。
年年不带看花眼,不是愁中即病中。

【注释】

①杨万里(1127～1206)字廷秀,号诚斋。江西吉州人(今江西省吉水县黄桥镇洴塘村)。绍兴二十四年(1154年)进士。历任国子博士、太常博士,太常丞兼吏部右侍郎,提举广东常平茶盐公事,广东提点刑狱,吏部员外郎等。反对以铁钱行于江南诸郡,改知赣州,不赴,辞官归家,闲居乡里。在中国文学史上,与陆游、范成大、尤袤并称"南宋四家"、"中兴四大诗人"。②准拟:预料,本以为。③枉却:白白地辜负。东风:春风。

【译文】

本以为今年春天赏春的乐事肯定会很多,没想到又与往年一样辜负了今年的春色。我每年都没有赏花的眼福,因为我不是卧病在床,就是在愁苦之中!

【赏析】

这是一首伤春诗。诗的开头是满心欢喜,结果却未能如愿,化作泡影一场,这种大起大落的对比,把诗人心中的惋惜之情表达得淋漓尽致。

整首诗一气呵成,意味隽永,语言平白如话,意思却曲折离奇,抒发了一种命途多舛、无可奈何的悲凉情绪。

送春

王 令①

三月残花落更开②，小檐日日燕飞来。
子规夜半犹啼血③，不信东风唤不回④。

【注释】

①王令（1032～1059），字逢原，广陵（今江苏扬州）人，北宋诗人。王安石对其文章和为人皆甚推重，可惜天妒英才，他27岁就因病去世了。②更：再，又。③啼血：每年春夏之际，杜鹃鸟都会彻夜不停地啼鸣，常常激起人们的无限遐思。加上杜鹃的口腔上皮和舌头都是红色的，古人误以为它"啼"得满嘴流血，因而便有了"杜鹃啼血"的传说和诗篇。④东风：春天的风，这里指春天。

【译文】

暮春三月的花儿谢了又

开，低矮的屋檐下天天有小燕子飞来。杜鹃鸟不分昼夜地啼叫，直到啼出血来，它们不信春风呼唤不回。

【赏析】

这是一首写景诗。诗中描绘了暮春时节的景象，抒发了诗人的惜春之情。

诗的前两句描写了暮春时节的景致，用残花和燕子来暗示春天即将离去；后两句用"子规夜半犹啼血，不信东风唤不回"来表达竭尽全力留住美好时光的意思。

诗人写暮春之景，抒发惜春之情，但并没有悲伤的情调，而是把自己积极向上的心态融入诗歌中，表达了自己对美好事物的执着追求。

三月晦日送春①

贾 岛

三月正当三十日，风光别我苦吟身②。

共君今夜不须睡③，未到晓钟犹是春④。

【注释】

①晦日：指农历每个月的最后一天。②苦吟身：苦吟的诗人，即诗人自己。③君：这里指春天。④晓钟：报晓的钟声。

【译文】

农历的三月三十是春季的最后一天了，美好的春色就要别我这个苦吟的诗人而去。今晚我们都不要睡觉了，只要报晓的钟声还未响起，春天就还没有离去。

【赏析】

这是一首抒写送春的七言绝句。诗人舍不得春天离去,但又无计可施,只能让自己长坐不睡,与春天一起度过这最后的时光,突出表现了诗人对春天时光的眷恋和不舍。

全诗语言朴素自然,构思新颖别致,情调高昂乐观,读起来真挚感人。

客中初夏[①]

司马光[②]

四月清和雨乍晴[③],南山当户转分明[④]。

更无柳絮因风起,惟有葵花向日倾[⑤]。

【注释】

①客中:客居在外。②司马光(1019~1086),字君实,陕州夏县(今山西闻喜)涑水乡人,世称涑水先生。宋仁宗宝元元年(1038年)进士。历知谏院、翰林学士。因反对王安石新法,出知永兴军(今陕西西安),后退居洛阳,主编《资治通鉴》。元丰八年(1085年)哲宗即位,高太皇太后听政,召他入主国政,次年任尚书左仆射,兼门下侍郎,尽废新法,复旧制。卒赠太师、温国公,谥文正。为文记叙周详,词句简练、通畅。③清和:天气晴朗而和暖。④转分明:雨中南山模糊不清,天晴后才渐渐可见。⑤倾:开放。

【译文】

雨后初晴的四月天气渐渐和暖,正对门的南山也变得清晰可见。

眼前没有了随风飘扬的柳絮，只有那葵花依旧朝着太阳开放。

【赏析】

这首诗描写了初夏骤雨刚晴的景象，实际上是一首政治隐喻诗。

诗的前两句写雨后初晴的景色，暗喻当时的政局变化；后两句写自己的感触，寄托了自己的政治操守。诗人以葵花自喻，表明了自己不会像柳絮一样没有固定的操守，而会永远像葵一样忠心于国家。

有约①

赵师秀②

黄梅时节家家雨③，青草池塘处处蛙。
有约不来过夜半，闲敲棋子落灯花④。

【注释】

①有约：约请朋友来做客。②赵师秀（1170～1219），字紫芝，号灵秀，亦称灵芝，又号天乐。永嘉（今浙江温州）人，宋太祖八世孙。光宗绍熙元年（1190年）进士，人称"鬼才"，开创了"江湖派"一代诗风，与徐照、徐玑、翁卷并称"永嘉四灵"。其诗风格清丽，瘦劲清苦。③黄梅时节：每年的农历四五月间，江南的梅子正熟之时，大都是阴雨连连的时候，所以称江南雨季为"梅雨季节"或"黄梅时节"。④灯花：旧时以油灯照明，灯心烧残后会变成花一样的形状。

【译文】

黄梅时节家家户户都笼罩在烟雨之中，长满青草的池塘里到处是青蛙的鸣叫声。已经是半夜了，朋友却没有如约到来，无聊地敲着棋子，把灯花震落在了棋盘上。

【赏析】

这是一首描写初夏景致的小诗。诗中写友人因雨失约，诗人等待友人到来时的焦急心情。

诗的前两句交代了当时的环境和时令，"黄梅"、"雨"、"池塘"、"蛙声"，写出了江南梅雨季节的夏夜之景；后两句点出了人物和事情，主人耐心而又有几分焦急地等着，闲敲着棋子静静地看着闪闪的灯花。"闲敲棋子"只是一个不经意间的小动作，却入木三分地刻画出诗人等待友人时的焦虑心情。

全诗风格清瘦飘逸，生活气息较浓，又摆脱了雕琢之习，读起来朗朗上口，一气呵成。

闲居初夏午睡起

杨万里

梅子留酸软齿牙①,芭蕉分绿与窗纱②。

日长睡起无情思,闲看儿童捉柳花③。

【注释】

①梅子:即杨梅,味道极酸。②芭蕉分绿:芭蕉的绿色映照在纱窗上。③柳花:柳絮。

【译文】

梅子的酸味留在嘴里使牙齿变得十分酸软,芭蕉树把它的绿色映衬到窗纱上。春去夏来,日长人倦,午睡后起来感觉很无聊,闲着无事观看儿童戏捉空中飘飞的柳絮。

【赏析】

这首诗描绘了一幅生动的古代《初夏睡起图》。

前两句描写了初夏时节的物事,梅子的酸爽、芭蕉的碧绿,展现了一幅生动活泼的画面;后两句写诗人初夏午睡醒来,闲来无事观看儿童捉柳絮。

诗人抓住了生活中常见的细小情态,真实描绘,生动再现,既抒发了诗人闲适的心情,也委婉地表达了英雄无用武之地的落寞之感。

三衢道中①

曾　几②

梅子黄时日日晴，小溪泛尽却山行③。

绿阴不减来时路④，添得黄鹂四五声。

【注释】

①三衢（qú）：即衢州，今浙江省常山县，因境内有三衢山而得名。②曾几（jī）（1084～1166），字吉甫，号茶山居士，赣州（今江西赣州市）人，南宋诗人。曾几学识渊博，是陆游的老师，后人将其列入江西诗派。其诗多唱酬题赠之作，风格闲雅清淡。③泛尽：乘小船到尽头。却：再、又的意思。④不减：并没有少多少，差不多。

【译文】

梅子熟透的时候，每天都是晴和的天气，乘舟沿着小溪走到尽头又改走山路。这条路上的绿荫一点也不比上一段路少，深林丛中还传来几声黄鹂的鸣叫声。

【赏析】

这是一首纪行诗。诗中写出了诗人行于三衢山道中的见闻感受。虽然没有铺写自己的感情，但却在字里行间透露出诗人轻松愉快的心情。

诗的前两句交代了出行时间和出行路线，诗人乘轻舟泛溪而行，溪尽而兴不尽，于是舍舟登岸，山路步行。一个"却"字，道出了他高涨的游兴；后两句写绿阴那美好的景象仍然不减登山时的浓郁，路

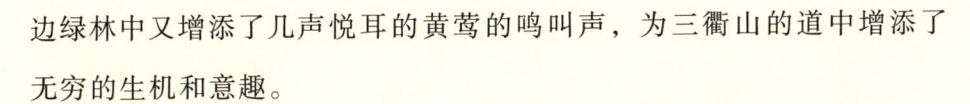

边绿林中又增添了几声悦耳的黄莺的鸣叫声,为三衢山的道中增添了无穷的生机和意趣。

全诗构思精巧新颖,节奏明快自然,极富有生活韵味,将一次平平常常的行程写得错落有致,平中见奇,让人如身临其境般地领略到山行的意趣。

即景

朱淑真

竹摇清影罩幽窗①,两两时禽噪夕阳②。
谢却海棠飞尽絮③,困人天气日初长④。

【注释】

①幽窗:幽暗的窗口。②时禽:泛指这个时期的雀鸟。③谢却:凋谢。飞尽:飞落不见。④困人天气:指初夏使人慵懒的气候。初:开始。

【译文】

微风中摇曳的竹子将清雅的影子笼罩在幽暗的窗口,成双成对的鸟儿在夕阳下肆意鸣叫。在这海棠花凋谢、柳絮飞尽的初夏,只觉天气使人感到乏困,白昼也变得越来越长。

【赏析】

这是一首写景诗。诗人有声有色地描绘了初夏的景致。

诗的前两句有静有动,表态中的"清影"和"幽窗"与动态中的"竹摇"和"鸟噪"交相辉映;后两句将前句中的烦躁情绪进一步深化，写初夏时分海棠花谢，柳絮飞尽，白天越来越长了，给人一种困乏的感觉。

全诗寄情绪于景物，淡淡几笔，却极具感染力，抒发了诗人郁郁寡欢的心情。

初夏游张园

戴复古①

乳鸭池塘水浅深②，熟梅天气半晴阴③。

东园载酒西园醉，摘尽枇杷一树金④。

【注释】

①戴复古（1167～?），字式之，常居南塘石屏山，故自号石屏，天台黄岩（今属浙江台州）人。南宋著名的江湖派诗人。一生不仕，浪游江湖，后归家隐居，卒年八十余。曾从陆游学诗，作品受晚唐诗风影响，兼具江西诗派风格。部分作品抒发爱国思想，反映人民疾苦，具有现实意义。②乳鸭：刚孵出不久的小鸭。③半晴阴：一会儿晴天一会儿阴天。④枇杷：植物名，果实球形，味甜，可食。金：枇杷成熟时呈金黄色。

【译文】

小鸭在池塘中或浅或深的水里嬉戏，梅子在半晴半阴的天气里成熟。从东园带来酒在西园喝得大醉，又把树上金黄色的枇杷摘了个精光。

【赏析】

这是一首写初夏载酒游园的小诗。

诗的前两句写景，描写了初生的鸭子、深浅不定的湖水、熟透的黄梅和半阴半晴的天气，这些都是江南初夏的典型景致；后两句写游园饮酒摘枇杷的场景，表现了诗人的闲情逸致。

整首诗语言通俗明畅，形象生动活泼，意境优美恬淡。

鄂州南楼书事

黄庭坚①
四顾山光接水光②，
凭栏十里芰荷香③。
清风明月无人管，
并作南来一味凉④。

【注释】

① 黄庭坚（1045～1105），北宋诗人、书法家。字鲁直，号山谷道人、涪翁，分宁（今江西修水）人。自幼聪明，读书数遍，即能背诵。治平四年（1067年）中进士，时年22岁。因诗文受苏轼的赏识，游于苏轼门下，与张文潜、晁无咎、秦少游合称"苏门四学士"。他因

出于苏门，而与苏齐名，世人并称"苏黄"。②四顾：向四周望去。③芰（jì）：菱角。④一味凉：一片凉意。

【译文】

游目四顾只见山色与水色连接在一起，手扶栏杆闻着十里飘散的菱角、荷花香气。清风明月自由自在无人看管，它们融合一起化作南风吹来的一片凉爽和惬意。

【赏析】

这是一首写景诗。诗人写得声情并茂，令人生出如临其境的感受。

诗的前两句写诗人登上南楼后看到美丽的水光山色，闻着空气中菱角和荷花的香气，心中感到无比惬意；后两句写清风明月为人们送来清爽，这是诗人抛却烦恼、心向自然的旷达心境的表现。

山居夏日

高　骈①

绿树阴浓夏日长，楼台倒影入池塘。

水晶帘动微风起②，满架蔷薇一院香。

【注释】

①高骈（821～887），字千里，南平郡王高崇文之孙，幽州（今北京）人，晚唐名将，诗人。高骈出生于禁军世家，官至中书门下平章事，封燕国公、渤海郡王。黄巢起名时，高骈坐拥扬州，各据一方，后被部将毕师铎所杀。②水晶帘：装饰有水晶的帘子。

【译文】

翠绿的树木阴影浓厚,夏天的白昼时间漫长,楼台的倒影映入池塘之中。水晶帘子在微风的吹拂下摆动,长满花架的蔷薇让整个院子都充满香气。

【赏析】

这是一首描写夏日风光的七言绝句。

诗人写夏日风光,纯乎用近似绘画的手法把绿树、浓荫、楼台、池塘、门帘、微风、蔷薇等不同的物景用长、入、动、香几个动词和形容词串联起来,构成了一幅色彩鲜丽、情调清和的图画。欣赏这首诗,我们仿佛能看到那位在山亭之上悠闲自在的诗人。

田家

范成大①

昼出耘田夜绩麻②,村庄儿女各当家。
童孙未解供耕织③,也傍桑阴学种瓜④。

【注释】

①范成大(1126~1193),字致能,号石湖居士,吴县(今江苏苏州市)人。进士出身。曾充赴金使节。官至四川制置使(掌管边防军务的长官)、参知政事(副宰相)。他是南宋享负盛名的诗人之一,与杨万里、陆游、尤袤合称南宋"中兴四大诗人"。他的词所涉及的面没有诗歌那么广阔,主要写自己闲适的生活,缺少社会意义。今传《石湖词》。②绩麻:搓麻线。③童孙:幼小的儿童。供:从事。④傍

桑阴：在桑树阴下。

【译文】

白天去田里耕种，晚上还要回来织麻，村里的男男女女各自都得担负起家庭的重担。幼小的儿童还没学会如何去帮助耕种和织布，但也在桑树下面学起了种瓜。

【赏析】

这是一首田园诗。作者描绘了农忙时节老百姓辛勤劳作的情景，表达了诗人对农村劳动者的热情赞扬。

前两句写繁忙的农事，赞扬了农村人的勤劳坚毅，有着浓厚的生活气息和泥土气息；后两句写天真烂漫的农村儿童也来学农事，给全诗增添了活泼轻松的气氛。

全诗语言朴实，取材巧妙，尤为难能可贵的是诗中加入了对天真孩童形象的刻画，为忙碌的田间农作平添了几分欢快的气氛，堪为神来之笔。

村居即事

翁 卷[①]

绿遍山原白满川[②]，子规声里雨如烟。

乡村四月闲人少，才了蚕桑又插田[③]。

【注释】

①翁卷（生卒年不详），字续古，南宋永嘉（今浙江温州）人。他特别擅长五律，其诗清新自然。著有《苇碧轩集》。②绿：绿色的植

物。白：水。③了：结束。

【译文】

绿意遍布山原，白水溢满河川，在杜鹃鸟的鸣叫声中，细雨如轻烟般落下。四月的时候，乡村的闲散之人很少，刚干完蚕桑的活儿又要去田里插水稻。

【赏析】

这是描写农村四月景致的诗，赞颂了农民的辛勤劳作。

诗的前两句写景，用浓重的笔法描绘了江南水乡的美丽景致；后两句描写农人忙碌的生活，真实再现了乡村四月农时繁忙的场景。

全诗语言平白如话，风格清新宜人。

题榴花

韩 愈

五月榴花照眼明①，枝间时见子初成②。

可怜此地无车马③，颠倒苍苔落绛英④。

【注释】

①照眼明：指映入眼帘的石榴花格外艳丽夺目。②子：指石榴果实。③可怜：可惜。④颠倒：纷乱，散乱。绛英：红花，指石榴花瓣。

【译文】

五月盛开的石榴花红艳似火，耀眼夺目，隐约可见石榴子结于枝叶当中。可惜这里没有赏花人的车马，红色的石榴花百般无奈地飘落在长着苍苔的地上。

【赏析】

这是一首借物抒怀的小诗。诗中含蓄地表达了诗人怀才不遇的失落与心寒。

诗的前两句点明了五月的石榴花十分耀眼，暗喻诗人自己才华如盛开的石榴花般灿烂耀眼；后两句写石榴花虽美却无人观赏，只能是与青苔一样平凡的人混迹在一起罢了。

全诗采取了先扬后抑的手法，先写石榴花之鲜艳，后写石榴花地处僻境无人欣赏，独自凋零，比喻自己身处南蛮之地不被重用的惨况。

村晚

雷 震①

草满池塘水满陂②，山衔落日浸寒漪③。
牧童归去横牛背④，短笛无腔信口吹⑤。

【注释】

①雷震，宋朝诗人，生平事迹不详。②陂（bēi）：水岸。③衔：含着，这里指落日西沉，半挂在山腰。漪（yī）：波纹。④横牛背：横坐在牛背上。⑤腔：曲调。

【译文】

池塘里长满青草，池水溢到水岸之上，日落西山倒映在冰凉的池水波纹中。放牛归来的孩子横坐在牛背上，随意地用短笛吹奏着不成调的乐曲。

【赏析】

这是一首田园诗。作者给人们描绘出一幅意境优美的山村牧归图。

诗的前两句诗人把池塘、山、落日三者有机地融合起来，描绘了一幅非常幽雅美丽的图画；后两句写天真烂漫的牧童横坐在牛背之上，手持短笛随口吹奏，给这幅图画增添了几许生动活泼的气氛。

整首诗无论是色彩的搭配，还是背景与主角的布局，都非常协调，给人一种恬静悠远的美好感觉。

书湖阴先生壁

王安石

茅檐长扫净无苔①，

花木成畦手自栽②。

一水护田将绿绕，

两山排闼送青来③。

【注释】

①茅檐：茅屋檐下，这里指庭院。②畦：小路。③排闼(tà)：开门。闼：小门。

【译文】

庭院因经常打扫而洁净得没有一丝青苔,花草树木遍布路旁都是主人亲手栽种。一条小溪把绿色的田地环绕进行保护,两座青山像推开的两扇门送来一片翠绿。

【赏析】

这是一首题壁诗。作者描写了湖阴先生家的幽雅环境和初夏景色。

诗的前两句描写了庭院内的景致,干净整洁的布置,排列有序的花木,显示出主人高雅的情趣;后两句运用了对偶和拟人的手法,给山水赋予人的感情,化静为动,显得自然化,既生机勃勃又清静幽雅。

全诗语言清新生动,修辞运用恰当,既运用了对偶的句式,又采用了拟人的手法,给山水赋予人的感情,化静为动,显得自然环境既生机勃勃又清静幽雅。

乌衣巷①

刘禹锡

朱雀桥边野草花②,乌衣巷口夕阳斜。
旧时王谢堂前燕③,飞入寻常百姓家。

【注释】

①乌衣巷:金陵城内的一条街,邻近朱雀桥。东吴时曾在此设军营,军士皆穿黑衣。东晋时的贵族王导、谢安等人的住宅都在这里。②朱雀桥:六朝时金陵朱雀门外横跨秦淮河的大桥。③王谢:指东晋最大的两家豪门士族。

【译文】

朱雀桥边长满丛丛野草野花,乌衣巷口的夕阳斜斜地照着。从前在王谢大堂前筑巢的燕子,如今飞进了平常百姓人家。

【赏析】

这是一首怀古诗。诗人看到当年繁华鼎盛的朱雀桥和乌衣巷,而今野草丛生,荒凉残照。感慨沧海桑田,人生多变。

全诗含蓄隽永,耐人寻味。表面看来,诗中并没有议论之词,但诗人别出心裁地通过对野草、夕阳的描写,让燕子作为盛衰兴亡的见证,巧妙地把历史和现实联系起来,引起了人们的无限遐思。

送元二使安西

王 维

渭城朝雨浥轻尘①,客舍青青柳色新。
劝君更尽一杯酒②,西出阳关无故人③。

【注释】

①渭城:就是咸阳,现今陕西省西安市。浥:湿润。②尽:喝完。③阳关:古关名,在甘肃省敦煌西南,由于在玉门关以南,故称阳关,是出塞必经之地。

【译文】

清晨的微雨湿润了渭城地面的灰尘,旅舍里面的柳树颜色青绿新鲜。我真诚地劝你把这杯酒喝完,西出阳关后就再也没有原来知心的朋友了。

【赏析】

这是一首著名的送别诗。诗中表达了诗人对即将远行的朋友的依依惜别之情。

诗的前两句为送别营造了一个愁郁的环境气氛；后两句再写频频劝酒，依依离情，表达了作者对友人的深挚情谊。

这首诗语言朴实，形象生动，道出了人人共有的依依惜别之情。唐时即被谱成《阳关三叠》，历代广为流传。

题北榭碑①

李 白

一为迁客去长沙②，西望长安不见家。

黄鹤楼中吹玉笛，江城五月落梅花③。

【注释】

①诗题一作《与史郎中饮听黄鹤楼上吹笛》。②迁客：流迁或被贬到外地的官员。诗人以贾谊自比，指自己被流放至夜郎（今湖南新晃）之意。③江城：指鄂州城（今湖北武昌）。梅花：《梅花落》，笛曲曲牌名。《梅花落》主要表现思妇惜春念远的情感，曲调十分忧伤。

【译文】

西汉贾谊因受诋毁，被流放到长沙，而我如今也成了迁谪之人。向西回望长安却看不到家园何在。黄鹤楼上，忽然听到一阵阵笛声，吹的是《梅花落》这支曲子，五月的鄂州城，仿佛梅花正在纷纷飘落。

【赏析】

这首诗为乾元元年（758年）李白被流放夜郎经过武昌时游黄鹤楼

所作。

首句诗人用汉代名臣贾谊被贬谪到长沙，比喻自己的"犯罪流放"，抒发他对无辜受害的愤慨和自我辩白之意。次句描写了诗人被贬后的生活感受。"西望长安"烘托出诗人虽遭流放，却依然对朝廷有着深深的眷恋和隐忧。"不见家"笔锋一转，表明此时的长安对于诗人而言，是多么的遥远和陌生。这与诗人的"总为浮云遮望眼，不见长安使人愁"（《登金陵凤凰台》）有异曲同工之妙。后两句巧借笛声抒发了自己的情感，在表达上非常含蓄委婉，正如清乾隆十五年《御选唐宋诗醇》称："凄切之情，见于言外，有含蓄不尽之致。"

全诗情景交融，构思精巧，耐人寻味。

题淮南寺①

程　颢

南去北来休便休，白蘋吹尽楚江秋。

道人不是悲秋客②，一任晚山相对愁③。

【注释】

①淮南寺：寺名，在今江苏扬州。②道人：诗人自称。③一任：听凭。

【译文】

在南来北往的旅途中，能遇到歇脚的地方就休息吧；江上的白蘋已被秋风扫尽。我不是那种逢秋便生悲意的人，任凭两岸青山在薄暮中相对发愁去吧。

【赏析】

诗人运用反衬的手法,声称自己不是"悲秋客",却恰恰反映出他在南去北来、四处奔波时挥之不去的惆怅情怀。

全诗语言明白晓畅,但情意却曲折复杂,境中藏幽,如同说禅,带有几分神秘的色彩,耐人寻味。

秋月

朱 熹

清溪流过碧山头,
空水澄鲜一色秋[①]。
隔断红尘三十里,
白云红叶共悠悠[②]。

【注释】

①澄鲜:形容清澈明亮的样子。
②悠悠:自由、深长之意。

【译文】

清澈的溪水在碧绿的山头缓缓流过,月色如水,水如月色,整个秋空清朗澄碧。山林深处远离了喧嚣的尘世,唯有白云浮动,秋叶飘零,一派悠然自得的景象。

【赏析】

秋天的色彩特别丰富，这在此诗中得到了生动的反映。诗中有青山、碧水、白云、红叶，它们还相互叠加，交相辉映，动静结合，构成了一幅明丽而令人愉悦的画面。

诗歌融情于景，前两句写景，后两句抒情，寄托了诗人洁白无瑕、心如皎月的高雅情怀。全诗笔调清新淡雅，意境优美。

七夕

杨　朴[①]

未会牵牛意若何，须邀织女弄金梭。

年年乞与人间巧，不道人间巧已多[②]。

【注释】

①杨朴（921～1003），字契元，号东野逸民，郑州东里（今河南郑州新郑）人。著有《东里集》。②不道：没有料到。

【译文】

不知牛郎的用意何在，非得邀织女来教授织布的技艺。他年年都将智巧赐予人间，却不知人间的巧诈已经够多了。

【赏析】

诗人妙用"牛郎织女"的美丽传说反衬人间尔虞我诈的丑恶现象。诗歌开头就用百思不得其解的口吻提出疑问。末两句自陈答词，借织女之"巧"来烘托人间之"巧"。

全诗立意新颖，构思精巧，诗意隽永。

立秋

刘　翰①

乳鸦啼散玉屏空②,一枕新凉一扇风。

睡起秋声无觅处,满阶梧叶月明中③。

【注释】

①刘翰:字武子,长沙(今属湖南)人。曾为宋高宗宪圣吴皇后侄吴益子琚门客,有诗词投呈张孝祥、范成大。久客临安(今浙江西北),迄以布衣终身。今存《小山集》一卷。②乳鸦:幼小的乌鸦。③梧叶:梧桐叶,立秋之后,梧桐叶最先凋落。

【译文】

小乌鸦在丛林中聒噪了一会儿之后便归巢了,唯有美丽的屏风静静伫立。忽然间,秋风习习,仿佛枕前传来罗扇的一丝凉风,使人舒适欲睡。朦胧的睡意中,听到秋风从院落中袭卷而来的声音;起身去寻那风声,却哪里寻得到呢?只见那落满台阶的梧桐叶沐浴在朗朗的月色之中。

【赏析】

这首诗最大的特点在于渲染出了夏秋之交的自然景象。"新凉"描绘了秋风乍起时的情景。"满阶梧叶"正应上句"秋声无觅处",因为叶落之声时有时无,让人无迹可寻。

全诗境界清凉寂寥,流露出诗人惜时感世的淡淡忧伤。

秋夕①

杜　牧

银烛秋光冷画屏②，轻罗小扇扑流萤③。

天阶夜色凉如水④，卧看牵牛织女星⑤。

【注释】

①诗题一作《七夕》，又作《秋夜宫词》。②画屏：绘有图案的屏风。③轻罗小扇：轻巧的丝质团扇。流萤：飞动的萤火虫。④天阶：宫中的石阶。天，一作"瑶"。⑤卧：一作"坐"。

【译文】

萧瑟的秋夜，烛光映照着画屏，拿着小罗扇扑打着那些瞬息飞来的萤火虫。夜深了，宫内的台阶清凉如水，躺在睡榻上仰望着星空，只见牵牛星和织女星隔河相望。

【赏析】

这是一首宫怨诗。首句用一"冷"字，将秋夜异常清冷的氛围和盘托出。第二句以"扑流萤"这一细节，暗示出主人公内心的寂寞和住所的荒凉。第三句将秋天深夜之寒具体化，"凉如水"的比喻不仅有色感，而且有温度感。第四句牛郎织女那美好动人的故事，勾起主人公的万千思绪。

诗中虽无一抒情之句，但宫女那种哀怨与期望相交织的复杂感情见于言外，从一个侧面反映了封建时代妇女的悲惨命运。

中秋月

苏 轼

暮云收尽溢清寒,银汉无声转玉盘①。
此生此夜不长好②,明月明年何处看。

【注释】

①银汉:即银河。玉盘:月亮。②好:久。

【译文】

晚霞散尽,凄冷的秋夜透出一股寒意;银河寂寂,皎皎圆月仿佛一只光洁无瑕的玉盘悬挂天边。一生之中,像这样的中秋之夜实在难得;明年的这个时候,我又会驻留何处观赏那轮千古皓月呢?

【赏析】

这首诗记述了诗人与胞弟苏辙久别重逢,共观中秋月的赏心乐事,同时也抒发了聚后不久又不得不分手的哀伤与感慨。最后两句"此生此夜"与"明月明年"作对,字面工整,假借巧妙。

全诗语言清丽,形象集中,境界高远,意味深长。

江楼有感①

赵 嘏

独上江楼思悄然②,月光如水水如天。
同来玩月人何在,风景依稀似去年③。

【注释】

①江楼：江畔高楼。②思悄然：思绪怅惘。悄：一作"渺"。③依稀：仿佛；好像。

【译文】

独自登上江畔的高楼，不禁触景生情，陷入茫茫的愁思之中。月光倾泻如水，江水映照着长空，水天一色。去年一同赏月的人，如今又在哪里逗留呢？要知道这江楼水光相接的景致，与去年所见一样迷人。

【赏析】

这是一首典型的登楼感怀诗。诗人在第二句巧妙地运用了叠字回环的技巧，一笔包蕴了天地间景物，将江楼夜景写得清丽绝俗。

全诗语言淡雅，以景寄情，情感真挚，写旧事则虚实相间，给人以无限遐想，韵味隽永。

题临安邸①

林 升②

山外青山楼外楼，西湖歌舞几时休。
暖风熏得游人醉③，直把杭州作汴州④。

【注释】

①临安：南宋的都城，在今浙江杭州。邸：客栈。②林升（生卒年不详），字梦屏，温州平阳（今浙江平阳县）人，南宋诗人，约生活于宋孝宗年间（1163～1189年）。《西湖游览志余》录其诗一首。③熏：熏染。④直：简直。汴州：汴梁（今河南开封），原北宋都城。

【译文】

西湖畔，重峦叠嶂，楼阁密布；湖中那些日夜沉溺于歌舞淫乐的游人，何时才能罢休？游人被暖洋洋的春风熏染醉了，他们花天酒地，忘乎所以，简直把杭州城当成了汴梁城。

【赏析】

这是一首写在临安城一家旅店墙壁上的诗。公元1127年，北宋为金所灭后，南宋统治者偏安江南，不思进取，沉迷声色。诗人对此极其愤慨而写下这首诗。

首句描绘了西湖绚丽迷人的风景，一派太平繁荣景象。这是诗人对祖国大好河山由衷的赞美。次句诗人触景生情，由眼前景，想及早已沦陷的汴京，于是笔锋一转，将矛头直指过着醉生梦死生活的南宋统治者，只知花天酒地，根本不顾国计民生。"几时休"三字掷地有声,我们仿佛看到诗人在大声疾呼,指名痛斥。第三句进一步抒发诗人的感慨。诗中"熏""醉"二字用得无比精当,深刻地揭露出那些醉生梦死、祸国殃民的统治阶层的无耻行径。第四句既讽刺又告诫,质朴而含义深远,对忘了家仇国恨的当局者进行了有力抨击,同时也警示如若不思悔改,必将遭到与往日汴京一样的屈辱。

全诗构思巧妙,措辞精当,愤慨至极,却不作谩骂之语,是讽喻诗中的杰作。

晓出净慈寺送林子方①

杨万里

毕竟西湖六月中②,风光不与四时同③。
接天莲叶无穷碧,映日荷花别样红。

【注释】

①晓出:太阳刚刚升起。净慈寺:原名净慈报恩光孝禅寺,与灵隐寺为杭州西湖南北山两大著名佛寺。林子方:林枅,莆田人,官居直阁秘书。②毕竟:到底。③四时:四季,此处指夏季以外的三季。

【译文】

到底是西湖的六月天,风光独好,与其他季节大不相同啊。碧绿的荷叶一望无际,仿佛与天相接,荷花在骄阳的映照下显得格外娇艳。

【赏析】

这是一首语言清丽、格调高雅的山水诗。诗中描绘了西湖特定时令的美景。

首两句以"毕竟"二字领起,一气而下,既协调了平仄,又强调了内心在瞬间掠过的独特感受。末两句运用了互文的修辞手法,既写出莲叶之无际,又渲染了天地之壮阔,具有极其丰富的空间造型感。一"碧"一"红"突出了莲叶和荷花带给人的视觉冲击效果,给人以美的震撼。

杨万里的诗以白描见长,就这点而言,此诗不失为他的代表作之一。全诗谋篇跌宕起伏,却无突兀之感。看似平淡的笔墨,给人们展现了令人回味无穷的艺术境界。

饮湖上初晴后雨

苏 轼

水光潋滟晴方好①,山色空蒙雨亦奇②。
欲把西湖比西子③,淡妆浓抹总相宜。

【注释】

①潋滟(liàn yàn):水面波光闪动的样子。方:正,刚刚。②空蒙:细雨迷蒙的样子。③西子:西施,春秋时越国有名的美女,居古代四大美女(西施、王昭君、貂蝉、杨玉环)之首。

【译文】

晴空万里,阳光普照,西湖波光粼粼,十分美丽;细雨迷蒙,云雾缭绕,群山若隐若现,又显出另一番奇妙景致。西湖就好比西施一样,西施本身天生丽质,因此淡妆也好,浓妆也罢,总能很好地烘托出她那迷人的神韵。

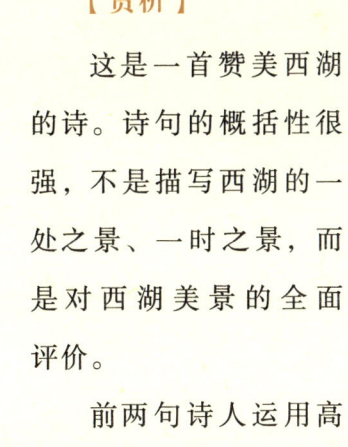

【赏析】

这是一首赞美西湖的诗。诗句的概括性很强，不是描写西湖的一处之景、一时之景，而是对西湖美景的全面评价。

前两句诗人运用高妙的笔法，既写了湖光，又写了山色；既有晴和之景，又有雨天之韵。叠韵词"潋滟""空蒙"，增强了诗歌语言的音乐性。后两句以绝色美人喻西湖，不仅赋予西湖之美以生命，而且使西湖的秀美具体化、形象化。构思新奇别致，情味隽永，被宋人称为"道尽西湖好处"的佳句。

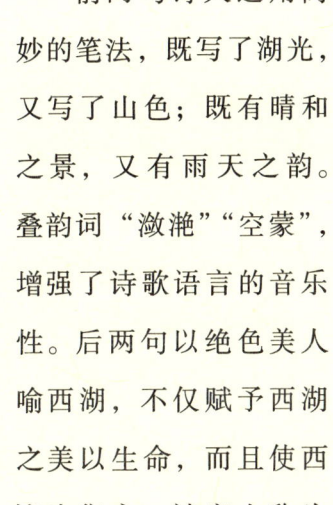

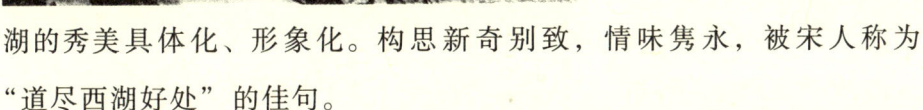

全诗也充满着理趣，诗人通过描写西湖的水光山色、晴姿雨态，生动地说明了本质是美的，即使形式起了变化，也不会对美造成妨碍的道理。

入直①

周必大②

绿槐夹道集昏鸦③,敕使传宣坐赐茶④。
归到玉堂清不寐⑤,月钩初上紫薇花。

【注释】

①入直:古代称官员入宫禁值班供职。诗题一作《入直召对选德殿赐茶而退》。召对:被皇帝召去议事。选德殿:宫殿名。②周必大(1126~1204),字子充,一字洪道,自号平园老叟。吉州庐陵(今江西吉安县永和)人。绍兴二十一年(1151年)进士。二十七年举博学宏词科。曾多次出任地方官,官至左丞相,封益国公。与陆游、范成大、杨万里等都有很深的交情。有《省斋文稿》《平园集》等。③昏鸦:黄昏时归巢的乌鸦。④敕:皇帝诏令。⑤玉堂:翰林院。

【译文】

黄昏时分,道路两旁郁郁葱葱的槐树枝上,栖息着归巢的乌鸦;侍臣传达皇帝的命令召我入宫,并赐座赐茶。我受宠若惊,返回翰林院之后,仍觉神清气爽、心情激动,久久难以入眠,但见新月如钩,已移至紫薇花上。

【赏析】

这首诗描绘了诗人得到皇帝召见后的激动心情,诗中洋溢着一种畅快的气氛。末句"紫薇花"一语双关,既指自然之花,又指沐承皇恩的诗人自己。

此诗写得简约而又真实,情景交融,富有感染力。

夏日登车盖亭①

蔡 确②

纸屏石枕竹方床，手倦抛书午梦长。

睡起莞然成独笑③，数声渔笛在沧浪④。

【注释】

①诗人所作《夏日登车盖亭》共十首，此其第二首。②蔡确（1037～1093），字持正，泉州郡城人，宋臣。举仁宗嘉祐四年（1059年）进士，调州司理参军。韩绛宣抚陕西时，见其有文才，荐于其弟开封府尹韩维属下为管干右厢公事。③莞然：微笑的样子。④沧浪：古水名，在楚国境内。此处指水上。

【译文】

以纸为屏，以石为枕，我躺在竹床看书。感到疲倦后，便随手将书放下，开始午睡，其间居然做了一个长长的美梦。醒来之后，我称心如意，不禁对着自己莞尔一笑；就在这时候，数声悠扬的渔笛自水波上飘来。

【赏析】

这首诗着意刻画了诗人在水亭纳凉时的感受。

首句用"石枕""竹方床"点出"凉"的特征，使人顿觉气清意爽。次句"手倦抛书""午梦长"顿见诗人闲散之态。接下来的两句写诗人清醒后的情态，反映了他对恬淡闲适的生活的向往，同时影射了诗人对当时社会现实的不满。

全诗语言委婉深切，意境旷达阔远。

直玉堂作①

洪咨夔②

禁门深锁寂无哗③，浓墨淋漓两相麻④。

唱彻五更天未晓，一墀月浸紫薇花。

【注释】

①诗题一作《六月十六日宣锁》，又作《禁锁》。直：入宫值班。②洪咨夔（1176～1236），字舜俞，号平斋，於潜（今浙江临安）人。嘉泰二年（1202年）进士。授如皋主簿，寻为饶州教授。他博学善文，尤专经学、诗词。著有《春秋说》3卷、《西汉诏令揽钞》等。③禁门：宫门。④麻：唐宋时任命大臣用白麻纸颁诏，此处代指诏书。

【译文】

夜晚，皇宫内重重院门紧锁，寂静而不喧哗；我泼墨疾书，淋漓挥洒，不一会儿起草了两份任命丞相的诏书。宫中报晓的太监已敲过五更了，天还未亮，向外望去，只见满台阶的紫薇花浸润在那一片皎洁的月光之中。

【赏析】

这首诗写诗人在翰林院值夜班时的情景。诗的第一句形容宫禁的森严肃穆，透露出皇家气派。"深"字强调了皇宫内深邃莫测，"寂无哗"表现了宫中肃静的氛围。次句写翰林院紧张有序的工作情况，"浓墨淋漓"充分表现出诗人才思敏捷、笔墨酣畅。末尾两句进一步渲染铺张：诗人完成重大任务之后，开始观花赏月，那种从容不迫得意扬扬之态跃然纸上。

竹楼①

李嘉祐②

傲吏身闲笑五侯③,西江取竹起高楼④。
南风不用蒲葵扇⑤,纱帽闲眠对水鸥⑥。

【注释】

①诗题一作《寄王舍人竹楼》。②李嘉祐（生卒年不详），字从一，赵州（今河北省赵县）人。天宝七载（748年）进士，授秘书正字。与严维、刘长卿、冷朝阳诸人友善。为诗丽婉，有齐梁风。③傲吏：恃才傲物的清闲官吏。④西江：泛指江西一带。⑤蒲葵：草名，可编席做扇。⑥纱帽：古代贵族官员戴的帽子。对水鸥：暗用了《列子·黄帝》篇鸥鹭忘机的典故，表明诗人超尘忘俗，忘身世外的情怀。

【译文】

竹楼的主人清贫简居，清高傲世的他，把声势显赫的达官贵人不放在眼里，只从江边取了一些竹料，搭建起一座高楼。竹楼临风，清爽宜人，不需要蒲扇来频频扇动；竹楼的主人将纱帽搁置在一旁，常常面对水鸟悠然而卧。

【赏析】

这首诗通过写竹楼，表现出诗人追求闲情逸致、不以世事为怀的志趣，以及鄙视荣华富贵的清高孤傲性格。诗中"五侯""对水鸥"等典故的运用，对丰富诗歌的内涵、深化诗歌主题起到了很好的作用。

直中书省①

白居易②

丝纶阁下文章静③,钟鼓楼中刻漏长④。

独坐黄昏谁是伴,紫薇花对紫薇郎⑤。

【注释】

①诗题一作《紫薇花》。中书省:官署名,唐代与尚书、门下同为中央行政机关。②白居易(772～846),字乐天,号香山居士,又号醉吟先生,祖籍山西太原,后迁下邽(今天的陕西省渭南东北)。唐德宗贞元十六年(799年)进士,官至翰林学士、左赞善大夫。其诗题材广泛,形式多样,语言平易通俗,有"诗魔"和"诗王"之称,与元稹共同倡导新乐府运动,世称"元白",与刘禹锡并称"刘白"。有《白氏长庆集》。③丝纶阁:中书省,为皇帝颁发诏书的地方。④刻漏:古时用来滴水计时的器物。⑤紫薇郎:唐代官名,指中书舍人。此处为诗人自称。

【译文】

中书省公文不多,周围一片寂静,唯听到钟鼓楼中的漏壶不紧不慢,一滴一滴响着,值班时间显得非常漫长。在这静悄悄的黄昏中,我一个人孤独地坐着,谁是我的好伴侣呢?唯独那庭院中的紫薇花和我这个紫薇郎寂然相对。

【赏析】

这首诗描写的是诗人在中书省当值守夜的情景。"文章静""刻漏长"反映出值班时的空虚无聊与落寞心境。后两句一个"对"字,将诗人独自一人、无人相伴的情景烘托得更加生动,也将诗人闲坐无所事事的形象塑造得更加传神,使诗句读来更有情趣,充分展现了诗人遣词造句的功力。

观书有感

朱 熹

半亩方塘一鉴开①。天光云影共徘徊。
问渠那得清如许②,为有源头活水来。

【注释】

①方塘:又称半亩塘,在福建尤溪城南郑义斋馆舍(后为南溪书院)内。鉴:镜子。②渠:它,第三人称代词,这里指方塘之水。

【译文】

小小的方塘,绿水平铺,宛如明镜,璀璨的阳光和流云的倒影在水中来回移动。要问池塘里的水为何如此清澈呢?是因为它有源源不断的活水流进来啊。

【赏析】

这是一首有哲理的小诗。诗人以方塘作比喻，抒发读书时茅塞顿开的喜悦，说明了做学问要持之以恒，不断进行知识更新，才能不断进步。

诗中用"天光云影"来突出塘水的明亮清澈，未着一"清"字而清自现，写法新巧而别致。"问渠那得清如许，为有源头活水来"成为几百年来激励求学之士的千古名句。全诗语言精练，境界开阔。

泛舟①

朱 熹

昨夜江边春水生，艨艟巨舰一毛轻②。
向来枉费推移力③，此日中流自在行④。

【注释】

①此诗为《观书有感》第二首。②艨艟（méng chōng）：古代的一种战船，此处泛指大船。③向来：从前，往日。④自在：随意。

【译文】

昨天夜里，江中春潮猛涨，搁浅在江边的大船漂浮在水面上，犹如羽毛一般，在江上轻快地滑行。往日水浅时，我们不知费了多少力气，这大船仍然移动得十分缓慢；如今好了，船可以自由自在地航行了。

【赏析】

这也是一首借助形象喻理的诗。诗中多采用对比的手法，如"艨艨巨舰"与"一毛","向来"与"此日"。从而突出春水的重要,意在强调艺术灵感的勃发,足以使艺术创作流畅自如。也可以理解为创作艺术只要基本功到家,则熟能生巧,轻驾就熟。

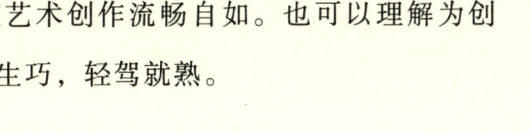

冷泉亭①

林　稹②

一泓清可沁诗脾,冷暖年来只自知。

流出西湖载歌舞,回头不似在山时。

【注释】

①冷泉亭:亭名,在西湖灵隐寺前。②林稹(生卒年不详),字丹山,长州(今江苏苏州)人。神宗熙宁九年(1076年)进士。

【译文】

亭下那股清澈的泉水,沁入我的心脾,使人神清气爽;一年四季寒暑交替,是冷是暖,只有泉水自己知道。泉水出山后流入西湖,载着唱歌跳舞的游船,供人寻欢作乐;回头看时,泉水再也不像在山间时那般纯净清澈了。

【赏析】

杜甫《佳人》诗中有两句:"在山泉水清,出山泉水浊。"诗人联系当时的社会背景和自己的生活经历,将杜甫这两句诗进行了个别化的处理,写成这首寓意诗。诗歌借泉水的清浊变化,含蓄地表达了人们应该持善守性的思想。

全诗流畅自然,寓意深刻,耐人寻味。

冬景①

苏 轼

荷尽已无擎雨盖②,菊残犹有傲霜枝③。

一年好景君须记④,最是橙黄橘绿时⑤。

【注释】

①诗题一作《赠刘景文》。刘景文（1033～1092），即刘季孙，字景文，祥符（今河南开封）人。苏轼任杭州知府时任两浙兵马都监，二人交往颇深。②荷尽：荷花枯萎，残败凋谢。擎：举，向上托。雨盖：旧称雨伞，诗中比喻荷叶舒展的样子。③傲霜：不怕霜动寒冷，坚强不屈。④君：您。⑤最是：正是。

【译文】

荷花早已开尽，连舒展的荷叶也枯萎了；菊花已败落，只剩傲霜的枝条在寒风中挺立。一年中最美妙的景致您务必记住：那就是在这橙子正黄、橘子正绿的初冬时节啊。

【赏析】

此诗为赠刘景文而作。古人写秋景，大多气象衰飒，渗透悲秋情绪。然此处却一反常情，写出了深秋初冬时节的丰硕景象，显露了勃勃生机，给人以昂扬之感。在表达上熔写景、咏物、赞人于一炉，含蓄地赞扬了刘景文的品格和秉性。

枫桥夜泊①

张　继②

月落乌啼霜满天,江枫渔火对愁眠③。

姑苏城外寒山寺④,夜半钟声到客船。

【注释】

①诗题一作《夜泊枫江》。枫桥:在今苏州市阊门外。②张继(生卒年不详),字懿孙,襄州(今湖北襄阳)人。天宝十二载(753年)进士,与刘长卿在至德中同为御史,大历年间,以检校祠部员外郎为洪州(今江西南昌)盐铁判官。张继流传下来的作品很少,全唐诗收录一卷,然仅《枫桥夜泊》一首,已使其名留千古,而寒山寺也拜其所赐,成为远近驰名的游览胜地。③江枫:江边的枫树。④姑苏:苏州的别称。寒山寺:在枫桥附近,始建于南朝梁代。

【译文】

月已落山，乌鸦仍然在啼叫着，寒霜洒满夜空；望着江畔的枫树与船上的渔火，我满怀愁绪，难以入眠。苏州城外那寂寞清静的寒山古寺，半夜里敲响的钟声传到了我乘坐的客船里。

【赏析】

这是唐朝安史之乱后，诗人途经寒山寺时写下的一首羁旅诗。全诗以一"愁"字为诗眼，通过一系列形象、色彩、音响，将诗人的情绪渲染得动人心弦。

前两句以落月、啼鸟、满天霜、江枫、渔火等密集的意象，刻画出一幅清冷的夜江图，传达给读者一种莫名的萧索感。这些景物流露出的正是诗人内心难以排解的愁绪。后两句采用大手笔，将城外寒山寺的钟声远距离传递了过来。这悠长而清越的禅音，不仅烘托出夜的静谧，更重重地撞击着诗人落寞的心灵，使人进入一种迷茫如醉、难以捉摸的境界。

诗人构思缜密，语言通俗流畅，不求藻饰，看似平淡，却精练含蓄，委婉传神，是唐代绝句中颇负盛名的篇章。

寒夜

杜耒[①]

寒夜客来茶当酒，竹炉汤沸火初红[②]。

寻常一样窗前月，才有梅花便不同。

【注释】

①杜耒（lěi）（？～1225）：字子野，号小山，今江西抚州人，南

宋诗人。尝官主簿，后入山阳帅幕，理宗宝庆三年死于军乱。②竹炉：用竹篾罩住外面的火炉。汤沸：水沸腾。

【译文】

一个寒冷的冬夜，有客人来访，我以茶代酒招呼他；不久，炉火初红，而茶水已经沸腾起来了。窗前的月色和平常一样，清凉如水；但是由于有了梅花作点缀，整个境界便别有一番韵味。

【赏析】

这首诗写得新颖别致，独具匠心。诗中善用映衬：因有梅花的陪衬，窗前月才别有一番韵味，不仅是嗅觉，视觉上也使人大感不相同。诗中巧用双关"才有梅花"与朋友夜访相呼应，梅花又象征了友谊的高雅芬芳。

全诗字句看似平淡，寓意却颇为深刻；结构看似松散，气脉却能贯通；主客之交淡如水，品格高雅似梅，首尾相应，浑然天成。

霜月

李商隐①

初闻征雁已无蝉②，百尺楼台水接天③。

青女素娥俱耐冷④，月中霜里斗婵娟⑤。

【注释】

①李商隐（812～858），字义山，号玉溪生，又号樊南生，荥阳（今河南荥阳）人，晚唐著名诗人。开成二年（837年）中进士，官至校书郎、秘书省正字。其诗构思新奇，风格秾丽，开拓出寄情深婉的

新境界。他与杜牧合称"小李杜",与温庭筠合称为"温李"。有《李义山诗集》。②征雁:远飞的雁。③百尺楼台:泛指高楼。④青女:主霜雪的女神。高诱注:"青女,天神,青腰玉女,主霜雪也。"素娥:谢庄《月赋》:"集素娥于后庭。"李周翰注:"嫦娥窃药奔月……月色白,故云素娥。"素娥:嫦娥。⑤婵娟:美好的姿容。左思《吴都赋》注:"檀药婵娟,玉润碧藓。"吕向注:"檀药婵娟皆美貌。"

【译文】

刚听到空中雁阵的惊寒之声,蝉鸣就已销声匿迹,我独倚高楼,极目远眺,水光接天。霜神青女和月中嫦娥都不惧风寒,在这清寂的霜天月夜中争妍斗俏。

【赏析】

诗的首句从听觉的角度点明深秋已至;次句从视觉的角度写诗人登高望远;后两句是想象中的意境,写超凡神女,争美竞妍。此诗写深秋月夜景色,然不作静态描写,而借神话传说婉言月夜冷艳之美,使全诗蒙上一层优美的浪漫色彩。

全诗意境清幽空灵,措辞婉丽,颇可说明义山诗之唯美倾向。

梅

王 淇

不受尘埃半点侵①,竹篱茅舍自甘心。

只因误识林和靖②,惹得诗人说到今。

【注释】

①侵:沾染,污染。②林和靖(967~1028),即林逋(bū),字

君复，谥和靖先生，北宋著名词人。他终生未仕未娶，唯喜植梅养鹤，自谓"以梅为妻，以鹤为子"，人称"梅妻鹤子"。

【译文】

高洁的梅花，不受半点尘埃的沾染，甘心淡泊地生长在竹篱茅舍旁。只因当年错误地结识了酷爱梅花的林逋先生，才被诗人一直歌颂至今。

【赏析】

此诗托物言志，梅花纯洁高雅的品性，正是诗人贞洁自守、不慕名利、不逐流俗的高尚人格的写照。

诗中没有直接的赞叹，而是通过拟人手法，旁敲侧击中使主题明确起来，构思新奇巧妙，在众多的咏梅诗中独树一帜，别有韵味。

早春

白玉蟾①

南枝才放两三花②，雪里吟香弄粉些③。
淡淡著烟浓著月，深深笼水浅笼沙。

【注释】

①白玉蟾：南宋道人，原名葛长庚，字如晦、紫清、白叟，号海琼子、海南翁、武夷散人、神霄散吏。祖籍福建闽清，生于琼州（今海南琼山）人。幼聪慧，谙九经，能诗赋，长于书画。曾隐居武夷山学道，封为紫清明道真人，全真教尊为南五祖之一。著有《海琼玉蟾先生文集》四十卷，《全宋诗》录其诗六卷。②南枝：向南的梅枝。③弄：赏玩。些（suò）：语末语气助词。

【译文】

在南边的梅枝上，只开了两三朵花；正好又下了一场雪，我置身这洁净的世界，倾心吟咏花的香气、把弄赏玩花色。只见那空中雾气、漫天月色浸润着那或淡或浓的白花，就仿佛笼罩着一泓寒凉的清泉和一片明净的沙滩一样。

【赏析】

这首诗题为《早春》，但全诗不着一"春"字，而是从最能代表早春景致的两三朵梅花下笔，流露出春回大地的一种清新之感。

诗中最后两句将梅花置于一个开放的环境中，与烟、月、水、沙融为一体，创造出一种诗情画意般的朦胧美。这两句不仅对仗工整，而且各句又分别采用了句中对的形式，增强了诗歌的节奏感。

全诗韵味浓郁，笔法细腻，是一篇品梅佳作。

雪梅 其一

卢梅坡①

梅雪争春未肯降②,骚人阁笔费评章③。

梅须逊雪三分白,雪却输梅一段香。

【注释】

①卢梅坡:南宋诗人。生平不详。②降(xiáng):服输。③骚人:诗人。阁笔:放下笔。阁,同"搁"放下。

【译文】

梅花和雪花都认为各自占尽了春色,谁也不肯服输。诗人停下笔来细细思量,但难以作出评定。说句公道话,梅花缺少了雪花的几分晶莹洁白,雪花却没有梅花散发出的那股幽雅的香气。

【赏析】

这是一首哲理诗。首句采用拟人化的手法,写梅雪为争春发生了"摩擦",认为各自是早春最具特色的,而且谁也不肯相让。这种写法,别出心裁,出人意料,难怪诗人无法判个高低。诗的后两句将梅与雪的不同特点进行了概括。

读完全诗,我们似乎可以看出作者写这首诗是意在言外的:它告诉人们任何事物都是一分为二的,有长处必然也有短处。取人之长,补己之短,才是正理。全诗既有情趣,也有理趣,值得咏思。

雪梅 其二

卢梅坡

有梅无雪不精神①,有雪无诗俗了人②。

日暮诗成天又雪,与梅并作十分春。

【注释】

①不精神:没有神采。②俗了人:使人俗气不雅。

【译文】

倘若只有梅花独放,而没有飞雪陪衬,就会缺乏诗意;倘若下雪了却没有诗文相合,就会使人觉得俗气。日暮时分,天空飘起了雪,我诗兴大发,一挥而就写下这首诗;梅、雪与诗结合在一起才构成了美妙的春色。

【赏析】

此诗阐述了梅、雪、诗三者的关系,它们在审美境界上相互依存,唯有结合在一起,才能组成最美丽的春色。

从这首诗中,可看出诗人赏雪、赏梅、吟诗的痴迷精神以及超凡脱俗的高雅情调。通篇全用口语,文字通俗易懂而含义深刻,耐人寻味。

答钟弱翁①

牧　童②

草铺横野六七里③，笛弄晚风三四声④。
归来饱饭黄昏后，不脱蓑衣卧月明。

【注释】

①钟弱翁，名钟傅，弱翁是他的字，北宋末人，官至集贤殿修撰、龙图阁大学士。②牧童：生平事迹不详，北宋末人。③横野：宽阔的原野。④弄：逗弄。

【译文】

如茵的绿草横铺在一望无垠的原野上，牧童斜坐在暮归的牛背上，欢快地吹了一阵笛子，笛声时断时续，随风飘扬。牧童归来后，吃完饭已是黄昏之后了，他依然披着蓑衣，悠闲地躺下，陶醉地欣赏起那高空的明月来。

【赏析】

这首诗以亲切自然的语言，向我们展示了一幅鲜活的牧童晚归休憩图，一种悠然恬静的韵味洋溢其间。这正好与

钟弱翁身处名利场的浑浊与污秽形成鲜明的对比。

诗的前两句为我们摄下一段牧童暮归的镜头,令人心旷神怡。后两句勾勒出牧童归家之后的悠然自得的生活。

全诗如拉家常,顺口说来,不事雕琢,但字字句句,无不透露出诗人那份恬淡自适、与世无争的隐士情怀。

泊秦淮①

杜 牧

烟笼寒水月笼沙,夜泊秦淮近酒家。

商女不知亡国恨②,隔江犹唱后庭花③。

【注释】

①秦淮,即秦淮河,发源于江苏句容大茅山与溧(lì)水东庐山两山间,经南京流入长江。历代均为繁华的游赏之地。②商女:以卖唱为生的歌妓。③后庭花:歌曲《玉树后庭花》的简称。南朝陈皇帝陈叔宝(即陈后主)溺于声色,作此曲与后宫美女寻欢作乐,终致亡国,所以后世认为此曲是"亡国之音"。

【译文】

烟雾弥漫在清冷的江面,月色笼罩着银白的沙滩;夜晚我将小舟停泊在秦淮河畔靠近酒家的地方。歌女似乎不知何为亡国之恨黍离之悲,竟依然在对岸吟唱着淫靡之曲《玉树后庭花》。

【赏析】

六朝古都金陵的秦淮河两岸历来是达官贵族们享乐游宴的场所,

"秦淮"也因此逐渐成为奢靡生活的代名词。诗人夜泊于此,眼见灯红酒绿,耳闻淫歌艳曲,触景生情,又想及唐朝国势日衰,当权者昏庸荒淫,感慨万千,写下了这首诗。

首句连用两个"笼"字,将烟、水、月、沙巧妙地融为一体,勾勒出一幅朦胧淡雅的河上夜景。一个"寒"字为画面注入了感情色彩,使其笼罩着一抹凄清冷寂的气氛。次句承上启下,网络全篇。"夜泊秦淮"点明时间、地点,同时照应诗题。"近酒家"为引出下文做好了铺垫,由于"近酒家",才引出"商女""亡国恨",可见诗人构思的细密、精巧。末两句从表面上看,诗人在发思古之情,感慨商女不知亡国之恨。实际上是在讽刺晚唐朝政的昏暗腐败,谴责那些达官显贵们沉溺声色、醉生梦死的腐朽生活。"犹唱"二字微妙而自然地把历史和现实串联起来,深刻地表现出诗人的忧愤,给人一种振聋发聩的警示。

全诗寓情于景,意境悲凉,感情深沉含蓄,语言精当锤炼,艺术构思颇具匠心,写景、抒情、叙事有机结合,具有强烈的艺术感染力。

归雁

钱 起

潇湘何事等闲回①,水碧沙明两岸苔②。
二十五弦弹夜月③,不胜清怨却飞来④。

【注释】

①等闲:轻易,随便。②水碧沙明:《太平御览》卷六五引《湘中

记》："湘水至清……白沙如雪。"苔：一种植物，鸟类的食物，雁尤喜食。③二十五弦：指瑟。一种乐器，原五十弦，后改为二十五弦。④胜（shēng）：承受。

【译文】

潇湘的水，碧波荡漾；河滩的沙，细腻明净；河的两岸，食物丰美。大雁啊，你为什么轻易离开这么好的地方，回到北方来呢？大雁回答：南国风光，确实秀美；潇湘秋色，委实迷人。然而，那湘水之神，每每在月夜弹琴鼓瑟，实在太凄清、太哀怨，声声都令人断肠，我哪能承受得住啊！

【赏析】

诗歌采用问答的形式，借写充满客愁的旅雁，婉转地表露了宦游他乡的羁旅之思。

前两句采用倒叙的手法，

首先设问大雁轻易离开湖南的缘由,之后才补充说明提问的理由,不觉扣人心弦,探究缘故。接下来的两句即为读者揭示原因。大雁北归本是为了繁衍后代,与音乐并无任何关联,而诗中却说大雁之所以北归,是因为受不了哀怨的瑟声,这就将湘灵鼓瑟巨大的艺术魅力表达了出来——雁尚如此,人何以堪?

全诗结构奇巧,想象丰富,笔法空灵,意趣含蕴,充满着浪漫主义色彩,不落俗套。

题壁

无名氏

一团茅草乱蓬蓬,蓦地烧天蓦地空。
争似满炉煨榾柮①,慢腾腾地暖烘烘。

【注释】

①争似:怎似,哪里比得上。榾柮(gǔ duò):树菟。

【译文】

一团乱蓬蓬的茅草点着火后顷刻间烈焰冲天,没过一会儿就熄灭了。哪里比得上那煨火的树菟,在炉中慢慢烧红,让满屋子都暖暖的。

【赏析】

这首诗的作者无可考。据《贵耳集》记载:嵩山极峻法堂壁上有一诗,即此诗,大约成于北宋年间。

诗歌通过比喻讲明无论做什么事情,只有实事求是、持之以恒才会取得实际效果的人生道理。次句重复使用"蓦地"二字,将茅草燃烧得快、熄灭得也快的特点描绘得惟妙惟肖。第四句"慢腾腾""暖烘烘"两个叠词形成当句对，充分地表现出微火烧树蔸的特点和效果。

全诗写得深入浅出，通俗易懂，生动形象，具有民歌意味。

卷四　七言律诗

早朝大明宫①

贾 至②

银烛朝天紫陌长③,禁城春色晓苍苍④。
千条弱柳垂青琐⑤,百啭流莺绕建章⑥。
剑佩声随玉墀步⑦,衣冠身惹御炉香⑧。
共沐恩波凤池上⑨,朝朝染翰侍君王⑩。

【注释】

①早朝:臣子早上朝见皇上。大明宫:唐代皇宫殿名,始建于贞观八年(634年),初名永安宫,次年改称大明宫,后曾称蓬莱宫。②贾至(718～772),字幼几、幼邻,洛阳人,唐代诗人,官至中书舍人,素有文名。安史之乱时随唐玄宗入蜀,唐玄宗传位唐肃宗,其传位文书就是由他撰写。③银烛:银白色的烛光,这里指月光。紫陌:紫红泥铺的路,指京城郊野的道路。④禁城:皇城。苍苍:深青色。⑤弱柳:嫩柳。青琐:古代皇宫门窗上一种青色的雕刻装饰,这里泛指宫门。⑥百啭(zhuàn):鸣声婉转多样。流莺:飞动的黄莺。建章:汉代宫殿名,这里指大明宫。⑦剑佩:大臣或侍者佩带在身上的宝剑和玉佩。玉墀(chí):宫殿中玉砌的台阶。⑧惹:沾上,粘带。御炉:宫中的香炉。⑨沐:沐浴,身受。恩波:皇上的恩德。凤池:指凤凰池,禁宫的水池,这里借指中书省或宰相。⑩染翰:用毛笔蘸墨书写,指为国家起草诏令。侍:侍奉。

【译文】

银白色烛光一样的月光布满了天空,照耀着京城长长的道路。早晨的皇城笼罩在一片深绿苍翠的春色之中。上千条纤弱的柳枝垂在宫门前，声音婉转动听的黄莺绕着宫殿飞来飞去。朝臣们随着宝剑和玉佩撞击时发出的清脆声响走上宫殿的台阶，他们的衣冠上熏染了皇宫香炉里散发出来的香气。朝臣们沐浴着皇恩浩荡，每天都持毛笔蘸墨书写，以侍奉君王。

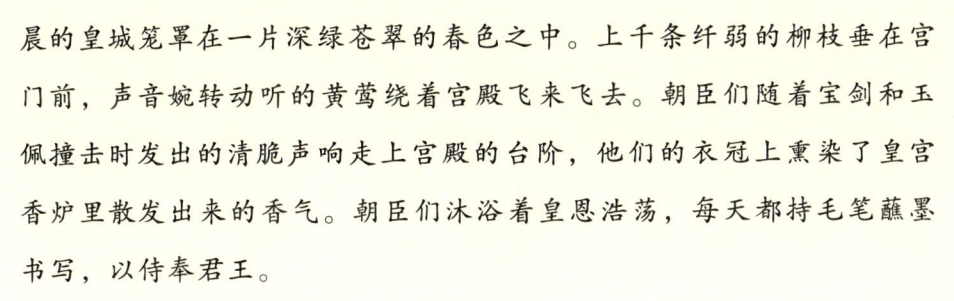

【赏析】

这是一首政治色彩很浓的宫廷应制诗。诗人用了华丽的字眼和精巧的比喻、借喻，详细地描写了早朝大明宫时见到的早春景色以及臣子早朝时庄严肃穆的情形，层次分明，典雅凝重，展现了一派帝王圣明、国运中兴的景象，表达了诗人忠于君王的思想感情。

和贾舍人早朝①

杜　甫

五夜漏声催晓箭②，九重春色醉仙桃③。
旌旗日暖龙蛇动④，宫殿风微燕雀高。
朝罢香烟携满袖⑤，诗成珠玉在挥毫⑥。
欲知世掌丝纶美⑦，池上于今有凤毛⑧。

【注释】

①和：即唱和，这首诗是杜甫对贾至的《早朝大明宫》作为酬答而作的和诗。贾舍人：即贾至，时任中书舍人。②五夜：五更。漏声：古代计时器漏壶滴水的声音。箭：指竖在漏壶的受水壶中的标有时间刻度的竹箭。③九重：皇宫的台阶一重重，非常多，"九"是很多的意思，这里代指皇宫。④龙蛇：指绣在旌旗上的图案。⑤朝罢：早朝结

束。香烟：指皇宫香炉中散发的香气。⑥珠玉：形容诗句像珠玉一样美。挥毫：写诗。⑦世掌丝纶：世代掌握皇帝的诏书。贾至及其父皆担任过中书舍人，掌管拟诏敕，故称"世掌"。⑧池：即凤凰池，也即中书省。凤毛：凤凰的羽毛，比喻极为珍贵的才士，这里有儿子继承父业的意思。

【译文】

五更时分，漏壶滴水的声音催促着拂晓的到来，一重重的皇宫大殿春色盎然，桃花红得像喝醉了酒的美人的脸色一般。绣着龙蛇图案的旌旗在温暖的阳光下迎风招展，宫殿上空微风习习，燕子和鸟儿飞得很高。早朝结束后，朝臣的双袖充满御炉香烟的气味，写成了珠玉般美妙的诗篇。想知道父子世代掌握为皇上起草诏书之人的荣耀，看看现在中书省那样像凤凰羽毛一样珍贵的才士就明白了。

【赏析】

这首诗是杜甫对贾至《早朝大明宫》的和诗，基本上是跟随贾至

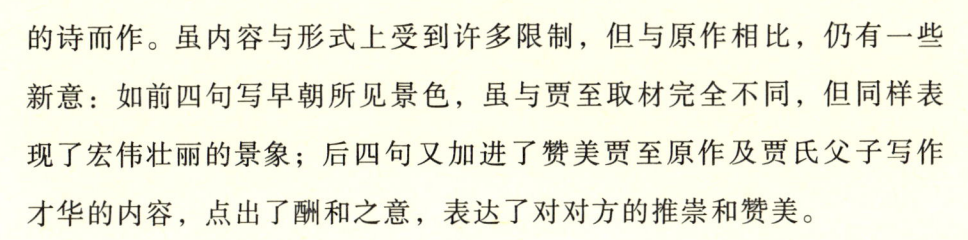

的诗而作。虽内容与形式上受到许多限制，但与原作相比，仍有一些新意：如前四句写早朝所见景色，虽与贾至取材完全不同，但同样表现了宏伟壮丽的景象；后四句又加进了赞美贾至原作及贾氏父子写作才华的内容，点出了酬和之意，表达了对对方的推崇和赞美。

作为一首朝省应制之诗，仍然显示出了诗人结构严谨的风范和熔词铸句的高超技巧。

和贾舍人早朝

王 维

绛帻鸡人报晓筹①，尚衣方进翠云裘②。
九天阊阖开宫殿③，万国衣冠拜冕旒④。
日色才临仙掌动⑤，香烟欲傍衮龙浮⑥。
朝罢须裁五色诏⑦，佩声归到凤池头⑧。

【注释】

①绛帻（jiàng zé）：用红色头巾包头似鸡冠状。鸡人：周朝官名，后指宫中负责报晓的人，头戴红色方巾。筹：指古代报晓时用的竹签。②尚衣：指掌管天子衣冠的官员。翠云裘：绣着绿色云纹的衣服。③九天：九重天，这里指皇宫。阊阖（chāng hé）：传说中的天门，这里指宫殿的大门。④衣冠：衣服、官服，这里指各国使臣。冕旒（miǎn liú）：皇帝礼冠及冠前的珠子，这里指皇帝。⑤仙掌：即掌扇，又名障扇，指为皇帝遮挡太阳或扇风的扇子。⑥衮（gǔn）龙：指皇帝礼服上绣着的龙形图案。⑦五色诏：指用五色纸写的皇帝诏书。⑧佩声：指贾至走路时佩玉碰撞所发出的声音。凤池：凤凰池，代指中书省。

【译文】

戴着红色头巾的负责报晓的人已经报晓了，掌管皇帝衣服的官员刚刚把绣着绿色云纹的衣服呈给皇上。尊贵如九天的宫殿的大门打开了，各国使臣拜见皇上。太阳刚刚升起，像仙掌一样的扇子已经为皇上扇风，香炉的香烟缭绕在皇帝的身旁，使帝袍上的龙纹浮动。早朝结束后，便裁剪五色纸为皇上拟写诏书，在归去中书省的路上，贾至身上的玉佩叮当作响。

【赏析】

这首诗同样是对贾至《早朝大明宫》的和诗。与贾至、杜甫的诗相比，王维的这首诗也有自己的特点：该诗分早朝前、早朝中、早朝后三个阶段来写，层次清晰，从全新的角度描写出大明宫早朝的盛况，很好地表现了歌功颂德的主题和大唐帝国的盛大气象。

尾联讲述贾至回中书省起草诏书一事，既符合贾至身份，又赞美了他的才华，切合"奉和"的主题。

和贾舍人早朝

岑 参

鸡鸣紫陌曙光寒①，莺啭皇州春色阑②。
金阙晓钟开万户③，玉阶仙仗拥千官④。
花迎剑佩星初落⑤，柳拂旌旗露未干。
独有凤凰池上客⑥，阳春一曲和皆难⑦。

【注释】

①紫陌：紫红泥铺的路，指京城郊野的道路。②啭：婉转的叫声。

皇州：指京都长安。阑：尽。③金阙：皇宫金殿。④仙仗：仙人的仪仗队，这里指皇帝的仪仗队。⑤剑佩：大臣或侍者佩带在身上的宝剑和玉佩。星初落：星星刚刚落下，即天初亮。⑥凤凰池：也称凤池，指中书省。⑦阳春：相传为古代极为高雅的乐曲，懂得人很少，这里用来比喻贾至的诗非常高雅。

【译文】

鸡鸣叫时，京都的大道上略带微寒的曙光，黄莺婉转动听的叫声遍布皇城，充满了春天的气息。皇宫金殿早晨的钟声响过，宫殿的大门都已打开。玉造的台阶前，像神仙一样的皇帝仪仗队，簇拥着成千上万的官员。星星刚刚落下，天就要亮了，鲜花欢迎着佩剑的臣子，柳树轻拂着旌旗，上面的一滴滴露珠还没有干。只有那尊贵的如凤凰池的中书舍人贾至，写诗称赞，而他所写的诗歌就像《阳春》曲一样，高雅得难以唱和。

【赏析】

从表面上看，本诗与贾至的原作有很多相似的地方，两首诗都用前六句诗来写君臣见面前的景色以表现早朝，甚至两诗中的不少词语都相同，但岑参的诗仍写出了新意：第一，本诗的尾联改原作的抒怀为赞美，更符合和作的要求，而赞美的方式与杜甫、王维又有不同；第二，即使词语与原作相同，但运用不同，从不同角度写出了朝仪的整肃庄严，气象恢弘。

上元应制①

蔡 襄②

高列千峰宝炬森③，端门方喜翠华临④。

宸游不为三元夜⑤，乐事还同万众心。

天上清光留此夕，人间和气阁春阴⑥。

要知尽庆华封祝⑦，四十余年惠爱深⑧。

【注释】

①上元：农历正月十五为上元节，又称元宵节。应制：奉皇帝之命作诗。②蔡襄（1012～1067），字君谟，北宋兴化仙游（今属福建）人，官至端明殿学士，学识渊博，工于诗文，书法尤为出色，与苏轼、黄庭坚、米芾并称"宋四家"。③千峰：灯饰堆叠成峰，古代元宵节，将彩灯堆叠成山，取名鳌山。宝炬：宝灯。森：排列耸立。④端门：宫殿的正门，即午门。翠华：用翠鸟羽毛装饰的宫扇，指皇帝的仪仗。⑤宸（chén）游：皇帝出游。三元：农历的正月十五、七月十五、十月十五分别为上元、中元、下元，合称三元。这里指上元。⑥阁：同"搁"，留在。春阴：指春天的花木荫处。⑦华封祝：华州封人的祝福。传说古代尧帝到了华州，华州的封人祝愿他长寿、多福、多子，后人称为华封三祝。⑧四十余年：嘉祐八年（1063年），宋仁宗赵祯已经在位四十年。

【译文】

用彩灯排列堆积的山峰又高又大，灯里林立着点燃的精美蜡烛。

在宫殿正门等待的人们，看到皇帝被举着羽毛宫扇的仪仗队簇拥着来到这里，都感到非常高兴。皇上的巡游不是为了在上元夜出来游玩，而是为了同广大百姓一起分享快乐。天上的月亮将晴朗的光辉留在这个时候，人间的祥和之气留在了大好春光。要想知道如何尽庆而归，就效法华州封人，祝福皇帝长寿、多福、多子。皇上四十多年施行仁政，给人民带来的恩惠和爱护是非常深厚的。

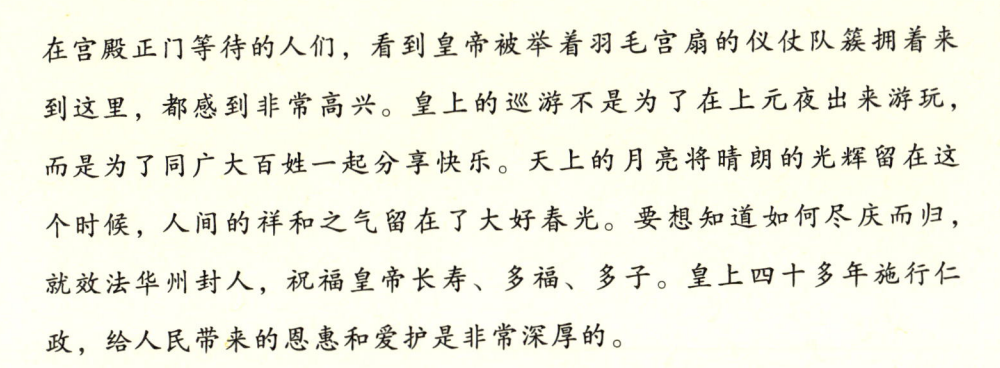

【赏析】

这首诗是上元节时，诗人奉皇帝之命而作的应制诗，写的是君臣一起观灯的情形，诗中多颂扬之语。

诗中首句描绘了盛世上元节灯会的华美繁盛与热闹非凡，接着围绕皇帝来写，写万民期待着皇上的驾临，然后说明皇上出游是与民同乐，接着诗人结合眼前的景致氛围来衬托朝政的清明，最后借百姓之口，表达了对帝王的感恩和祝福，更显得皇帝圣明，万民同乐。

虽然是一首应制诗，但其在艺术上较为清新含蓄，有不少可取之处。

上元应制①

王　珪②

雪消华月满仙台③，万烛当楼宝扇开④。
双凤云中扶辇下⑤，六鳌海上驾山来⑥。
镐京春酒沾周宴⑦，汾水秋风陋汉才⑧。
一曲升平人共乐，君王又尽紫霞杯⑨。

【注释】

①上元应制：此诗原题为《依韵恭和御制上元观灯》，皇帝写了一首《上元观灯》诗，诗人便写了这首诗作为唱和。②王珪（1019～1085），字禹玉，北宋华阳（四川省成都）人，历宋仁宗、英宗、神宗三朝，官至岐国公，谥号文恭，以文章致位通显。③消：消融。仙台：指宫殿的楼台。④当：对着。宝扇：即长柄掌扇，也称障扇，是帝王仪仗的重要组成部分。⑤辇：皇帝乘坐的车子。⑥六鳌：六只巨大的鳌鱼，相传背负着三座仙山。上元节的一种灯饰，也会叠成大鳌山的形状。⑦镐京：即西周首都（今陕西长安），这里指北宋首都汴梁（今河南开封）。周宴：指周武王在镐京大宴群臣，这里借指宋神宗在元宵佳节之夜宴请群臣。⑧汾水秋风：汉武帝曾游汾水，并写了著名的《秋风辞》。陋汉才：指汉武帝才华浅陋，比不上大宋皇帝，这么说是为了吹捧宋神宗才华高超。⑨紫霞杯：一种有紫色云霞图案的酒杯，这里借指美酒。

【译文】

冬天的积雪已经消融，明亮的月光洒满皇宫的台阁，成千上万盏的灯烛对着楼台，皇帝仪仗队的宝扇左右排列打开。皇帝乘坐的专车仿佛从云中降临一般，五彩缤纷的灯饰，好像是六只大鳌鱼，背负着仙山来到这里。今天的宴会，恰似周武王在镐京大会群臣；今天皇上所作的锦词华章，远超过在汾水写《秋风辞》的汉武帝。今夜奏着歌颂太平的乐曲，君臣同乐，皇上再次喝了一杯用紫霞杯盛着的美酒。

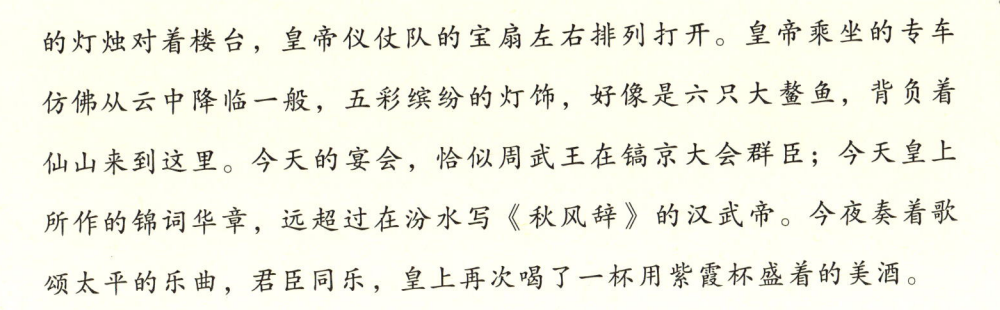

【赏析】

这首诗也是诗人在上元节，皇帝观灯赐宴时作的应制诗。

诗中运用了凤辇、鳌山等典故，再加上"华月"、"仙台"、"万烛"、"宝扇"等华丽的词语，极力描绘了上元夜皇帝观灯的情景和观灯来赐宴群臣，以及群臣竞相向皇帝祝寿的场面，此外诗中还用历史上大有作为的周武王、汉武帝与宋神宗作比，从侧面赞美了宋神宗，表达了诗人希望宋朝也像周一样国祚昌久的夙愿。

侍宴①

沈佺期②

皇家贵主好神仙③，别业初开云汉边④。
山出尽如鸣凤岭⑤，池成不让饮龙川⑥。
妆楼翠幌教春住⑦，舞阁金铺借日悬⑧。
敬从乘舆来此地⑨，称觞献寿乐钧天⑩。

【注释】

①《全唐诗》中，此诗题为《侍宴安乐公主新宅应制》，安乐公主是唐中宗的女儿，她迁入新居，沈佺期等诗人奉命作诗庆贺。②沈佺

期（656～714），字云卿，唐代相州内黄（今属河南内黄）人，官至中书舍人、太子少詹事，其诗多为官廷应制之作，内容空泛，形式华丽，但他在流放期间诸作，多书写凄凉境遇，诗风为之一变，情调凄苦，感情真实。他还创制七律，被誉为初唐七律之冠，是奠定格律诗形式的重要诗人，与宋之问并称"沈宋"。③贵主：尊贵的公主，指唐中宗女儿安乐公主。好神仙：爱好神仙。④别业：新的大宅。初开：刚建成。云汉：银河，天河。⑤鸣凤岭：指岐山，是周代的发祥地，位于今陕西省，传说有凤鸣于此山，所以得名。⑥不让：不比……差。饮龙川：河名，即渭水，这里曾是文王最初兴起的地方，传说有龙在这里饮水。⑦妆楼：梳妆楼。翠幌：绿色的帘幕。⑧舞阁：指用于舞蹈唱戏的阁楼。金铺：门上的黄金装饰。⑨乘舆：皇帝的车队。⑩称：举起。觞：酒杯。献寿：敬酒祝寿。钧天：天上的乐曲，这里形容宴会时所听如同仙乐。

【译文】

皇家尊贵的公主信奉神仙，新的别墅刚刚建成，仿佛坐落在天河边缘。所有的假山都像鸣凤岭一样美丽，所有的水池都不比渭水逊色。梳妆用的起居楼里挂着翠绿的帷幔，似乎把春色留住了，舞蹈唱戏的阁楼有黄金的门饰，好像把太阳借来悬挂此地。我跟随皇上的车队来到这里，酒宴上大家举杯祝寿，乐手演奏着《钧天》乐曲。

【赏析】

这首诗是景龙三年，安乐公主入住新宅，沈佺期奉命所作。

诗歌通篇运用了艺术的夸张手法，写楼台高入云霄，山水胜过凤岭、饮龙川，陈设华丽、音乐美妙，展现了公主府邸的豪华，暗喻出皇家的气派和尊贵。最后诗人同时向皇上及安乐公主进行祝颂，收束全篇。

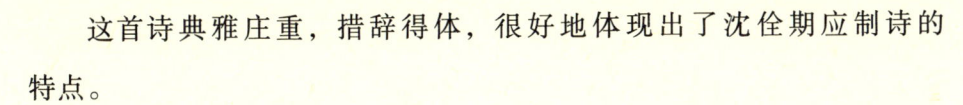

这首诗典雅庄重，措辞得体，很好地体现出了沈佺期应制诗的特点。

答丁元珍①

欧阳修②

春风疑不到天涯③，二月山城未见花④。

残雪压枝犹有橘⑤，冻雷惊笋欲抽芽⑥。

夜闻啼雁生乡思，病入新年感物华⑦。

曾是洛阳花下客⑧，野芳虽晚不须嗟⑨。

【注释】

①在欧阳修诗集中，此诗题作《戏答元珍》。丁元珍：即丁宝臣，字元珍，欧阳修的朋友。欧阳修为范仲淹辩护被贬，丁宝臣写了一首题为《花石久雨》的诗赠他，欧阳修遂写了这首诗作答。②欧阳修（1007～1072），字永叔，号醉翁，又号六一居士，北宋吉州（今属江西）人，官至礼部尚书、枢密院副使、观文殿学士、太子少傅、参知政事等，是北宋著名文学家，领导了北宋古文运动，是唐宋八大家之一。③天涯：天边，指遥远的地方。④山城：靠山的城垣。⑤残雪：尚未融化的雪。⑥冻雷：冰冻后的第一声雷，指初春的雷。⑦物华：眼前美好的景物。⑧洛阳花下客：洛阳牡丹花下的客人。当时的花木十分繁盛，欧阳修曾在洛阳园林做过留守判官，所以叫花下客。⑨野芳：野花。嗟：叹息。

【译文】

我疑心春天的风吹不到遥远的地方,所以都已经二月了,山城里仍然看不见花朵。尚未消融的白雪压着枝条,树桠上仍留着秋冬时结果的橘子。早春的雷声惊醒了地下的竹笋,不久就要抽发新芽了。晚上听到雁鸟的啼叫声,勾起了无尽的乡思。我带病进入新的一年,感叹时光流逝,美好的景物经常变迁。我曾经在洛阳任职,在那牡丹花丛中饱享过美丽的春光,现在身在他方,这里的野花虽然开得晚些,但也不必为此叹息了。

【赏析】

这是一首答诗。欧阳修被贬夷陵之后,丁元珍作诗安慰,欧阳修遂以此诗作答。

此诗将写景、抒情、议论融合在一起,借山城春迟迟不归表达了被贬后的苦闷、失意和对故乡的思念。最后又说自己曾经在洛阳的名花异卉中流连过,也就不必太在意山城春花开得迟了,表达了自我宽慰之情。全诗写得委婉含蓄,富有才情。

插花吟①

邵 雍②

头上花枝照酒卮③,酒卮中有好花枝。
身经两世太平日④,眼见四朝全盛时⑤。
况复筋骸粗康健⑥,那堪时节正芳菲⑦。
酒涵花影红光溜⑧,争忍花前不醉归⑨。

【注释】

①插花：古时男子有发髻，髻边也插花。吟：即吟唱，也是写诗的意思。②邵雍（1011～1077），字尧夫，自号伊川翁，谥号康节，祖籍范阳（今河北涿州），后居共城（今河南辉县），晚年隐居苏门山百源，故又称"百源先生"。终身为仕，是北宋著名的理学家。③酒卮（zhī）：酒杯。④两世：古代称30年为一世。两世即60年。⑤四朝：指宋真宗、宋仁宗、宋英宗、宋神宗四代皇帝。⑥况复：况且又。粗：大致、尚算。⑦那堪：正是。⑧涵：包含着。溜：溜动、浮动。⑨争忍：怎么忍得住。

【译文】

插在头上的花枝倒映在酒杯里，酒杯里就有了美丽的花枝。我这辈子亲身经历了60年的太平岁月，亲眼目睹了宋真宗、宋仁宗、宋英宗、宋神宗

四朝的繁盛盛世,更何况我的身体尚算健康,又适逢百花盛开的时节。看着酒杯中荡漾着的花影,红光溜转,怎么忍得住不在花前痛饮到大醉呢?

【赏析】

这首诗是诗人在太平盛世中自得其乐的一曲醉歌。通过写诗人头戴花枝、赏春畅饮,生动地刻画了一位长者万事顺心、身体康健的形象,从中表现出北宋开国后"百年无事"的升平景象,以及人们在小康中安度一生的心满意足的精神状态。

全诗流畅自然,充溢着浓烈的太平和乐气氛。

寓意①

晏 殊②

油壁香车不再逢③,峡云无迹任西东④。

梨花院落溶溶月⑤,柳絮池塘淡淡风。

几日寂寥伤酒后⑥,一番萧索禁烟中⑦。

鱼书欲寄何由达⑧,水远山长处处同⑨。

【注释】

①诗题一作《无题》。寓意:有所寄托,即以诗寄托自己的心意。②晏殊(991~1055),字同叔,谥号元献,北宋抚州临川(今江西)人,宋真宗景德二年(1005年),以神童召试,赐进士出身,仁宗朝官至宰辅。晏殊能诗善词,也是位著名的诗人和词人,他的诗风格温柔婉丽,多为情诗。③油壁香车:指古代经过油漆、装饰精美的轻便小

车，通常为女子所乘。④峡云：指巫峡上的朝云。宋玉《高唐赋》写楚襄王与巫山神女梦中相会，峡云暗指男女幽会之事。⑤溶溶：月光如水般柔和、明净。⑥伤酒：饮酒过量导致身体不舒服。⑦萧索：缺乏生机。禁烟：清明前一天或前二天为寒食节，旧俗在那天禁火，吃冷食。⑧鱼书：古代诗歌中常出现鱼肚中藏书信的描写，所以把书信称作鱼书。达：寄达。⑨水远山长：遥远的高山和河水，形容天各一方，因山水相隔通信困难。

【译文】

坐在华丽的油壁香车里的人啊，我再也不能与你相逢了，我们是这么无缘，就像那巫峡的彩云一样忽东忽西，倏忽飘散。盛开着梨花的小院里，月光如水般柔和，柳絮飞扬的池塘边，吹着淡淡的微风。我这几天感到悲伤寂寞，因为饮酒过量而感到不适，在一片萧瑟中，又到了寒食节。我想寄给你一封写满心意的信，但不知如何才能够送到。你看那些阻隔我们的高山与河流到处都一样，怎能送到此信。

【赏析】

这是一首表现爱情生活的诗。诗中寄托了诗人在与情人分别后，对其无穷无尽的相思和怀念之情。

首联写诗人与情人当年相会的情景，但如今各奔东西，已无处相逢。颔联回忆与情人花前月下的美好时光。颈联写自己靠饮酒排遣相思之苦。尾联写山高水远，寄书不达，流露出无可奈何之情。

此诗在风格上类似李商隐的无题诗，运用含蓄的手法，以伤感而温柔的语气向情人诉说着思念之情，不同的是全诗风格清新流畅，呈现出一派淡雅与疏宕，没有一般爱情诗那种绮丽浓艳的色彩。

寒食书事①

赵 鼎②

寂寞柴门村落里，也教插柳纪年华③。
禁烟不到粤人国④，上冢亦携庞老家⑤。
汉寝唐陵无麦饭⑥，山溪野径有梨花。
一樽竟藉青苔卧⑦，莫管城头奏暮笳⑧。

【注释】

①书事：记事。②赵鼎（1085～1147），字元镇，号得全居士，南宋解州（在今山西）人，曾两度出任宰相，支持岳飞抗金，后因与秦桧不和而被降职，又因受到迫害而绝食身亡。孝宗即位后，追封他为丰国公，赠太傅职衔，谥号忠简。③插柳：古时寒食节有在门上插柳的习俗。纪：通"记"。年华：一年、时间。④禁烟：寒食节禁止生火。粤人国：指今广东、广西一带。⑤上冢：即扫墓。冢：坟墓。庞老：即庞德公，东汉末年的隐士，刘表曾多次请他出山，都被他拒绝了，后来在清明节时，他携全家老小上山扫墓，被人看见。这里指村民们举家上坟扫墓。⑥汉寝唐陵：汉代和唐代帝王的坟墓。麦饭：粗麦煮的米饭，指简陋的祭品。⑦樽：酒杯。藉：靠着。⑧暮笳：古代一种类似号角的乐器，傍晚时吹起，表示城门快要关闭。

【译文】

布满柴门的寂静的村庄中，长辈指导后辈在柴门上也插上柳枝，以表示新的一年又到了。虽然广东、广西等地不知道寒食节禁烟火的习俗，但也像古代庞德公那样，带着全家老小上山扫墓。汉、唐帝王的古老陵墓，已经没有人带着麦饭去祭拜了，山陵和溪水，以及野外的小路都开着梨花。提着一樽酒，倚靠着青苔躺卧，也不管城门快要关闭而吹起了号角。

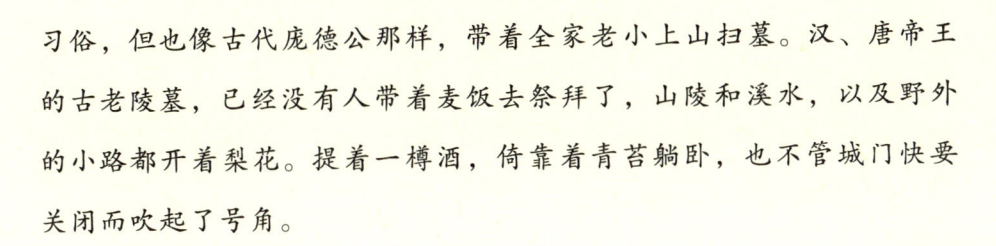

【赏析】

这首诗是诗人被贬官到潮州后的作品。诗中描写了岭南民间过寒食节的情形。

诗的前三联写景叙事，写荒凉村庄里的节日景象，由此衬托出汉唐黄石陵寝的荒凉。最后一联诗人写自己在这一天醉酒高卧，懒理城门关闭的号角声，于豪放旷达之中，寄寓了诗人对南宋朝廷内部投降派的不满和对北方大好山河沦落的感慨，由此体现了诗人深沉的爱国之情。

清明

黄庭坚

佳节清明桃李笑①，野田荒冢只生愁。
雷惊天地龙蛇蛰②，雨足郊原草木柔。
人乞祭余骄妾妇③，士甘焚死不公侯④。
贤愚千载知谁是，满眼蓬蒿共一丘⑤。

【注释】

①桃李笑：指桃花和李花盛开，显得很快乐，拟人的手法。②蛰：指冬天动物冬眠，这里指雷声把那些动物吓得动弹不得。③人乞祭余

骄妾妇：《孟子》中记载的一则寓言，说齐国有一个人，每天外出向扫墓者乞讨祭祀时余下的食物，回家后却向妻妾夸耀是富贵人家请自己吃饭。④士甘焚死不公侯：用的是春秋时介子推宁愿被晋国公烧死也不愿再出仕的典故。⑤蓬蒿（hāo）：杂草，常生长于坟墓上。丘：指坟墓。

【译文】

清明时节，桃李盛开，给大地带来了勃勃生机，野田与荒凉的坟墓，却笼罩着一片哀愁。雷声惊天动地，把冬眠的动物吓得动弹不得，郊外的原野雨水充足，使树木都欣欣向荣，分外娇柔。齐国有人，每天外出向扫墓者乞讨祭祀时余下的食物，回家后却向妻妾夸耀是富贵人家请自己吃饭；春秋隐士介子推宁愿被晋国公活活烧死，也不愿意出来做官，近千年来，谁能知道他们当中谁是贤者，谁是愚人，如今我看见一片蓬蒿生长在丘土之上，满心感慨。

【赏析】

这首诗是诗人在清明节时触景生情之作。

诗中运用了很多对比，首联是"桃李欢笑"对"坟墓生愁"；颔联是"动物蛰伏"对"草木生长"；颈联是"无耻的乞食人"对比"忠贞的隐士"，对比鲜明，引发人的思考；尾联诗人抒发感慨，无论是贤者还是愚人，最后都是黄土盖身。诗人将大自然中的勃勃生机与人世间不可逃脱的死亡命运进行对照，表现出了消极虚无的思想，抒发了诗人对人生无常的慨叹和对社会不平的愤激。

清明

高翥①

南北山头多墓田，清明祭扫各纷然②。
纸灰飞作白蝴蝶，泪血染成红杜鹃③。
日落狐狸眠冢上，夜归儿女笑灯前。
人生有酒须当醉，一滴何曾到九泉④。

【注释】

①高翥（zhù）（1170～1241），原名公弼，字九万，号菊涧，南宋余姚（今属浙江）人。幼习科举，不第即弃，以教书为生，诗歌、绘画都非常出色。诗歌风格平易、自然、淡雅。②纷然：众多繁忙的样子。③红杜鹃：指杜鹃啼血的故事。④九泉：即黄泉、夜台，也即阴间，迷信的说法为人死后生活的地方。

【译文】

清明这天，山头的南北到处都是坟墓，忙于扫墓祭祀的人很多。纸钱烧成灰，飞起来好像一只只白色的蝴蝶，杜鹃鸟的眼泪与啼出的鲜血把杜鹃花染成红色。日落时分，静寂的坟场一片荒凉，狐狸出来躺在坟头上睡觉。夜晚，上坟归来的儿女们在灯前谈笑。人活着时，有酒就应该喝个酩酊大醉。人死之后，儿女们到坟前祭祀的酒哪有一滴可以流到九泉之下呢？

【赏析】

这是一首清明感怀的诗。诗人用对比的手法，将白日人们进行祭扫的热闹景象与晚上坟冢的荒凉进行对比，让人有"死去元知万事空"的感觉，因而产生了震撼人心的效果。

诗的前半部分描写清明节人们上坟时热闹、隆重而又悲痛的场面；后半部分描写晚上人们回到家中，死者只有狐狸相伴，生者笑于灯前，早已把长眠于地下的亲人忘却。诗人由此想到人生的短暂，呼吁人们及时行乐，发出了"今朝有酒今朝醉"的感叹。

全诗结构层次清晰，虚实将错，对比鲜明而又真实，其细致贴切的描写历来被人称赞。

郊行即事[①]

程　颢

芳原绿野恣行时[②]，春入遥山碧四围[③]。
兴逐乱红穿柳巷[④]，困临流水坐苔矶[⑤]。
莫辞盏酒十分劝，只恐风花一片飞[⑥]。
况是清明好天气，不妨游衍莫忘归[⑦]。

【注释】

①郊行：在郊外散步行走。②恣行：尽情游赏。③遥山：远山。碧四围：四周都是碧绿的颜色。④兴：高兴时，游兴浓时。乱红：杂乱的花，这里可以理解为繁多的花。⑤困：疲倦。苔矶：长着青苔的石头。⑥风花：风中的花朵。⑦游衍：放任地游玩。

【译文】

春天的原野长满芳草花卉，人们尽情地游玩。遥远的山峰充满着春天的气息，四周都是碧绿的颜色。兴致正浓的时候，追逐随风飘飞的红色花瓣，穿过排列如小巷的柳树，感到疲倦时到有流水的地方，坐在长满青苔的石头上欣赏美景。在开心举杯时不要推辞这充满盛情的美酒，要知道在风吹花落时就难以有如此的兴致了。况且是清明佳节，又遇着晴朗的好天气，不妨放任地游玩，尽管如此，也不可乐而忘返。

【赏析】

这是一首描写春日出游的即事诗。诗人描绘出一幅令人陶醉的春日郊外风景图，抒发了自己郊游时畅快愉悦的心情。

诗的首联写已是暮春时分，郊外春色十分浓艳；颔联、颈联写诗人趁兴致浓时追逐落花，穿行柳巷，困倦时坐在水边石头上休息，饮酒惜花，留恋春光；最后诗人直抒心意，认为这样的好时节不妨恣意游览，表现了诗人在大自然中的流连忘返和惜春之痛。

秋千

释惠洪①

画架双裁翠络偏②,佳人春戏小楼前③。

飘扬血色裙拖地④,断送玉容人上天⑤。

花板润沾红杏雨⑥,彩绳斜挂绿杨烟。

下来闲处从容立,疑是蟾宫谪神仙⑦。

【注释】

①释惠洪(1071~1128),字觉范,一名德洪,俗姓彭,北宋筠州(今江西宜丰)人,是一位著名的诗僧,也善作小词,时为绮语,有"浪子和尚"之称,兼善画墨竹,对诗歌理论也作过探讨。一说此诗的作者为洪觉范。②画架:绘有图画的秋千架。翠络:秋千左右两边的翠绿绳子。偏:倾斜,摆动。③佳人:美女。春戏:在春光中嬉戏玩耍。④血色:鲜红色。⑤断送:推送。玉容:指魅力的容貌,这里代称美女。⑥花板:指会有花纹的秋千踏板。红杏雨:形容飘落如雨的红色杏花。⑦蟾宫:月宫,传说月宫中有蟾蜍,因此又称月宫为蟾宫。谪神仙:指被贬下凡的仙女。

【译文】

绘有图画的秋千架上,两边挂着翠绿色的丝绳来回倾斜打荡,美丽的女子在春日的小楼前荡秋千玩乐。鲜红色的拖地长裙随风飘扬,秋千把那容颜如玉的美人推送上天际。刻有花纹的秋千踏板沾满了如雨落下的红杏花瓣,绳子斜斜地挂着好像在轻烟里的碧绿杨柳。那女子从秋千架上下来,从容地站立,真让人疑心她是从月宫里被贬下凡间的仙女。

【赏析】

这是一首描写美丽少女荡秋千的诗歌。

首联写春天里楼前的秋千架,和秋千架上的美人;颔联、颈联写美人荡秋千的形态;尾联写美人下秋千时的姿态仪容,就像是被贬下凡间的仙女一般。

全诗写得精巧细微,色彩浓艳。诗人用绮丽的语言描绘了佳人的衣着饰物、华美的秋千、优美的环境,以鲜活的形象,盎然的生气,把大自然和佳人写得情致生花,香艳醉人。

曲江 其一①

杜 甫

一片花飞减却春②,风飘万点正愁人③。
且看欲尽花经眼④,莫厌伤多酒入唇⑤。
江上小堂巢翡翠⑥,苑边高冢卧麒麟⑦。
细推物理须行乐⑧,何用浮名绊此身⑨。

【注释】

①此诗又作《曲江对酒》。曲江:即曲江池,唐代京城长安的旅游胜地,在今陕西西安市东南郊,已干涸。②减却春:减少了春色。③万点:形容落花之多。愁人:令人伤感。④欲尽:花快要凋零。经眼:从眼前经过。⑤伤多:过量喝酒而不适。⑥巢:筑巢。翡翠:这里指翡翠鸟。⑦苑:曲江旁边的院子。冢:坟墓。麒麟:在陵墓前的

麒麟石像。⑧推：推究，思考。物理：事物的道理、真理。⑨浮名：虚幻的名利。绊：束缚。

【译文】

　　一片片凋残的花飞舞着，让人感到春色已减。万片花瓣被风吹得飘飘荡荡，怎不令人发愁？快去看看这些将要凋零的花朵从眼前飞过吧，多喝一点可以忘愁解忧的美酒，不要嫌弃过量喝酒后的不适。翡翠鸟在曲江旁的楼堂上筑巢，原来雄踞的麒麟石像现今倒卧在园子旁边的皇家陵墓前。仔细推究事物盛衰变化的道理，那就是人生应该及时行乐，何必让虚幻的名利来束缚自己呢？

【赏析】

　　这首诗大约写于唐肃宗朝，其时唐朝刚刚经历安史之乱，京城虽然收复，但兵革未息，诗人眼见唐朝因政治腐败而酿成的祸乱，心境十分杂乱，强烈地感到世事无常。所以虽然眼前有许多美丽的景物，但心情仍然非常忧郁，眼中的飞花都带着愁绪，他喝酒度日，大谈及时行乐，全诗极见伤春哀时之情。

曲江 其二

杜 甫

朝回日日典春衣①,每日江头尽醉归。

酒债寻常行处有②,人生七十古来稀③。

穿花蛱蝶深深见④,点水蜻蜓款款飞⑤。

传语风光共流转⑥,暂时相赏莫相违⑦。

【注释】

①朝回:上朝回来。典:典当。②酒债:欠人的酒钱。行处:到处。③稀:稀少,罕见。④蛱蝶:蝴蝶。深深:花丛深处。见(xiàn):现。⑤款款:形容优美的姿态。⑥传语:传给别人一段话,即寄语他人。风光:春光。流转:流动、转变,这里指变化。⑦相赏:一起欣赏风光美景。违:辜负,错过。

【译文】

上朝回来,我常常要把春天穿的衣服典当来换钱,每天到曲江头买酒喝,直到喝得大醉了才回家。到处都欠着酒债,那是寻常小事,但人能够活到70岁,自古以来就很少见了。蝴蝶在花丛深处穿梭往来,时隐时现;蜻蜓在水面缓缓而飞,时而点着水面。明媚的风光啊,你就同蛱蝶、蜻蜓一起流转,让我欣赏吧,哪怕是暂时的也好,千万不要辜负了眼前的美景啊。

【赏析】

继续上一首诗的格调,这也是一首感时伤春的诗。

诗中描写了诗人强作解愁，抒发了惜春、伤春之情，含蓄地表达了诗人对"世事多变"和"美景短暂"的感慨。从诗人及时行乐的背后，可以使人深刻感受到他内心的孤独和对世事的无可奈何。

这首诗写得非常美，诗人炼词造句也非常精工，其中的"人生七十古来稀"、"穿花蛱蝶深深见，点水蜻蜓款款飞"的诗句，都受到历代诗人们的高度赞赏，已是广为流传。

黄鹤楼①

崔　颢

昔人已乘黄鹤去②，此地空余黄鹤楼。

黄鹤一去不复返，白云千载空悠悠③。

晴川历历汉阳树④，芳草萋萋鹦鹉洲⑤。

日暮乡关何处是⑥，烟波江上使人愁⑦。

【注释】

①黄鹤楼：古代名楼，旧址在湖北武昌长江南岸黄鹤矶上，现位于今湖北武汉市。②昔人：传说中的仙人，这里指乘黄鹤升仙的王子安。③悠悠：形容年代久远。④晴川：晴朗的江面。历历：清晰分明。汉阳：指汉水北岸的汉阳城，今湖北武汉市汉阳区。⑤萋萋：茂盛的样子。鹦鹉洲：汉阳附近的小洲，后沉没。⑥乡关：故乡。⑦烟波：雾霭笼罩的江面。

【译文】

以前的仙人已经乘坐黄鹤飞走了，这个地方只留下一座空荡荡的黄鹤楼。黄鹤和仙人飞走了便再也不回来，千百年来飘着白云的天空广阔无边。江面上很晴朗,阳光照耀下汉阳树木清晰可见,鹦鹉洲上的花草树木长得很茂盛。天色已晚,眺望远方,哪里是我的故乡,眼前只见一片雾霭笼罩着江面,给人带来深深的愁绪。

【赏析】

这首诗是吊古怀乡之作。诗人登临古迹黄鹤楼,泛览眼前景物,描绘出黄鹤楼的凄清景色,抒发了吊古伤今、怀乡念家的深沉感情。

全诗诗句自然宏丽,饶有风骨,自然天成,对仗工整,音律谐美,文采飞扬,是历代所推崇的珍品。据说有一天,李白登此楼,看见风景如画的景致,打算赋诗一首,但目睹此诗,大为折服,感叹说"眼前有景道不得,崔颢题诗在上头",因此停笔作罢。宋代诗评家严羽甚至说:"唐人七言律诗,当以崔颢《黄鹤楼》为第一。"足见此诗地位之高,影响之大。

旅怀①

崔　涂②

水流花谢两无情,送尽东风过楚城③。
蝴蝶梦中家万里④,杜鹃枝上月三更⑤。
故园书动经年绝⑥,华发春催两鬓生⑦。
自是不归归便得⑧,五湖烟景有谁争⑨。

【注释】

①此诗又作《春夕旅梦》《春夕旅怀》。旅怀:即旅行中的心情。
②崔涂(850~?),字礼山,唐代桐庐富春(今浙江富春江一带)人,

唐僖宗光启思念进士,终生漂泊巴蜀、吴楚等地,诗歌常有飘零、孤独的情调。③楚城:战国时楚国地区,即今湖南、湖北一带。④蝴蝶梦:指《庄子·齐物论》中所描写的蝴蝶梦,讲的是庄子分不清到底是自己梦到蝴蝶,还是自己的人生是蝴蝶的一个梦。⑤杜鹃:一作子规,即杜鹃鸟,表示思家。⑥书:书信。动:动辄、每每之意。绝:断绝。⑦华发:花白的头发。催:催促。⑧自是:背来。归便得:要回去就能回去。⑨五湖:即滆湖、洮湖、村湖、贵湖、太湖,它们都位于今江苏一带。传说范蠡帮助越王勾践打败吴国后,便泛舟五湖,归隐而去。

【译文】

水不停地流走,花儿不断地凋零,两者都是无情之物。送着春天的最后一缕东风,我来到战国时的楚地。在睡梦中,像庄子梦见蝴蝶一样分不清现实和虚幻，梦见了万里之外的家乡。夜里三更时分，杜鹃在树枝上凄厉地啼叫。家乡的来信动辄几年都收不到，春天催促着鬓角，长出了花白的头发。我本来就不打算回家，如果我要回去，自然随时都可以回去，故乡五湖上的烟波风景，是没有人来和我争夺的。

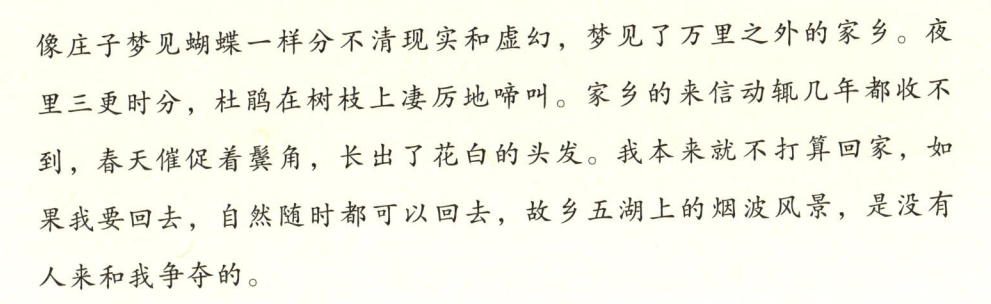

【赏析】

这是一首旅途抒怀的诗。诗人以暮春时节衰败的春景渲染思乡愁绪，以归梦未得、杜鹃夜啼的感叹进一步突出了愁绪难泯，构成一片凄凉愁惨的气氛，而早生的华发更是时刻在唤醒着难堪的迟暮之悲。最后两句诗人直抒胸臆，道出了自己意欲归隐但又不甘心一事无成而归乡的心理。

全诗语言精美，对仗工整，感情真切，凄婉动人。

答李儋①

韦应物

去年花里逢君别②，今日花开又一年。
世事茫茫难自料③，春愁黯黯独成眠④。
身多疾病思田里⑤，邑有流亡愧俸钱⑥。
闻道欲来相问讯⑦，西楼望月几回圆⑧。

【注释】

①《全唐诗》中，此诗题作《寄李儋元锡》。李儋：字元锡，唐朝的宗室，曾官殿中侍御史，韦应物的好友。②逢君别：与你相逢，又再分别。③料：猜测。④黯黯：黯然，沮丧的样子。⑤田里：乡间或

野外。这里有归隐的意思。⑥邑：城邑，指自己所管辖的地区。流亡：流离失所的人。俸钱：做官的薪俸。⑦闻道：听说。⑧西楼：指苏州的观风楼。

【译文】

去年，我与你在春天开花时相逢又分别。今年的花朵又再度盛开，又是一年。世上的事本来就说不清，难以猜测。春天勾起愁怀让人心情暗淡，难以成眠。我身体素来多病总想归隐田园。但我所管辖的城镇中还有许多流离失所的百姓，享有俸禄真让我内心抱愧。听到你要来探望我，我翘首盼望着，西楼上的月亮已经圆了好几回。

【赏析】

这是一首赠送给朋友的诗歌。诗中叙述了诗人与友人分别后的思念和盼望。开首两句即景生情，通过对花开花落的描写，引出对茫茫世事的感叹，接着直抒情怀，写因多病而想辞官归田，但心怀愧疚，反映内心的矛盾。

全诗起于分别，终于相约，体现了朋友间友谊的真挚，感情细腻动人，同时诗篇章法严密，对仗工整，用语委婉，为七律中的名篇。

江村①

杜 甫

清江一曲抱村流②，长夏江村事事幽③。
自去自来梁上燕，相亲相近水中鸥。
老妻画纸为棋局，稚子敲针作钓钩。
多病所须惟药物④，微躯此外更何求⑤。

【注释】

①江村：公元760年，杜甫到四川，住在四川成都浣花溪畔的草堂。②一曲：曲折。抱：围绕，环绕。③长夏：盛夏。④须：需要。惟：只是。⑤微躯：微贱的身躯，诗人谦称。

【译文】

清澈的江水曲折地环绕着村庄，漫长的夏日中，江边村庄的一切都显得十分清幽。梁上的燕子自由自在地飞来飞去，江水中的鸥鸟互相追逐嬉戏，亲亲热热。陪伴我多年的妻子在纸上画着棋盘，年幼的孩子敲针制成钓鱼的钩。年老多病的我只是需要一些药物，这微贱的身躯也就别无所求了。

【赏析】

这首诗写于唐肃宗上元元年（760年）。诗人在长时间流离失所之后，来到了这淡雅宁静的浣花溪畔，终于获得了一个暂时安居的栖身之所，妻子儿女同聚一处，重新获得了天伦之乐。

诗的首联描写了村庄的清幽环境；颔联写村里的景致，通过对自由自在的燕子，无忧无虑的沙鸥的描写，勾勒了一派和谐景象；颈联写妻子用纸画出棋局，小儿子拿针做钓钩，描画了一幅家人团聚，闲适安乐的画面，引出了尾联中诗人别无他求，心满意足的心境。

全诗结构严谨，语言流畅，颇有生活情趣。

夏日①

张　耒②

长夏村墟风日清③，檐牙燕雀已生成④。
蝶衣晒粉花枝舞⑤，蛛网添丝屋角晴。
落落疏帘邀月影⑥，嘈嘈虚枕纳溪声⑦。
久斑两鬓如霜雪⑧，直欲樵渔过此生⑨。

【注释】

①张耒作《夏日》诗共三首，这是第一首。②张耒（1054～1114），字文潜，号柯山，北宋淮阴（今属江苏）人，宋神宗熙宁六年（1073年）进士，历任临淮主簿、著作郎、史馆检讨。哲宗绍圣初，以直龙阁知润州。宋徽宗初，召为太常少卿，为"苏门四学士"之一。诗歌风格平易而优美，多反映自然。③江村：村镇。清：清爽，晴朗。④檐牙：指屋檐间伸出的呈牙齿形状的屋檐。已生成：指燕雀栖息于此，孵化出了幼雏。⑤蝶衣：蝴蝶的翅膀。晒：晾晒。⑥落落：稀疏的样子。疏帘，稀疏的帘子。⑦嘈嘈：形容流水的声音。虚枕：夏日乘凉用的竹制的中空的枕头。⑧久斑：

斑白了许久。⑨直欲，真是希望。樵：樵夫，砍柴。渔：打渔。

【译文】

漫长的夏日里，江边的村庄风和日丽，呈牙齿装的屋檐下，羽翼未满的小燕子和麻雀也将头伸出了窝巢。蝴蝶煽动着翅膀停落在花枝上，使花枝不断的舞动；晴朗的屋角处，蜘蛛正在为它所结的网添丝加线。帘幕格子疏疏落落，邀来了月影，空心的枕头里容纳着小溪潺潺流淌的水声。两鬓斑白的头发如今像霜雪一般白了，我真的希望去做个樵夫或渔翁，隐居度过余生。

【赏析】

这是诗人罢官闲居江村时所写下的一首诗。

诗的前两联通过夏日燕雀、蝴蝶、蜘蛛等意象的描写，衬托了乡村生活的恬静，表现了诗人对清静、悠闲生活的喜爱。后两联转而描写夜间，月光透过稀疏的窗帘，枕上卧听潺潺的溪声，烘托夏夜的清静。眼看着时光催人老去，诗人愿意在此过陶然愉悦的隐居生活，由此抒发了诗人淡泊名利，厌倦世俗，不与世间相争的高洁情怀和对村野田园生活的向往。

辋川积雨①

王 维

积雨空林烟火迟②，蒸藜炊黍饷东菑③。
漠漠水田飞白鹭④，阴阴夏木啭黄鹂⑤。
山中习静观朝槿⑥，松下清斋折露葵⑦。
野老与人争席罢⑧，海鸥何事更相疑⑨。

【注释】

①在《全唐诗》中，此诗题为《积雨辋川庄作》。积雨：久雨。辋（wǎng）川庄：王维在辋川的宅第，在今陕西蓝田终南山中，是王维隐居之地。②烟火迟：烟火缓缓的上升。因久雨林野润湿，故火起得很慢。③藜（lí）：一种野菜，嫩叶可食。黍（shǔ）：谷物名，古时为主食。饷：送饭。菑：（zī）：耕地。④漠漠：形容水田广阔无际。⑤阴阴：形容树木有很浓的树荫。啭（zhuàn）：鸟的婉转啼声。⑥槿（jǐn）：植物名，落叶灌木，其花朝开夕谢。古人常以此物悟人生枯荣无常之理。⑦清斋：斋戒素食。露葵：经霜的葵菜，葵为古代重要蔬菜，有"百菜之主"之称。⑧野老：村野老人，指诗人自己。争席：争座位，指自己要隐退山林，与世无争。⑨海鸥：出自《列子》，说古时有一个人没有机心，海鸥很喜欢亲近他，每天到海上与海鸥玩。有一天他父亲要他去捉海鸥，他一到海边，海鸥感到他有了机心，便不再靠近他了。

【译文】

雨下了很久，因为林子太潮湿，火起得很慢，煮好的藜菜和黍米是送给村东耕地的人。广阔平坦的水田上飞着许多白鹭鸟，树荫浓浓的繁茂树林中传来黄鹂婉转的啼声。我在山中修身养性，观赏那早上开放，晚上凋谢的槿花，在松树下斋戒吃素，采摘仍带着露水的葵菜。我这个村野老人离开席位，不与人争，而鸥鸟又因为什么事还要猜疑我呢？

【赏析】

这首诗是王维田园诗的一首代表作。诗意在描写积雨后辋川庄的景物，叙述诗人隐退后的闲适生活。

诗的首联写诗人山上静观所见的田家生活：连雨时节，天阴地湿，炊烟缓升，农家早炊，饷田野食，呈现一派怡然自乐的农村生活。颔联写自然景色：广漠平畴，白鹭飞行，深山密林，黄鹂和唱，积雨后的辋川，一片画意盎然。颈联写诗人独处空山之中、幽栖松林之下，观木槿，食露葵，避尘世的幽居生活。尾联连用两个典故，正反结合，表现了诗人隐居山林、脱离世俗的闲情雅致，抒发了诗人对淳朴田园生活的深深眷爱和对宦海生活的厌倦。

新竹

陆　游①

插棘编篱谨护持②，养成寒碧映涟漪③。
清风掠地秋先到④，赤日行天午不知⑤。
解箨时闻声簌簌⑥，放梢初见影离离⑦。
归闲我欲频来此⑧，枕簟仍教到处随⑨。

【注释】

①陆游（1125～1210），字务观，号放翁，南宋山阴（今浙江绍兴）人，为"中兴四大诗人"之一，是南宋最著名的爱国诗人，写下很多有气节的诗歌，还有很多情感细腻的作品。一说此诗的作者为黄庭坚。②插棘：即用荆棘编成篱笆。谨：小心。护持：保护。③寒碧：清凉的碧玉，这里用来比喻竹子的清凉。涟漪：细小的水波。④掠地：卷地；从地上刮来。⑤赤日：夏天的太阳。⑥箨（tuò）：竹笋的壳。簌簌：象声词，形容脱去笋壳的声音。⑦放梢：竹梢生长伸展。离离：

形容竹树影子交错的样子。⑧归闲：回乡闲居。频：经常。⑨簟（diàn）：席子。

【译文】

竹初种时，用棘条编成篱笆，小心谨慎地保护好新竹，把它们培养得如玉般清凉，绿色倒映在水中的涟漪中。夏日的清风吹过地面，秋天的气息提前到来，红红的太阳当空，不知不觉已经到了中午。笋壳脱落时，听到簌簌悉悉的声音，竹子拔节时，便见到疏疏落落的影子。我退归闲暇的时候，希望经常来这里，来的时候还要随身带着枕头和竹席，好随地安眠。

【赏析】

这是一首咏物诗。诗人通过细致入微的观察，以新竹起笔，形象生动地描写了竹子的生长过程和夏日时竹林给人们带来的清凉感受。

诗人首先对新竹的生长环境做了烘托，接着以"多侧面"的形象性描写，赋予"东湖新竹"以生命，特别是写竹子生长时,片片竹壳剥落的情景,具体细微,使"静止"的新竹变得栩栩如生,读后使人如见如闻。诗的最后两句抒情,写诗人对竹林的爱慕和想望,流露出诗人的欣喜之情以及对官场生活的厌倦。

表兄话旧①

窦叔向②

夜合花开香满庭③,夜深微雨醉初醒。
远书珍重何曾达,旧事凄凉不可听。
去日儿童皆长大,昔年亲友半凋零。
明朝又是孤舟别④,愁见河桥酒幔青⑤。

【注释】

①《全唐诗》中,此诗题为《夏夜宿表兄话旧》。宿:留宿过夜。话旧:叙谈以前的事情。②窦叔向(? ～约779),字遗直,唐代扶风人(今陕西凤翔),官至左拾遗、工部尚书,是当时很有名望的诗人,现在只留存9首诗。③夜合花:合欢,花朵白天开放,夜晚合上。④明朝:明天一早。孤舟别:乘着孤舟离开。⑤酒幔:酒馆门前招客的旗子。

【译文】

合欢花在夜间盛开,清香弥漫整个庭院。夜深了,天空下着小雨,我醉酒刚刚醒来。珍贵的家书,不知道怎样才能寄到家人的手中,家中的旧事,件件都非常凄凉,我不忍心再听下去。当年离别时的孩子都已经长大成人,过去的亲友大部分已经亡故。明天一早又要孤零零地乘船离去，看着起河桥上青色的酒旗，我心中不由得一阵忧愁。

【赏析】

这是一首平易自然的抒情诗。诗中写了诗人与表兄在一次短暂的会面中聊天，谈及家中亲人的近况，心中充满怀旧的愁绪。

诗中语言亲切有味，婉丽凄清，将诗人的无限惆怅在凄凉的氛围中娓娓道来，可谓感人肺腑。本诗也因此成为一部十分难得的"情文兼至"的佳作。

偶成①

程 颢

闲来无事不从容②，睡觉东窗日已红③。
万物静观皆自得④，四时佳兴与人同⑤。
道通天地有形外⑥，思入风云变态中⑦。
富贵不淫贫贱乐⑧，男儿到此是豪雄⑨。

【注释】

①在程颢诗集中，此诗又名《秋日偶成》。②闲来：闲时。从容：不慌不忙。③睡觉：睡醒，一觉醒来。④静观：冷静地观察。自得：心有所会。⑤佳兴：美好的感受。⑥道：世界运转的原理。有形外：有形外即超越物质的存在，出自《易·系辞上》"形而上者谓之道，形而下者谓之器"。形：物质。⑦思：人的思想、思考。变态：形态变化。⑧富贵不淫贫贱乐：此句出自《孟子·滕文公下》"富贵不能淫，贫贱不能移，威武不能屈，此之谓大丈夫"，以及《论语·雍也》"一箪食，一瓢饮，在陋巷，人不堪其忧，回也不改其乐"。淫：奢侈放

纵。⑨豪雄：英雄。

【译文】

心情闲静安适，做什么事都不慌不忙，一觉醒来，东边窗户外的太阳已经升起来了。冷静地观察万物，都可以得到自然的乐趣，人们对一年四季的美好感受，都是一样的。世界运转的大道真理贯彻天地，超越物质的存在，人的思想渗透在风云变幻的形态中。只要能够身处富贵，而不骄奢淫逸，身处贫贱，也能保持快乐，这样的男子汉就是英雄豪杰了。

【赏析】

这首诗是诗人《秋日偶成二首》其一，是一首表达诗人哲学思想的哲理诗。

此诗除了首联写诗人赋闲居家、散淡无事而又从容不迫、闲适自在的生活状态外，下四句全是理语；最后抒情结篇，表达了诗人随遇而安、怡然自乐的人生观。其中的"万物静观皆自得，四时佳兴与人同"更是道出了一种"淡泊以明志，宁静而致远"的人生境界。

游月陂①

程　颢

月陂堤上四徘徊②，北有中天百尺台③，
万物已随秋气改④，一樽聊为晚凉开⑤。
水心云影闲相照⑥，林下泉声静自来。
世事无端何足计⑦，但逢佳节约重陪⑧。

【注释】

①月陂（bēi）：陂名，月形的水岸，为洛阳著名风景区。陂：水岸。②四徘徊：四处走动。③中天：在天空之中。④改：改变，这里有凋零的意思。⑤聊：姑且。⑥水心：水的中央。⑦无端：无常。计：计算，计较。⑧约：预约，邀请。重陪：再次相聚。

【译文】

我在月陂的堤岸上四处徘徊走动，在它北面，有一座直入云霄的百尺高台。天地万物因为秋天的到来而凋零，为了这充满凉意的秋夜，我姑且喝上一杯美酒。云彩的影子悠闲地倒映在水的中央，泉水的声音从树林下幽静地传来。世事烦琐无常，不值得让人认真计较，唯有在佳节中，亲友再次相聚来欣赏这美好的风景。

【赏析】

这是一首富含哲理意味的记游诗。诗中记叙了诗人自己游览月陂观赏景致的情形。诗人虽然也描绘了秋声、秋色、秋云等较为生动的景物，但其着眼点仍在于阐明哲理，抒发自己闲适达观、物我相悦的情怀。

全诗环环紧扣，清新平淡，在众多悲秋诗中可谓独树一帜。

秋兴 其一①

杜甫

玉露凋伤枫树林②,巫山巫峡气萧森③。
江间波浪兼天涌④,塞上风云接地阴⑤。
丛菊两开他日泪⑥,孤舟一系故园心⑦。
寒衣处处催刀尺⑧,白帝城高急暮砧⑨。

【注释】

①秋兴:因秋天而兴起一些想法与情怀。杜甫《秋兴》诗共8首,这是8首中的第一首,写夔州一带的秋景。②玉露:露水。凋伤:使草木凋落衰败。③巫山巫峡:指夔州(今奉节县)一带的长江和峡谷。萧森:萧瑟阴森,形容深秋景色凄冷。④兼天涌:连天涌起,形容波浪滔天的水势。⑤塞上:边关险要的地方,这里指夔州地处边远,山势险要。地阴:地面上的阴沉之气。⑥两开:两次盛开,即过了两个年头。他日:往日。⑦故园:此处指长安。⑧催刀尺:催促着刀尺赶裁冬衣。⑨白帝城:位于今四川省奉节城东面,靠近巫峡。砧:捣衣石。

【译文】

枫树在白色秋霜的侵蚀下凋谢,巫山和巫峡一派凄凉阴森的气象。江水波浪连天澎湃汹涌,巫山上空乌云滚滚,阴气沉沉。菊花花开花落已经两载,看着盛开的菊花,忆昔往日之事,不禁伤心落泪,飘零在外的我身如孤舟,心里却紧紧地系住对故乡的思念。天气已经寒冷了,到处都赶制冬天御寒的衣服,傍晚时分,高高的白帝城上,传来了一片捣制寒衣的声音。

【赏析】

本诗为《秋兴八首》第一篇，是组诗的序幕，统帅后面七篇。

诗中写了夔州附近巫山武侠的景物，描绘出一幅阴沉萧瑟、动荡不安的秋景，由此景物环境衬托诗人焦虑抑郁、伤国伤民的心情，亮出了"身在夔州，心系长安"的主题。

全诗格律精工，沉郁顿挫，悲壮凄凉意境深宏，读来令人荡气回肠，韵味无穷。

秋兴 其三

杜 甫

千家山郭静朝晖①，日日江楼坐翠微②。
信宿渔人还泛泛③，清秋燕子故飞飞④。
匡衡抗疏功名薄⑤，刘向传经心事违⑥。
同学少年多不贱⑦，五陵裘马自轻肥⑧。

【注释】

①郭：城墙，或指外城。②翠微：山色青翠清微。③信宿：留宿两夜。泛泛：形容渔船漂荡。④故：依然，仍然。⑤匡衡：字雅圭，汉朝人，官至光禄大夫，太子少傅。抗疏：上书，这里指匡衡多次上书给汉元帝，议论政事。功名薄：诗人慨叹自己也同样上书皇帝，结果却遭贬。⑥刘向：字子政，汉朝经学家。传经：讲授经学，这里指刘向在汉宣帝、成帝时奉命讲授儒家经书。心事违：诗人慨叹自己不能像刘向一样传经讲道。⑦不贱：不贫贱，即地位显贵。⑧五陵：指

汉代五座皇家陵墓，分别为长陵、安陵、阳陵、茂陵、平陵，很多皇亲贵戚都住在五陵附近。轻肥：轻暖的衣裘和肥硕的马儿。

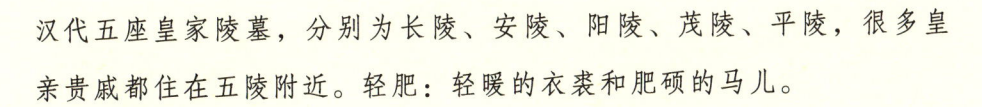

【译文】

城里千家万户静静地身处秋日的朝晖中。我天天坐在江边的楼上，面对青翠清微的山峰。连续两宿在船上过夜的渔人，仍泛着小舟在江中漂流，虽已是清秋季节，燕子仍然展翅飞来飞去。匡衡多次向皇帝直谏，他的功绩显赫，而我却不能像他一样获得功名。刘向多次传授儒家经书，这也是我的心愿，但却不能像他一样发挥所长。我年少时一起求学的同学朋友，大都已经飞黄腾达。他们住在五陵附近，穿着轻暖的衣裘，骑着肥硕的马儿，过着富贵的生活。

【赏析】

这是《秋兴八首》的第三首，是一篇随物兴感、即景寄怀之作。

诗歌写晨曦中的夔州虽然秋色清明、江色宁静，但并没有给诗人带来内心的平静，阴沉的气氛触发了诗人情怀，表露出因战乱而长年流落他乡、不能东归中原的悲哀和对干戈不息、国家前途未卜的担忧。

全诗辞藻工丽，情景交融，堪称律诗佳作。

秋兴 其五

杜 甫

蓬莱宫阙对南山①，承露金茎霄汉间②。
西望瑶池降王母③，东来紫气满函关④。
云移雉尾开宫扇⑤，日绕龙鳞识圣颜⑥。
一卧沧江惊岁晚⑦，几回青琐点朝班⑧。

【注释】

①蓬莱：传说中的仙山，唐高宗龙朔二年（662年），重修大明宫，改名为蓬莱宫。南山：即长安终南山。②承露金茎：指仙人用来承接天露的金茎盘子。霄汉间：高入云霄，形容承露金茎极高。③瑶池：神化传说中西王母住在西面的昆仑山，上面有瑶池。降王母：《穆天子传》等书记载有周穆王登昆仑山会西王母的传说。《汉武内传》中则说西王母曾于某年七月七日飞降汉宫。④东来紫气：指老子自洛阳入函谷关事。《列仙传》记载，老子西游至函谷关，关尹喜登楼而望，见东极有紫气西迈，知有圣人过函谷关，后来果然见老子乘青牛车经过。函关：即今河南省的函谷关。⑤云移：指宫扇云彩般地分开。雉尾：

指雉尾扇，用野鸡尾巴的羽毛编成，色彩艳丽，是帝王仪仗的一种。⑥龙鳞：皇帝龙袍上所绣的龙纹图案，有日出、金龙等。圣颜：天子的容貌。⑦沧江：江水，或指长江。岁晚：秋天，暗指自己已近晚年。⑧青琐：宫门上刻着连琐，有纵横交错的花纹，涂以青色，所以叫青琐，这里借指朝房。点朝班：指上朝时，殿上依班次点名传呼百官朝见天子。

【译文】

如仙境般的大明宫正对着巍峨的终南山，皇宫中的仙人铜像手持金茎承露盘，高高地耸立在云霄间。遥望西边是昆仑山瑶池，仿佛是王母娘娘徐徐下凡，从东边来的祥瑞紫气布满了整个函谷关。用以障面的雉尾羽扇慢慢移开，日光照射在皇上穿的绣有金龙的衣服上，我有幸看见了圣上的容颜。我躺卧在沧江中，一觉醒来，惊奇地发现已经年近岁晚。在我滞留夔州的这段时间里，朝廷已经点过多少次朝班呢！

【赏析】

这首诗是《秋兴八首》的第五首。前四首写的都是诗人在夔州时的心情，这一首开始写京城长安。

前六句诗人想象长安皇宫的景象和大明宫的华丽与高贵，将当年早朝的盛况与今日的沧江岁晚相对比，反衬自己流寓夔州的潦倒。最后两句同样采用了对比的方法，用末句写早朝之值得怀念，来反衬自己在垂暮之年独卧沧江的悲凉与孤独。

秋兴 其七

杜 甫

昆明池水汉时功①，武帝旌旗在眼中②。
织女机丝虚夜月③，石鲸鳞甲动秋风④。
波飘菰米沉云黑⑤，露冷莲房坠粉红⑥。
关塞极天惟鸟道⑦，江湖满地一渔翁⑧。

【注释】

①昆明池：《汉书·武帝纪》记载，汉武帝在长安仿昆明滇池而造昆明池，用以排练战船，增强水军力量。②武帝：汉武帝，亦代指唐玄宗。③织女：汉代昆明池西岸的织女石像，俗称石婆。机丝：织机及机上之丝。④石鲸：昆明池旁边的刻有鲸鱼的玉石雕像。⑤菰（gū）米：即茭白的果实。⑥莲房：即莲蓬。坠粉红：指秋季莲蓬成熟，花瓣片片坠落。⑦关塞：指险隘关口。极天：最高的天际，形容极高。惟鸟道：形容道路高峻险要，仅可以通过飞鸟。⑧江湖满地：形容在无穷无尽的江湖上四处漂泊，苦无归宿。渔翁：杜甫自比。

【译文】

看到长安昆明池，就想到了汉朝伟大帝国的功绩，汉武帝的旌旗就如同在眼前展扬。池边的织女在清虚的月夜下弄机织布，石鲸鱼的鳞甲在秋风的吹拂下摆动。茭白漂在水波上，像黑云一样沉重阴暗，莲蓬在寒冷的露水当中，粉红色的荷花花瓣不胜清寒而片片坠落。狭隘关口的小路在极高处，只有鸟儿可以通过，而我就好像一个在江湖上四处漂泊的渔翁。

【赏析】

这首诗是《秋兴八首》的第七首。诗人以精丽的语言、生动的形象,描写了长安城昆明池的盛衰变化,抒发了自己旅居夔州欲归不得的感慨。

诗的前四句,以汉朝比喻长安,又描写昆明池畔的景物,接着第五、第六句"沉云黑"、"坠粉红"的描写,似乎是写景,其实是对今日的荒凉冷落,已是今非昔比的一种慨叹。结尾两句,不仅实写关塞险阻,而且含有政治上的艰难。所以诗人说自己是漂泊无归宿的渔翁,以此来表现自己处境的凄凉。

月夜舟中

戴复古

满船明月浸虚空①,绿水无痕夜气冲②。
诗思浮沉樯影里③,梦魂摇曳橹声中④。
星辰冷落碧潭水,鸿雁悲鸣红蓼风⑤。
数点渔灯依古岸,断桥垂露滴梧桐。

【注释】

①浸:淹润,笼罩。虚空:天空。②冲:冲漠,即虚寂恬静的意思。③樯:船的桅杆。④橹:船桨。⑤红蓼:长于水边的红色蓼花。

【译文】

装载着明月清光的船在水上漂荡,好像沉浸在虚空中一样。苍绿的江水没有波痕，夜色虚寂恬静。我的诗兴随着船桅的影子浮浮沉沉；梦中的灵魂在不定的船桨声中摇摇曳曳。碧绿的潭水中，静静地映照出天上星辰；红蓼花在风中伴随着鸿雁悲鸣绽放。古来停船靠岸的地方闪耀着几点渔家灯火，梧桐叶上坠落下来的露珠悄然滴垂在断桥上。

【赏析】

　　这是一首关于秋天悲秋的诗歌。诗人描画了一幅江船秋夜图，语气低沉，表达了诗人身遭乱世的苦闷心情，营造了一种凄清的氛围。

　　诗中首联写秋夜水上，满船月光，绿水无痕，一片清凉。颔联写诗人在船上醒来，诗兴大发，一时内心如同船一样摇曳起伏。颈联与尾联描写的是月夜行船时所见的一连串冷落荒凉的秋景，其中寄寓着诗人内心深深的羁旅伤愁。

　　全诗情景交融，寓情于景，并没有提到凄凉，但是每一句却都体现着一幅凄凉的景象，使人读来不由得产生一种悲伤的感觉。

长安秋望①

赵 嘏

云物凄凉拂曙流②,汉家宫阙动高秋③。

残星几点雁横塞④,长笛一声人倚楼。

紫艳半开篱菊静,红衣落尽渚莲愁⑤。

鲈鱼正美不归去⑥,空戴南冠学楚囚⑦。

【注释】

①此诗又作《长安秋夕》或《长安秋晚》。秋望:即在秋天眺望远方。②云物:云团、云雾。拂曙:即"拂晓",天刚刚亮。流:指天亮了,光线在流动、延伸。③汉家宫阙:借汉喻唐,指唐代的宫殿。动高秋:巍然耸立的宫殿,似乎触动了高远的秋空。④残星:晨星,因为天色将亮,星辰已经稀疏暗淡,所以称为残星。横塞:飞过塞外。⑤红衣:指莲花的花瓣。渚:水中的小块陆地。⑥鲈鱼正美:典故出自《晋书·张翰传》,讲西晋时,张翰在洛阳做官,在一个秋天思念故乡的鲈鱼,便辞官回家。⑦南冠、楚囚:典故出自《左传》,代指被拘留的人。春秋时,楚国攻打郑国,战败,楚国人钟仪沦为战俘并被送往晋国,虽然做了阶下囚,他仍然戴着南方楚国的帽子以示不忘家乡故国。

【译文】

天刚刚亮,光线在流动,灰蒙蒙的云雾夹带着寒意,宫殿四周开始呈现出深秋的景色。天上有几点稀疏的星星,大雁横空飞过边塞,一声长笛吹来,我独自凭楼眺望。篱笆旁的菊花十分静谧,正半开着紫色的艳丽花朵，池沼里的莲花笼罩着愁绪，红色的花瓣已经全部凋谢。故乡的鲈鱼正是鲜美的时候，而我却不能归去，我只能戴着南方的冠冕，像楚囚一样羁留在外。

【赏析】

这首七律也是在"悲秋"，但诗人又不只悲秋，他还将秋天的景物与特定的心情融合起来，既写深秋拂晓的长安景色，又表达了自己羁旅思归的心情。如诗人提到的雁阵和菊花，本是深秋季节的平常景物，诗人将这些形象入诗，加之以黎明凄清气氛的渲染，高楼笛韵的烘托，思归典故的运用，将自己思乡归隐的情绪无声地表达出来，使全诗的意境更显深远。

新秋①

杜　甫

火云犹未敛奇峰②，欹枕初惊一叶风③。
几处园林萧瑟里，谁家砧杵寂寥中④。
蝉声断续悲残月，萤焰高低照暮空⑤。
赋就金门期再献⑥，夜深搔首叹飞蓬⑦。

【注释】

①此诗在《千家诗》中为杜甫所作，但现今通行的杜甫诗集中并未见此诗，疑为错置。新秋：初秋。②火云：火红的云彩，指火烧云。敛：遮掩。③欹枕：斜倚着枕头。④砧：捣衣石。杵：捣衣棒。⑤萤焰：指萤火虫的光芒。⑥金门：汉代的金马门，汉代的优秀人才在金马门等待被皇帝召见。⑦飞蓬：乱飞的蓬草，这里指诗人自己漂泊的身世。

【译文】

火红的云彩还没有遮住奇异的山峰,我斜倚着枕头,突然一片叶子被风吹落,我惊讶了一下。附近几处园林都是一片萧瑟的景象,不知道谁家的捣衣声一下一下地从远处传来。蝉声断断续续的,对着残月悲凉的鸣叫,萤火虫的萤火高高低低,照着夜幕下的天空。我要把诗赋再次献给朝廷,希望能像汉代金马门的人才一样被重用,然而此时在这夜深人静的时候,我却只能抓头慨叹如飞蓬一样漂泊不定的人生。

【赏析】

这是一首情景交融的七律诗。诗中处处抓住一个"新"字,描写新秋季节的物候特征,又融入了诗人的情感,表露了诗人感叹时光易逝,功名难就的苦闷心情。诗中"欹枕初惊一叶风"和"夜深搔首叹飞蓬"两句,一惊一叹,正是诗人在夏秋交替时真情实感的自然流露,与诗中的景语交织在一起,显得情景交融,毫无勉强做作的痕迹。

中秋

李 朴①

皓魄当空宝镜升②,云间仙籁寂无声③。
平分秋色一轮满④,长伴云衢千里明⑤。
狡兔空从弦外落⑥,妖蟆休向眼前生⑦。
灵槎拟约同携手⑧,更待银河彻底清⑨。

【注释】

①李朴(1063～1127),字先之,北宋兴国(今江西兴国)人,

宋哲宗绍圣元年（1094年）进士，官至国子监教授、秘书监，著有《章贡集》《全宋诗》录诗9首。②皓魄：形容中秋月之亮。宝镜：形容中秋月之圆。③仙籁：仙境的声音，形容声音的美妙。④平分秋色：平分秋天的日数，指农历的八月十五，正好在秋季的当中。⑤衢：道路。⑥狡兔：相传月亮的玉兔。弦：月亮有上弦月、下弦月，这里的弦指月亮的边缘。⑦妖蟆：传说月宫中有只蛤蟆，能食月，使月亏出现缺口，所以诗人称之为"妖蟆"。⑧槎（chá）：木筏。灵槎：仙人乘的木筏，相传海与天河相通，人可以乘槎到天上的银河去。⑨更待：还是要等待。

【译文】

夜空中，又大又圆的月亮像宝镜一样冉冉上升，在寂静无声的云间，忽然传来美妙的声音。八月十五到了，这一轮满月把秋天的日子平分，它在那薄云的四通八达的大路上映照得千里光明。在这个月明团圆的日子，狡黠的玉兔从月亮的边缘滑落下来，妖异的蛤蟆不要在眼前出现。我想与你相约，携手乘上仙人的木筏共游银河，可是还要等到银河彻底清澈。

【赏析】

这首诗题为《中秋》，重点描写中秋的月亮，是一首咏物诗。

诗歌首联即点明主题，用"宝镜"突出了月之明亮；颔联写了秋月平分秋色和云衢照明，将读者带入了广袤无垠的月夜里，使人如身临其境；颈联引用了两个有关月亮的传说，增加了全诗的趣味性；尾联诗人进一步驰骋想象，想要约伴一起乘船遨游银河，但要等银河彻底清澈，从侧面表达了诗人对现实社会的不满，希望早日政治清明，而这正是此诗的写作宗旨所在。

九日蓝耕会饮①

杜　甫

老去悲秋强自宽②，兴来今日尽君欢③。
羞将短发还吹帽④，笑倩旁人为正冠⑤。
蓝水远从千涧落⑥，玉山高并两峰寒⑦。
明年此会知谁健⑧，醉把茱萸仔细看⑨。

【注释】

①此诗又作《九日蓝田崔氏庄》。九日：九月九日重阳节。蓝田：即今陕西省蓝田县。②强：勉强。自宽：自我安慰、自我开解。③兴：兴致。④吹帽：这里有一个典故，东晋的孟嘉在重阳节与人游山饮宴，帽子被风吹落都不知道，大将军桓温命人写文章嘲笑他，他仍谈笑自若，面不改色。⑤倩：请，请求。正冠：把帽子整理好。⑥蓝水：蓝

田附近的一条河流。⑦玉山：蓝田境内的一座山峰。两峰：玉山与附近的另一座山峰。⑧此会：这样的聚会。健：健康，健在。⑨茱萸：一种植物，有浓烈的香味。旧时风俗，每逢重阳节佩茱萸、饮菊花茶，据说可以消灾灭祸，延年益寿。

【译文】

人老了，面对着悲凉萧瑟的秋色就感到悲伤，只能勉强地自我开解，今天恰逢重阳佳节，我也来了兴致，与大家饮酒游玩尽情欢乐。惭愧的是，我的头发稀稀落落，担心要学孟嘉被风吹走帽子，要请旁人帮我把帽子整理好。蓝水河的水远远地从千条溪涧中流过来，玉山高耸冷峻，与另一座山峰并排矗立，两峰清寒。明年这个时候，我们再相聚时，不知谁还健在？我带着醉意，拿起茱萸仔细观看，期望明年再相会。

【赏析】

这首诗是杜甫七律中的代表作，是诗人因上疏营救房琯得罪皇帝，被贬官华州，在重阳节时于崔氏山庄宴饮时所作。诗中抒写了诗人在遭受政治打击后的苦闷心情。

首联写强自宽解与大家一起登高；颔联引用典故写诗人内心悲凉而又强颜欢笑的心境；颈联描绘山水景物，在豪壮之中透着几分悲凉情绪；尾联写诗人对眼前聚会的珍惜和对明年聚会的忧虑，表现出诗人沉重的心情和深广的忧伤，含有无限悲天悯人之意。

全诗腾挪跌宕，酣畅淋漓，诗人满腹悲观情绪，却以壮语写出，读来让人倍感慷慨旷放，凄楚悲凉。

秋思

陆　游

利欲驱人万火牛①，江湖浪迹一沙鸥②。
日长似岁闲方觉③，事大如天醉亦休④。
砧杵敲残深巷月，井梧摇落故园秋。
欲舒老眼无高处⑤，安得元龙百尺楼⑥。

【注释】

①利欲：名利与欲望。驱：赶逐。火牛：战国时，齐燕交战，齐国将领田单以火牛助战，牛角绑上利刃，牛尾拖着火把，驱牛冲向敌人，打败燕国。②浪迹：到处游走，行踪不定。③日长似岁：度日如年。方：才会，才能。觉：觉察，意识到。④休：忘了，算了。⑤舒：舒展，这里是登高望远的意思。⑥安得：哪里能够。元龙：即陈登，字元龙，三国时魏人，他为人高风亮节，素有扶世救民的志向。百尺楼：这里有一个典故：三国时，许汜说陈元龙让客人睡在床下，自己则睡在床上，不懂待客之道，刘备则说："现在天下大乱，你却贪图享乐，去别人家做客，这是陈元龙最鄙视的事，如果是我，不会让你睡在床下，我会叫你睡在百尺高楼的下面。"

【译文】

名利和欲望驱使着人向前急行，如同万头火牛奔突一样，倒不如做个江湖之人，浪迹天涯，像沙鸥鸟一样闲适清逸。闲暇无所事事的时候才感觉日子很漫长，一日就像一年，即使是天大的事，喝醉了也就算了。在捣衣棒的敲击声中，深巷里的明月渐渐西沉，井边的梧桐

树摇动把故园的秋色都摇落了。想要舒展一下眼睛,可是没有登高的地方,这儿哪有三国清士陈元龙的百尺高楼呢。

【赏析】

这是一首秋日抒怀的作品。

诗中前两联诗人以沙鸥自喻,与那些被利欲所驱的人作对比,突出自己的自在闲适,写得疏放豪爽;颈联转入写景,以工整的对偶句描写出凄凉萧条的秋景,以此隐喻自己的心情。尾联作为全诗的收尾,也是点睛之处,最后一句的"元龙百尺楼",代表着三国清士陈元龙的忧国忧民之心,也代表着诗人兼济天下之心,诗人借此典故来抒发自己英雄末路、报国无门的悲伤,表达得十分含蓄。

与朱山人①

杜 甫

锦里先生乌角巾②,园收芋栗未全贫③。

惯看宾客儿童喜,得食阶除鸟雀驯④。

秋水才深四五尺,野航恰受两三人⑤。

白沙翠竹江村暮,相送柴门月色新。

【注释】

①此诗又作《南邻》。朱山人:是杜甫居住在四川成都浣花草堂时的邻居。②锦里:指成都锦江附近的锦官城。乌角巾:隐士带的四方有角的黑色头巾。③芋栗:芋头,板栗。未全贫:称不上真正的贫穷,这里指朱山人安贫乐道。④阶除:指台阶和门前庭院。⑤野航:野外航道里的船只。受:承受,承载。

【译文】

住在锦里的隐士朱山人常戴着黑色方巾,在院子里采收芋头和栗子,他安贫乐道,称不上真正的贫穷。家里的小孩子已经习惯了宾客络绎来访,看到宾客到来,脸上就会露出天真的笑容,鸟儿们也常到他家屋前台阶上啄食谷子,好像很温驯似的。秋天河水涨起来也不过四五尺深的样子,野外航行的小渡船渡人,两三个人就恰好能坐满。江村的暮色里还能看到洁白的沙滩和翠绿的竹林,朱山人站在柴门外,在刚升起的月色中热情地送别客人。

【赏析】

这首诗写的是诗人到南邻朱山人家造访,朱山人月夜送别的日常生活。

全诗由两幅画面组成：前半篇展现出来的是一幅山庄访隐图，通过对朱山人的居住环境、家中的小孩、小鸟的描写，突出朱山人安贫乐道的品格；后半篇写朱山人送客的情形，门前清水不深，小船水中划行，白沙翠竹朦胧，暮霭飘进山村，柴门外主客殷勤话别，描绘了一幅静谧安详的江村送别图。诗中有画，画中有诗，向我们展示了诗人的邻居朱山人闲适平和的生活和安贫乐道、淳朴好客的品质。

闻笛

赵 嘏

谁家吹笛画楼中①，断续声随断续风。
响遏行云横碧落②，清和冷月到帘栊③。
兴来三弄有桓子④，赋就一篇怀马融⑤。
曲罢不知人在否，余音嘹亮尚飘空⑥。

【注释】

①画楼：雕梁画栋的楼阁。②遏：阻止，止住。碧落：碧空，天空。③清：清越，形容笛声清悠高扬。帘：帘幕。栊：窗格。④三弄：三支乐曲。弄：乐曲称作弄。桓子：即晋朝的桓伊，他善于吹笛。有一天，王徽之乘船，见他在岸上，便请他吹奏乐曲，桓伊弃车登船，吹了三段曲子。当时两人以音乐会友，没有交谈。⑤马融：东汉文学家，字季长，才学博洽，善鼓琴，好吹笛，著有《长笛赋》一篇。⑥尚：还。

【译文】

不知是谁在画楼上吹笛子，那断续清脆的笛声，随着断续的风飘扬。笛声嘹亮时，好像能阻挡住来去的行云，把它们逸散在天空中，笛声清越时，又像带着冷冷的月色飘到了帘幕和窗格间。那笛声美妙，不亚于晋时的桓伊所吹弄的三段乐曲，也让人怀想起汉朝马融所写的《长笛赋》。乐曲吹奏完了，不知吹笛人还在不在楼上，只觉得余音嘹亮绕空不去。

【赏析】

这首诗是赵嘏的名篇。诗人用拟人、夸张、通感、典故等多种手法，生动形象地描绘出在听到悠扬悦耳的笛声后，心底产生的感受，赞扬了吹笛人的技艺高超。尤其诗中"谁家吹笛画楼中，断续声中断续风"两句，在唐代很著名，它用简洁的语言描绘了一声声间断的笛声，充满诗意。

冬景①

刘克庄

晴窗早觉爱朝曦②，竹外秋声渐作威③。
命仆安排新暖阁，呼童熨贴旧寒衣。
叶浮嫩绿酒初熟，橙切香黄蟹正肥。
蓉菊满园皆可羡④，赏心从此莫相违⑤。

【注释】

①此诗又作《晚秋》。②早觉：早上醒来。朝曦：早晨的阳光。③秋声：秋天自然界的声响。威：发威，即强烈的意思。④蓉：木芙蓉。可羡：值得玩赏。⑤违：辜负，错过。

【译文】

　　早晨醒来，窗外天气晴朗，我非常喜欢这早上的阳光，竹林外传来阵阵秋风，那声音越来越强烈，好像要发威一样。我吩咐仆人在阁楼里放上取暖的火炉，呼唤童仆把去年的棉衣烫平。然后端出新酿好的美酒，酒上还浮着像竹叶一样嫩绿的泡沫，切开橙子，又香又黄，螃蟹也是新鲜肥美。秋日里，木芙蓉和菊花开满了园子，散发着阵阵清香，这样好的景色真让人感到高兴，让我们尽情地欣赏这美景，品尝这美食，不要辜负了这个美好时光。

【赏析】

　　这是一首写景诗。诗人用白描的手法描写了晚秋早冬的景象，充满了生活情趣。

　　诗人着眼于闲适的日常生活，说秋风越刮越猛，冬天就要来到了。于是吩咐仆人安排暖阁、熨贴寒衣。他又取来新酿的美酒，切开香黄的橙子，摆上肥肥的螃蟹，尽情欣赏那满园的芙蓉花和菊花。诗人对这些生活细节的描写，让我们感受到了诗人及时行乐的情绪和对生活的热爱。

冬至①

杜 甫

天时人事日相催②,冬至阳生春又来③。

刺绣五纹添弱线④,吹葭六管动飞灰⑤。

岸容待腊将舒柳⑥,山意冲寒欲放梅⑦。

云物不殊乡国异⑧,教儿且覆掌中杯⑨。

【注释】

①此诗又作《小至》,小至是冬至的前一天。冬至:中国传统二十四节气之一,在阳历的12月21日、22日或23日。②天时:自然界的时序、环境变化。③阳生:阳气上升。④五纹:五色丝线。添弱线:指唐代皇宫的纺织工,根据白天的长短安排工作量,冬至过后,白日逐渐变长,便每日增加一线的工作量。⑤吹葭六管:古代预测节令的仪器,把"葭"制成灰,放在"十二乐律"的玉管之中,因为热胀冷缩的原理,到了某一节令,灰便自动从管中飞出来。葭:芦苇,此指芦苇内的薄膜。六管:六律、六吕的合称。⑥岸容:岸边的容貌、景象。腊:即十二月。舒柳:舒展柳枝,这里指柳树长出新芽。⑦山意:山峰的气象。冲寒:冲破寒冷。⑧云物:这里指景物。不殊:没有不同。乡国异:身在不同的乡土和国度。⑨覆:倾倒。

【译文】

自然界和人事不断地推移变化,日子像被什么催促着一样过得飞快,冬至到了,阳气上升,春天就要到了。宫中的纺织工用五色丝线刺绣,随着白日逐渐变长,每天增加一线的工作量,预测节令的吹葭

六管吹出冬至的飞灰，发出了阳春之声。河边的柳树等待腊月一过就会舒展自己嫩绿的枝条，山峰的气象就要冲破寒冷，梅花将要开放。这里的景物没有什么不同，却不是我的家乡，面对这样的情境，我姑且叫儿子将杯中酒一饮而尽。

【赏析】

这首诗是诗人于大历元年（766年）在夔州所写。诗人描写了冬至到来时景物出现的变化。

诗的首联即点出时令，说明冬天即将到来。颔联应"人事"，冬至后白天渐长，刺绣每天就可以多绣些，玉管此时也应该飞灰了。颈联应"天时"，写冬至自然界的变化，描写了许多充满生机的事物，如"舒柳""放梅"，生动地写出了冬天里孕育着春天的景象。尾联写诗人自己的感受，他由眼前景物唤起了对故乡的思念，有些意兴阑珊，所以诗人教儿斟酒，举杯痛饮，以解忧愁。

梅花①

林　逋②

众芳摇落独暄妍③，占尽风情向小园。
疏影横斜水清浅④，暗香浮动月黄昏⑤。
霜禽欲下先偷眼⑥，粉蝶如知合断魂⑦。
幸有微吟可相狎⑧，不须檀板共金樽⑨。

【注释】

①此诗又作《山园小梅》，共两首，这是其中一首。②林逋（967～1028），字君复。宋仁宗赐谥号和靖先生，北宋钱塘（今浙江杭州）人。他隐居在西湖旁边，无妻无子，爱植梅养鹤，人称"梅妻鹤子"。他的诗歌风格清新轻巧。③众芳：百花。摇落：被风吹落。暄妍：明媚美丽。④疏影横斜：指梅花疏疏落落，斜横枝干投在水中的影子。⑤暗香浮动：梅花散发的清幽香味在飘动。⑥霜禽：冬天的禽鸟。偷眼：偷看。⑦如知：如果知道。合：应该。⑧微吟：低声的吟唱。相狎：亲近玩耍。⑨檀板：檀木的小板，用来打拍子，这里指唱歌。金樽：豪华的酒杯，这里指饮酒。

【译文】

百花凋零，独有梅花迎着寒风独自开放，那明媚艳丽的景色把小园的风光与情调都占尽了。梅花的影子疏疏落落，横斜在清浅的水中，梅花的香气清幽芬芳，浮动在黄昏的月光之下。冬天的禽鸟想飞落下来，偷看梅花一眼，粉色的蝴蝶如果知道梅花如此之美，也应该会消魂失魄。幸好我有诗歌低声吟诵，可以和梅花亲近玩赏，这样的景象，用不着俗人敲着檀板唱歌就可以饮酒欣赏了。

【赏析】

这是一首咏物诗。诗人描写了梅花超凡脱俗的品格，表达了自己内心的隐逸情怀。诗的首联写通过与群芳的对比，更衬出梅花高洁傲岸的品格；联对梅花的形态、香气进行了描摹；颈联又通过霜禽、粉蝶的对比，来写梅花的迷人；尾联是对梅花的赞赏，同时表达出诗人不同流污的高贵品格和内心孤芳自赏的情趣。

在所有描写梅花的诗歌中，这首诗可以说是最著名的。诗的独特之处是，意在咏梅而全诗无一梅字，却又在字里行间无处不见梅，将梅花超凡脱俗的品格和俏丽可人的形态写得出神入化。尤其是当中的"疏影横斜水清浅，暗香浮动月黄昏"两句，是历代诗人咏梅诗中最脍炙人口的佳句。

自咏①

韩　愈

一封朝奏九重天②，夕贬潮阳路八千③。
本为圣明除弊政④，敢将衰朽惜残年⑤。
云横秦岭家何在⑥，雪拥蓝关马不前⑦。
知汝远来应有意，好收吾骨瘴江边⑧。

【注释】

①《全唐诗》中，此诗题为《左迁至蓝关示侄孙湘》。左迁：即贬谪。湘：韩愈侄孙的名字。②封：奏章，呈给皇帝的意见书。朝：上

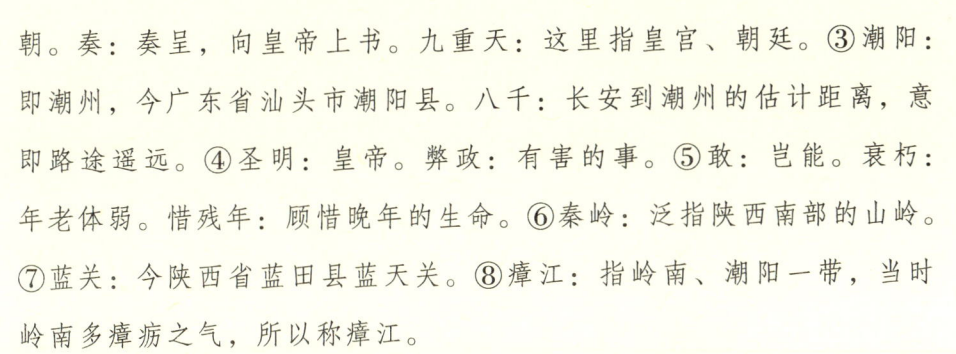

朝。奏：奏呈，向皇帝上书。九重天：这里指皇宫、朝廷。③潮阳：即潮州，今广东省汕头市潮阳县。八千：长安到潮州的估计距离，意即路途遥远。④圣明：皇帝。弊政：有害的事。⑤敢：岂能。衰朽：年老体弱。惜残年：顾惜晚年的生命。⑥秦岭：泛指陕西南部的山岭。⑦蓝关：今陕西省蓝田县蓝天关。⑧瘴江：指岭南、潮阳一带，当时岭南多瘴疠之气，所以称瘴江。

【译文】

早上上朝时把奏折递交给皇上，没想到晚上就被贬到八千里外的潮阳。本来希望替皇上除去不利于国家的政事，哪能因为自己年老、身体衰弱就吝惜残余的生命，而不去奏请皇上。白云隔断的秦岭，我的家在哪里？皑皑白雪堵塞蓝田关，连马都不能前行。我知道你远路赶来是有用意的，正好在瘴气弥漫的江边来收殓我的尸骨吧。

【赏析】

这首诗是诗人韩愈在贬谪潮州途中创作的，抒发了诗人内心郁愤以及前途未卜的感伤情绪。

首联用了"朝奏"、"夕贬"、"路八千"等词，写出被贬缘由和地点、获罪之速、获罪之重；颔联的"除弊政"，申述自己忠而获罪的愤慨；颈联即景抒情，用境界雄阔的景物描写来衬托心中的不平之意；

尾联抒英雄之志，表骨肉之情，悲痛凄楚，溢于言表。

全诗将深沉的感情与悲壮的景象结合在一起，诗味浓郁，感情真切。

干戈

王中①

干戈未定欲何之②，一事无成两鬓丝。

踪迹大纲王粲传③，情怀小样杜陵诗④。

鹡鸰音断人千里⑤，乌鹊巢寒月一枝⑥。

安得中山千日酒⑦，酩然直到太平时⑧。

【注释】

①王中（生卒年不详）：字积翁，南宋诗人。②干戈：古代的两种兵器，泛指兵器、战争、战乱。欲何之：想要到哪里去。未定：未停止。③踪迹：指诗人自己的经历。大纲：大概，此为"大体相同"的意思。王粲：字仲宣，东汉末年人，有才略，善诗文，为"建安七子"之一。④小样：略为相似。杜陵：杜甫，号少陵。⑤鹡鸰（jí líng）：鸟名，又称脊令，《诗经》有"脊令在原，兄弟急难"，后世用鹡鸰比喻兄弟。⑥乌鹊：出自曹操《短歌行》中的"月明星稀，乌鹊南飞。绕树三匝，何枝可依？"比喻自己漂泊不定，无依无靠。⑦中山千日酒：《搜神记》中记载中山人狄希，能造千日酒，饮后能大醉千日。⑧酩然：醉酒。

【译文】

战争没完没了，我不知能上哪儿去。我这辈子一事无成，岁月蹉跎，两鬓已经斑白。我的经历与三国时的王粲差不多，情怀也和唐朝的杜甫所作的诗略为相似。我的兄弟失散，音信断绝，相隔千里之遥，我在外无依无靠，像乌鹊一样找不到栖息之所。哪里会有中山人狄希酿的"千日酒"，让我一醉到天下太平时再醒来呢。

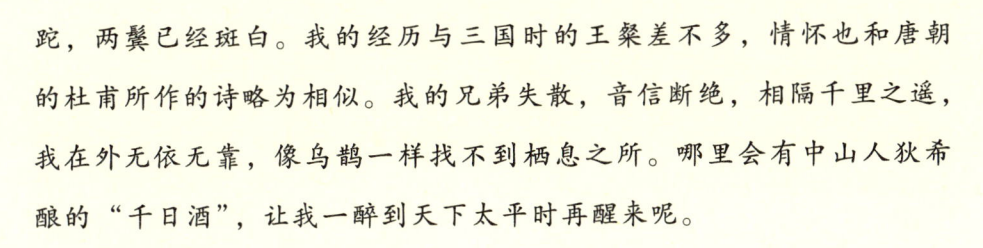

【赏析】

这是一首抒怀的作品。诗人自述身遭战乱，与亲人离散，颠沛流离的悲伤，表达了对战争的厌恶。

首联写战争不止，而自己至今还是一无所成，两种情况合在一起，内心十分沉痛压抑；联中诗人以王粲和杜甫自比，说明自己漂泊无依的身世和报国无门的情怀；颈联运用曹操"乌雀南飞"的典故，苦叹自己的四处逃难和兄弟离散，如同栖于寒枝的乌鸦，凄凉孤独，尾联再用典故，以中山千日酒来表达自己对太平盛世的向往。

归隐

陈　抟①

十年踪迹走红尘②，回首青山入梦频③。

紫绶纵荣争及睡④，朱门虽富不如贫⑤。

愁闻剑戟扶危主⑥，闷听笙歌聒醉人⑦。

携取旧书归旧隐⑧，野花啼鸟一般春⑨。

【注释】

①陈抟（tuán）（906～989），字图南，号扶摇子，唐末、五代亳州（今属河南）人，举进士不第，后来入山修道。②红尘：尘土飞扬，指繁

华热闹的人世间。③回首：回想，回忆起。频：频繁。④紫绶：系着官印的绶带。纵容：纵然荣耀。争及：怎么及得上。⑤朱门：古代往后权贵的大门常漆成红色，所以朱门也就成了富贵人家的代称。⑥戟：一种武器。扶危主：辅佐挽救危难中的君主。⑦闷听：讨厌听到。聒：吵闹。⑧旧隐：以前归隐的地方。⑨一般：相同。

【译文】

10年来在尘土飞扬的人世间行走，回想起以往居住的青山，那景象频频入梦。加官进爵纵然荣耀，又怎么比得上舒适地酣睡呢。住在朱红大门里，虽然富贵也比不上淡泊贫穷。听到忠臣贤将手持剑戟扶救君王我就讨厌，听到靡靡笙歌醉人我就心烦，我携带着旧书回到以前归隐的地方，那里的野花和啼鸟与以前一模一样。

【赏析】

这首诗是陈抟的内心独白，描写了诗人自己的隐居情怀。

陈抟在五代乱世中追求功名利禄多年，但一事无成，终于幡然醒悟，决心隐居。这首诗便表达了诗人在隐居时的情怀。诗中运用对比的手法，用睡眠的舒适来否定高官的荣耀，用贫居的自由来否定朱门的富贵，写诗人不愿为世事操心，也劝诫世人不要沉溺于欢娱之中。诗中宣扬了避世高蹈、逍遥度日的乐趣，向世人披露了做官的种种不堪，写出了诗人对官场生活和所谓的笙歌醉舞、功名富贵的厌倦以及对隐居生活的向往，展现了诗人的宽广胸襟、淡泊情怀及高风亮节。

时世行①

杜荀鹤②

夫因兵死守蓬茅③，麻苎衣衫鬓发焦④。

桑柘废来犹纳税⑤，田园荒尽尚征苗⑥。

时挑野菜和根煮⑦，旋斫生柴带叶烧⑧。

任是深山更深处⑨，也应无计避征徭⑩。

【注释】

①《全唐诗》中，此诗题为《山中寡妇》。时世：时代、世道。行：歌行，这里是诗歌的意思。②杜荀鹤（846～904），字彦之，号九华山人，唐末五代池州（今属安徽）人，相传他是杜牧的儿子，五代时官至翰林学士，诗风流畅浅易，以宫词最为著名。③兵：战争。

蓬茅：茅草盖的房子。④麻苎（zhù）：即苎麻。鬓发焦：因吃不饱，身体缺乏营养而头发变成枯黄色。⑤桑柘（zhè）：桑树和柘树，可养蚕，这里指生计。废：荒废。⑥苗：青苗税，唐末一种附加税。⑦挑拣。和：带着，连。⑧旋：很快。斫：砍。生柴：刚从树上砍下来的湿柴。⑨任是：即使。⑩无计：没有办法。征徭：赋税和徭役。

【译文】

丈夫因战乱死去了，留下妻子困守在茅草屋里。她穿着粗糙的苎麻衣服，两鬓枯黄。种桑养蚕的生计都荒废了，却还要向朝廷纳税；田园耕地全都荒芜了，却还要征收青苗税。她经常在野外挑拣野菜，连根一起煮着吃，刚砍下的湿柴带着叶子一起烧。即使躲进深山更深的地方，也没有办法可以躲避赋税和徭役。

【赏析】

这是一首披露晚唐黑暗现实的作品，诗中通过对一个居住在大山深处的寡妇饱受战乱赋役之苦的描写，反映了在统治阶级残酷的剥削和压榨下劳动人民的悲惨遭遇，表现了诗人对民瘼的关心。

送天师①

朱　权②

霜落芝城柳影疏③，殷勤送客出鄱湖。
黄金甲锁雷霆印④，红锦韬缠日月符⑤。
天上晓行骑只鹤⑥，人间夜宿解双凫⑦。
匆匆归到神仙府，为问蟠桃熟也无。

【注释】

①天师：对道士的尊称。这首诗是朱权写给当时的天师张正常的。②朱权（1378～1448），明太祖朱元璋第十七子，封宁王，谥号献王，史称"宁献王"。他写了很多杂剧和戏曲，又编收了许多曲谱。他的《荆钗记》是"明初四大传奇"之一。③芝城：地名，即现在的江西鄱阳，因城北有芝山而得名。④黄金甲：一种精美贵重的道家外套。雷霆印：威力强大的法印。⑤红锦韬：红色锦布的套子。缠：绑着。日月符：即阴阳符，据说能驱使阴阳两界的鬼神。⑥鹤：仙鹤，传说中仙人的坐骑。⑦双凫：两只野鸭。相传东汉王乔把两只鞋子变成两只鸭子，乘它们到京城去。

【译文】

霜雪落在鄱阳城里，城里柳树的影子疏疏落落，我殷勤地送你出鄱阳。你精美如黄金甲的道家外套紧锁着威力强大的法印，红色锦布的套子绑着日月符咒。白天骑着一只仙鹤在天上行走，晚上解开一双仙凫在人间留宿。你匆匆要求回到如神仙居所一样的府邸，询问着仙桃熟了没有。

【赏析】

这是一首送别诗。诗中所写是朱权送别张天师的情景。

诗中首联写霜落芝城，表达诗人对张天师的殷勤送别之意；颔联诗人通过描写天师府印及其佩饰，赞扬张天师威力无边；颈联中赞其为骑鹤来往、化鞋为凫的深陷，运用神话传说盛赞天师的尊贵身份和不凡法力；尾联则说张天师匆匆赶回神仙府，是为了探询仙桃，继续用仙家生活典故来形容天师，表现了诗人对道教的推崇。

诗中思想内容并不算高，但全诗对仗工稳，不乏想象，给人以缥缈迷离的感觉。

送毛伯温①

朱厚熜②

大将南征胆气豪③，腰横秋水雁翎刀④。
风吹鼍鼓山河动⑤，电闪旌旗日月高⑥。
天上麒麟原有种⑦，穴中蝼蚁岂能逃⑧。
太平待诏归来日⑨，朕与先生解战袍⑩。

【注释】

①毛伯温（1487～1544），字汝厉，明朝正德年进士，授绍兴府推官，升御官。嘉靖十八年（1539年）出征安南（今越南），二十一年（1542年）还朝。②朱厚熜（cōng）（1507～1566），即明世宗，年号嘉靖，在位45年，登位初期尚能励精图治，后因迷信道教，祈求长生，长期不视朝政，由严嵩独揽大权，导致政治腐败，国势日趋衰

落。③大将：指毛伯温。④秋水：形容刀剑如秋水般明亮闪光。雁翎刀：形状如大雁羽毛般的刀。⑤鼍鼓：鼍即扬子鳄，鼍鼓是用扬子鳄鱼皮做成的战鼓。⑥旌旗：指挥作战的军旗。⑦麒麟：一种传说中的神兽，这里指毛伯温。种：后代。⑧蝼蚁：蝼蛄和蚂蚁，这里比喻安南叛军。⑨诏：皇帝的诏令。⑩朕：皇帝的自称。先生：指毛伯温。

【译文】

大将军将要争伐南方，胆气豪迈无比，腰间带着如秋水般清明光洁的雁翎刀。风吹着鼍鼓，山河震动，电闪之中旌旗飘动，日月交替高悬空中。将军神勇天生，犹如天上麒麟的后代，安南叛军如同洞穴里的蝼蚁一般，怎么能逃得掉呢？等到天下太平，下诏书召你归来，我自为将军解下战袍，为将军接风。

【赏析】

这首诗是毛伯温出征安南时，

明世宗朱厚熜为他而写的壮行诗。

首联写毛伯温的气概出师时的装束，充满豪壮之气；颔联写鼓鸣旗展，以衬军威；颈联作敌我分析，言麒麟有种，蝼蚁难逃，用"蝼蚁"来蔑视叛军，用比喻和对比的方法，说明这次南征必然胜利；尾联写出了对毛伯温的殷切期望，表达了对出征必胜的信心。

全诗写得明白晓畅，铿锵有力，气势非凡，展现出明世宗身为帝王的恢弘气度，反映了他早期励精图治的精神面貌。

参考文献

［1］张立敏．中华经典诵读：千家诗［M］．北京：中华书局，2012．

［2］蒋寅．百科图说千家诗［M］．北京：中国大百科全书出版社，2008．

［3］陈超敏．千家诗评注［M］．上海：上海三联书店，2013．

［4］谷一然．千家诗［M］．北京：人民文学出版社，1999．

［5］徐有富．千家诗赏析［M］．上海：上海古籍出版社，2012．

［6］李梦生．千家诗全解［M］．上海：复旦大学出版社，2007．

［7］栗强．千家诗插图珍藏本［M］．北京：中国言实出版社，2006．

［8］曾强．千家诗诠注详析［M］．昆明：云南人民出版社，2010．